另一種感動

關愛與奉獻是與生俱來的情趣,且日趨強烈。人生里程一路走來留下的陣陣心聲和串串腳印皆再現於字裏行間。

莊杰森 著

【總序】
菲華文協叢書

施穎洲

　　中國新文學運動始於一九一九年，菲華社會一九三八年始有成熟作品出現，一九四五年二戰結束，菲華文藝運動活躍，一九五〇年菲華前導作家百人組成「菲律濱華僑文藝工作者聯合會」，簡稱「文聯」，領導菲華文藝運動，直至一九七二年菲政府宣佈軍統，方暫停止活動，領導菲華文藝運動計廿二年，以後同仁面壁苦修。

　　一九八二年菲軍管放鬆，「文聯」同仁，加上新人，於一九八二年組成「菲華文藝協會」，繼續領導菲華文藝運動，直至今日，已近三十年，中間「文協」同仁亦向世界華文文壇進展。

　　「文協」成立三十年來，對菲華文壇貢獻頗大，例如向《聯合日報》借二大版，每月刊出「菲華文藝」月刊，保持與各地華文名報副刊相同的高水準，並多次邀請名作家來菲主持文藝講座，造就許多優秀作家，各已有作品集問世。

　　今逢本會創立卅週年，回首來時路，特出版發行本叢書，以資紀念，是為序。

【自序】
心靈表白

　　我渾身的血液中，似乎帶有與生俱來的「服務」基因。打從懵懵懂懂的小學生時代，「服務」的細胞，即有意無間自然流露，每每現身必克盡「職守」，總要讓人滿心歡喜，露出微笑才肯放手。自從與「服務」結下不解之緣後，隨著年華的遞嬗，日常周遭一些微不足道的芝麻小事，以至舉足輕重的天下大事，皆可吸引我的視線，進而牽動全身熱血，讓我巴不得及時闖入，急於分擔與我年齡、能力大不相稱的事務，而樂在其中。這是杞人憂天，抑或是愛管閒事，兩者之間的差距，雖曰南轅北轍，互不相干，但串連於天南地北的人間瑣事，何嘗完全不可相容？

　　有了愛管閒事者，忽冷忽熱的人間，才有溫暖，才有情感，才有動力，也才有希望。有了好管閒事者，與日月爭輝的世間萬物，必然充滿感動，充滿朝氣。

　　「感動」猶如一組難解的密碼，有時令人愛戀，有時令人瘋狂，有時令人麻木，有時亦令人沮喪。其演奏的韻律，令人難以適從；其振翅的魅力，更加難以捉摸。而欲挺身行使解讀權的腦力，必須擁有什麼樣的特質，因不同層次，不同品味，則見仁見智，不一而足。

　　過度「感動」而併發的後遺症，不外乎有兩種：「愛出風頭

論」，及「暗藏玄機論」；認為你是出自一顆赤子之心，一片純真之情的，寥寥無幾。倘搜索不到「感動」者，卻可能被視為或冷漠、或自私、或寡情、或懦弱。而壓縮「感動」者，改走不偏不倚的中庸路線；或感染視而不見，無動於衷的風氣；甚或自甘墮落，人云亦云，似乎才是明哲保身，但有可能成為不求上進，平庸妥協的求生之道。當此起彼落的「感動」結集待命，進而相互發威時，不管世俗如何詮釋，也不管偏頗如何扼殺，只要「感動」問心無愧，只要「感動」抬頭挺胸，真理終究在大愛之中發現正義，且不離不棄。

「文學緣」、「兩岸情」、「菲華心」、「工商行」等橫跨四個多元領域的時空，「感動」所敘述的點點滴滴，所匯聚的熱情活力，所孕育的創意點子，足以道盡我廿多年來，風塵僕僕來回穿梭於工商界，文教圈，及社交團之間，自始至今，認真踏實，忠誠奉獻，要努力開拓一片與眾不同的新天地。加上運行中，行事嚴謹務實，心胸坦蕩寬廣，為文情理並容，觸角無遠弗屆，這一段心路歷程，願與眾人分享。

同時，亦可作為我曾經全心投身各社團機構等，籌劃或參與一些重大活動，及其發展軌跡的珍貴紀錄。在此要感謝所有相知相惜，相挺相助的知音，讓我一路走來，言所當言，為所當為。

其實，與我朝夕相處，隨機應變的「感動」，無所不在，也無微不至。雖長風破浪，無足輕重，但絕不無病呻吟，更不無風起浪。往往瞬間捕捉的串串靈思，藉由淺陋的文字堆砌，再鉅細靡遺的鋪陳，篇篇拙作必從從容容地登場，平平淡淡地演繹，再穩穩紮紮地謝幕。而一段段有可能稍縱即逝，有可能殊堪回味的

旅程,經由「感動」的誠心呵護,凡走過的必留下痕跡,而此一深耕的烙印,無論如何,將永難磨滅。正因為如此樸實,如此無奇;凡此種種,姑且以「另一種感動」概括描繪,復以「另一種感動」收拾付梓,完成一個階段性的任務。本書因而嘗試以「另一種感動」命名,期許淡泊以明誌,寧靜以致遠。

　　耳邊不時傳來「……再回首,恍然如夢,再回首,我心依舊……」殷殷勤勤的悠揚歌聲,此時此刻,豈不是猶如一場無怨無恨無悔的真情表白?此情此景,是否為「天下本無事,庸人自擾之」,敬請讀者不吝指教……。

二〇一二年二月十二日寓所

目　次

另一種
012 感動

【文學緣】

【慶祝教師節文總教師講座】

革新理念、創新思維
──漫談現代菲華教師的使命

今天是庚寅年九二八教師節，也是中國至聖先師孔子誕辰的前夕。菲華文經總會在此集會，專門為兼備中國國民黨黨員身份的，諸位老師舉行慶祝大會，除以具體行動，慰勞諸位老師，以及表揚諸位長年堅守華文教育崗位，奉獻犧牲的高尚情操外，也祝福大家身心健康，闔家幸福、美滿，更期許大家再接再厲，共同為海外中華文化的薪火相傳，除了再多盡一點心力，也要努力再多多「奮鬥」。

革命精神奮鬥動力

各位老師，我特別引用中國國民黨總理，孫中山先生遺囑中最後一句的「奮鬥」二字，藉此提醒諸位，中國國民黨在艱難困苦的創建過程中，所經歷的各個成長階段，每一段可歌可泣的歷史軌跡，都與「革命」脫離不了關係。眾所皆知，有了「革命」的理想，還必需有「奮鬥」的壯志，否則為可望而不可即。

提及「革命」，令我想起廿五年前，參訪臺北陽明山革命實踐研究院的情景。革命實踐研究院係於民國卅八年成

立，由中國國民黨總裁蔣故中正先生兼任院長。當時立院的宗
旨為：「恢復革命精神，喚醒民族靈魂，提高政治警覺，加強
戰鬥意志」。

突破現狀超越極限

　　請各位老師不要誤會，這裡提及的「革命」，可不是要鼓
勵大家造反、鬧革命，或搞階級鬥爭，而是將硬性的「革命」精
神、「革命」情感，轉移演化成柔性的「革新」理念、「創新」
思維，為我們長年醉心奉獻的菲律濱華教，注入一股嶄新的風
氣，及新鮮的活力。

　　具有中國國民黨黨員身份的老師們，在深刻瞭解一個世紀
前，由中國國民黨一群革命志士，在創建亞洲第一個共和國——
中華民國宏偉事業上的歷史進程之後，是否應該自我期許，自我
鞭策，進而爭取做一位與眾不同，滿懷情愫高昂的優秀教師呢？
旋而是否應該在日常教學的工作上，處處展現一番自我超越的超
級作為〔SUPERACTION〕？倘若諸位能領悟這一論述，起碼是
認同，則將其基本精神融會貫通，再確確實實地落實在日常教學
上，全面展現「突破現狀」、「超越極限」的運動員精神，及其
潛在的優異才華。這樣的風範，其實也就是具有雄心抱負的模範
教師，足以讓人刮目相看，敬愛有加。

　　各位老師長年在各自的工作崗位上奮鬥，盡忠職守，奉
獻犧牲，已是各校舉足輕重的骨幹教師，倘若各位老師自動自
發，盡心盡力，發動一場「寧靜的革命」，從誠心檢討華教江

河日下的原因開始，再一步一步地規劃，徹頭徹尾地革新，相信皇天不負苦心人，有志者事竟成。華教發展的榮枯，華教改革的成敗，就在於諸位先進的一念之差和偉大創舉。諸位敬愛的老師們，只要您願意嘗試，我相信您一定勝任！一定成功！也一定能夠超越！

搶救華教指南借鑒

接下來，且看我如何將革命實踐研究院的立院宗旨，重新改寫成適用於搶救現代華教的任務指南：

一、「恢復革命精神」：改成「恢復創新精神」。即要我們重新覺醒，重新體認華教現今面臨的種種困境，重新認真思考。倘若我們今日袖手旁觀，無所作為，華教的命運又將如何？無可諱言，華教問題衍生的無窮後患，將是我們，甚至是我們的下一代所要面對的挑戰。與其「債臺高築」，遺留子孫，不如現在就起而行之，坦然面對，勇於承擔，再努力完成使命。

二、「喚醒民族靈魂」：改成「喚醒教師靈魂」。即要喚醒諸位老師或消沉、或無奈的心靈，無時無刻地提醒諸位，不要被周遭令人困擾的人、事、物所迷惑，而動搖我們曾經立志，要肩負傳承中華文化神聖使命的決心和意志；

三、「提高政治警覺」：改成「提高現實警覺」。即要大家提高華教在逆流急劇的大環境中，所應持有的警惕心。

任何直接、或間接削弱、或阻撓華文教學的思想和行為，我們要及時應對，據理力爭，以維護華文優良傳統的教學環境。

四、「加強戰鬥意志」：改成「加強奮鬥意志」。從事任何事業的改革或創新，皆要有充分的奮鬥意志（Fighting Spirit）元素支撐。請諸位老師不妨思考：在執行一件高難度任務的過程中，倘若沒有堅定的奮鬥意志，每當遇到一點挫折，或不順遂的事，就懈怠鬆弛，辭意萌生，或猶豫不決，裹足不前，其結果必定是前功盡棄，一事無成。倘若諸位老師在搶救華教的過程中，早已開始有所行動，請勇往直前，再接再厲，相信只要大家抱持破斧沉舟的信念，抓緊「不達目標，決不輕言放棄」的豪情壯志，即是戰鬥意志的最佳表現。

「三心兩意」牢牢維繫

相信諸位老師同志，今天處在華教空前險峻的環境下，尚能堅忍不拔，全力以赴。包括我本人在內，經常應邀在各種學生比賽場合中當裁判，或賽後講評，或在華報撰寫心得，努力參與振興華教的種種行動，在日常商務繁雜瑣事中樂此不疲。同樣的，就是被一股由三個「心」及兩個「意」所組成「三心兩意」的無形力量，牢牢地維繫著：

我要提出的三個「心」為：

第一、我們絕不甘心，任由民族融合同化的強大勢力，迫使

基因優異的華裔學生，逐漸步入數典忘祖的田地。

為華人華裔的利益長遠發展，我們雖然鼓勵華人華裔在日常生活上，要儘量融合於菲律濱的主流社會，與菲律濱人打成一片，營造一個安和樂利的社會。但是這並不意味着，我們要將祖籍國的語言、文化，也局部遺棄，或全盤被同化。毋庸置疑，我們必需完整地保留，並發揚中國優良的傳統文化，做一個具有中華文化氣質的菲律濱公民；

第二、我們絕不忍心，一批又一批具有良好華語文基礎的華裔學生，以各種似是而非的藉口，漸漸脫離、或放棄學習華文的機緣；

第三、我們絕不違心，聽任人為時空的無限侵蝕，平平白白讓華教已日趨式微的氛圍，再繼續沉淪衰亡。

兩個「意」為：

我們在意，華教日漸式微的大環境，所造成的無限衝擊，我將如何自處？

我們在意，身在華文教育萎靡不振的組織生態中，倘若由我主動帶領革心、創新，會否惹來閒言閒語？徒增困擾？

就是基於這股難割難捨的「三心兩意」情懷，激發我們要有信心，更要有決心，時時以「提昇自我」的鞭策心志，「自我再造」的革新思維，挺身而出，勇敢帶頭，全面推動華文教育的再造工程。

華教未來崎嶇難行

也許大家會質疑，這麼艱辛浩大的工程，怎麼可能由我們在座區區一、二百人的黨員同志，能力所企及？

我們只要有一顆旺盛的事業心，再加上一顆堅強的意志力，從自身周遭的小事做起，一點一滴的累積，終有甜美果實豐收的一日。反過來說，倘若因重重困難，而不嘗試去想盡辦法克服、或突破，目前已經瀕臨「悲哀」狀態的華文教育，再過二十年，或一個世代，江河日下的窘況，絕對會更進一步的持續惡化。影響所及，將來「悲慘」的程度可是無法想像的，也絕對難以評估。

到了那個時候，再高喊「搶救」，再高喊「改革」，恐怕在一個已然大幅轉型的華人社會〔尚不知屆時的華社，是否還可稱得上不折不扣的「華社」〕，相信已沒有多少人，還能真正體會華教「淒慘」程度的處境。

可能有些人寄望於新移民的相繼融入，依個人淺見，除非新移民有落地生根的思維，否則可能於事無補。君不見時下華校大多數成績斐然的小留學生，學成大多回中國深造，或往他國發展，真正心繫華社，留下來打拼、及回饋社會者，寥寥可數。至於華文學業成績有一定水準的小留學生，也因家長的商業眼光等等，而無法繼續攻讀華文，發揮其華文的長才。

從心出發，力挽狂瀾

華文教育未來的未來，猶如是盤根錯節的棋賽中，一場捉摸不定的鬥局。

因此，處在這個格外特殊的時空背景下，菲華的教師所肩負的使命，更顯得任重道遠。在此冒昧地懇求各位老師，共體時艱，排除萬難，以「犧牲小我，完成大我」，「不入虎穴，焉得虎子」等拚搏、奮鬥的精神，從心出發，力挽狂瀾。

今天我很高興與諸位先進老師歡聚一堂，也很榮幸擁有這個機緣，與各位先進教師們，報告一些大家長期關心的，華文教育的相關課題。

在這個慶祝教師節的歡樂集會，除簡述「三心兩意」的情懷外，我亦將大胆地提出現階段華文教師應具備的「三點堅持」，作為與各位先進老師們請益探討的重點，也藉此機會互相打氣，互相勉勵。

華文風蛻變瘋華文

堅持養成閱讀書報的習慣：閱讀報紙、雜誌，可增廣見聞，閱讀文藝書刊不僅可豐富與淨化我們的心靈，更可充實我們的語文造詣。在日新月異，一日千里的 e 電子時代，我們更需要及時自我提升，自我充實，讓我們的知識與時俱增，永遠走在新時代的前端。

　　老師需要閱讀，學生更需要閱讀。在鼓勵學生閱讀的同時，老師若能身體力行，藉由介紹好書，或相互討論閱讀心得，效果更佳，且事半功倍。

　　台灣臺北縣中和市自強國小推行的「寧靜閱讀」方案，值得我們參考仿效。

　　「寧靜閱讀」方案規定全校師生，於特定時間閱讀四十分鐘，此刻的每位師生不能說話，大家好好靜下心來讀書。有問題先做記號，再往下讀，有時讀到後段，問題就迎刃而解。如果最後還有問題，可以在四十分鐘結束後與同學討論，或請教老師。

　　現在很多孩子都很好動，終日靜不下來，「寧靜閱讀」，不只在學閱讀，也能學專注，在許多孩子的心中都起了「寧靜革命」。

　　經過一段時間的考驗，有些孩子甚至中「邪」了，中了閱讀的「邪」，就連晚上吃飯時都要一邊看書。

　　倘若每個學校的孩子大部份都中了閱讀的「邪」，那我先前鼓吹的，藉閱讀文藝書籍，而帶動校園的「華文風」，有朝一日昇華至「瘋華文」的境界，此一夢想，便指日可待。

寧靜閱讀寧靜革命

　　在此建議各位老師，不妨試一試以下的實驗辦法：帶一批四、五位華文程度較好的學生，到圖書館借書〔可能要採取半鼓勵、半強制的方式〕，必要時由老師推薦好書，再由學生輪流傳閱，老師再找機會請學生在班上，作簡要的心得口頭報告，若能

寫出讀後感想、或心得報告更妙，更要給予適度表揚，〔字數可
暫限在二、三百字以內〕，同時協助將其作品，投稿報紙發表。

　　倘若在座各位老師的學生，有初習的作品、或作文發表，可
交由文總秘書處，或各華文報紙，再以各校的名譽，或集體、或
個別在各報開闢的學生專刊發表。對於較成熟的學生文學創作，
目前聯合日報尚有另一個專屬青少年的文藝副刊——「華青園
地」，是一個內容紮實，可讀性頗高的學生創作園地。

　　「華青園地」由華青文藝社創辦人，菲華文壇資深作家林忠
民、陳若莉賢伉儷，率領一群文藝義工，及華校教師義工們所主
持，績效卓著，有口皆碑。「華青園地」同時也是目前少數有發
稿費的學生刊物，一篇大約菲幣貳佰伍拾元，數目不多，但對學
生而言，是一項莫大的鼓勵。希望老師多多鼓勵學生投稿。

終身學習現實趨勢

　　電腦網際網路盛行的年代，資訊四處爆發，要瞭解宇宙的分
秒脈動，按鍵上一「指」之勞，全部訊息蜂擁而至，任你翱遊四
海。要充實新的知識，易如反掌。

　　我也是到了四十歲才開始學會電腦，當初學電腦的時候，也
曾遇到種種挑戰，我太太曾經多次調侃說，之前公司的電子郵件
的收發，全都由她或秘書代勞，我從來不去碰電腦的，但為了寫
作的方便，我拚命埋首苦幹，如今不敢說是電腦高手，但電腦在
商業，日常生活，加上文藝寫作應用上的一些基本操作，也達暢
行無阻的境界。也就是因為筆記型電腦的隨身攜帶，不論走到那

裏，等飛機、等火車等等……我都可隨心所欲寫稿、聽音樂，讓我的心靈財富，源源滾進。

終身學習時代的來臨，孔子說的「三人行，必有我師焉」，已不只是修身之道，而是社會現實狀況。無論老師，抑或學生，都要充分體認此一終身學習的趨勢，不斷求知，不斷革新，從從容容，以靜制動，面對瞬息萬變的未來。

培育讀者刻不容緩

在文藝界方面，培養文藝幼苗的工作，也是時下迫不及待的重要任務。我在印尼第十二屆亞州華文作家年會提交的論文：「菲華文學何去何從」，即大力疾呼菲華各界，重視此一文學斷層的危機。

倘若我們在短時間內，無法有效地培育一班寫作人，至少也該培養出，一批批熱愛華文的讀者群。當我們華校栽培的華裔學生，相繼完成學業踏出校園後，我們期盼的，應該不止是他們會說一口純正的華語，也要他們熱衷於閱讀書報，這是現階段實施華教改革成功與否的最基本，也是最起碼的指標。倘若此一夢想成真，諸位在華教長期投入的大量心血，才不致於枉費。

「菲華文學何去何從」論文在本地華報發表後，有人問我：「你的理想會不會太高啊？」我回應：「沒有辦法，我們若不再行動，以後如何向我們的子子孫孫交待？我們的未來不是夢，我們的明天會更好！」

人間福報播灑淨土

當講座及猜謎語節目完畢，我走出會場時，中正學院的楊秀燕老師，遞來一份八月十一日出版的人間福報，並表示該報正在實施中的讀報方案，與我的見解不謀而合。

從人間福報彩色版的內容得知，讀報教育「News paper In Education」，是以報紙為閱讀素材的教育，自上個世紀六零年代在美國的發動下，成為全球性的校園讀報運動。讀報教育由老師將報紙內容，透過多元的教案，作為輔助學生閱讀、寫作、語言的教學活動。

由國際佛光山主辦的人間福報，去年開始闢劃「雙園讀報」教育專刊，結合校園及家園的溫情，鼓勵學童閱讀，以品德教育為核心價值的人間福報，進而薰染社會每一個角落，達到和樂清淨的人間淨土。

中華民國各界於明年元月起將熱烈迎接，慶祝民國百年的系列慶典活動。據悉，人間福報將由各地佛光人與熱心教育人士，共同推行「一人捐一報進校園」活動，呼籲各界人士一起打造品德教育的深耕工程——人間福報讀報教育。

我在此也懇請菲華各界熱心教育的人士，不妨參考人間福報「一人捐一報進校園」方案，以具體行動支援華教教學，同時也支持華報發展，一舉數得，功德無量矣。

識簡書正時代潮流

堅持書寫正體漢字：本黨主席馬英九先生，在兩岸大和解的大環境中，就有關中國漢字交流一項，提倡「識簡書正」政策，引發海峽兩岸文化、學術界的熱烈迴響。依我個人的淺見，漢字是中華文化的重要資產，我們不可輕言放棄其正統的結構、及書寫方式。從企業經營的角度淺析，猶如一些百年老店，企業的商標或著作權，非到不得已的情況下，是不隨便修改簡化，更遑論淘舊換新。聞名全球的十大品牌之一，可口可樂〔Coca Cola〕汽水的商標，已沿用近五個世紀，便是一個鮮活的實例。

況且報載，中國大陸文化、學術界，有一部份學者已開始醞釀，探索如何擴大恢復正體字的使用範圍。兩岸政府也已開始互派學者、專家互訪，正式着手研究，如何擬定一套兩岸通用的標準漢字，以兼顧歷史文化的嚴謹態度，加以因應時代潮流的積極行動，一勞永逸解決，向來各自表述的正、簡漢字，帶給全球華人的困擾與不便。這當然是好事一椿，可是轉換工程浩繁，我們樂觀其成。

正統漢字世代相傳

順便一提，請大家不要稱呼正體字為「繁」體字，從客觀的歷史角度而言，所謂的「繁」體字，其實就是中國的正統漢字，我們應該光明正大，稱之為正統字，或正體字。

不認識簡體字，在現實浩瀚的華文世界裡，也無法立足。因此「識簡書正」的創新理念，附合時代潮流，是務實可行的政策指引。

現在的中國大陸，凡七十歲以下的人，除非是中文專業畢業的人士，絕大部份不認識正體漢字。中國人倘若不再正視、珍惜並保存正體漢字，有朝一日，可能要拱手讓給外國人。前一陣子全球報紙不是紛紛報導，韓國人爭奪中國至聖先師孔子，及愛國詩人屈原的「所有權」，以備爭取聯合國世界文化遺產的認證。中國流傳千年的傳統節日——端午節，近年來已被韓國人成功申報，歸為他們的文化遺產之一，中國人豈能視而不見，聽之任之？

以下是我剛在臺北出版的「杰開詩幕」小詩三百首詩集，〈漢字〉小詩三首的修正版，敬請指正：

〈漢字之一〉
甲骨文
方字方陣
表意的精髓
祖先的情感
擺脫
意識的魔法

〈漢字之二〉
正規行止

儉樸再儉樸

解放成繁華

究底追根

守護遺產

龍傳人的使命

〈漢字之三〉

簡體字

輕描淡寫

懶散的筆

找不出古蹟

與先賢

溝通無門

今年六月份我應僑委會之邀，專程赴臺北參觀訪問，與王常委家鵬同志有幸被安排赴總統府，晉見馬主席英九先生。馬主席在親切的交談中，提及由僑委會編纂，剛出爐的海外華文中、小學教科書革新版，課本重要詞彙已有正、簡字對照表，是一項順應時代潮流的創新作為，令人振奮。

注音符號語言根基

提及注音符號，這是中國語言的根基，希望我們不要因教學上的瓶頸而隨意放棄它。漢語拚音是為外國人學習華語，而專

門設計的一套重要的語言工具，不宜一概強加於華裔學生使用。相信我們華校現階段的華裔學生，倘若經由老師在幼稚園、或小學一年級開始循序訓練，學生們還是可以說出一口標準的注音符號，請我們不要低估學生學習注音符號的無限潛力。

我四十年前，在中正學院小學一年級，開始接觸學習注音符號，又看十五年前，我家四個孩子相繼在崇德幼稚園，接受注音符號的正規訓練，再看看這二、三年來，我的幾位侄兒在崇德幼稚園，學會注音符號的正確發音。由上述個人的親身經歷，不難印證，只要有優良的師資，再加以悉心、耐心傳授，注音符號其實沒有大家想像中的難學難懂。請再看看我亂塗的另一首小詩：

〈注音符號〉
祖先古冊
演奏五重唱
三十七個子弟兵守護
免受洋風擾攘
堅韌的口舌
勇敢做自己

師生堅持華語對話

三、堅持與學生用華語交談：請各位老師善用每一個與學生接觸的機會，堅持用華語交談。剛開始，學生或許不習慣，可用

英、菲語混合翻譯。現代學生是很機智、靈敏的，一回生、二回熟，循序漸進，螺旋上升。

我們大家都很清楚，母語的訓練是在家裏培養的，綜觀今日的真實情況，一味要求年青的父母與孩子講華語，大部份確實有技術上的困難。家庭教育幾乎已經全面棄守華語、或閩南語的使用機率，因此，學校教育以及老師扮演的角色，愈來愈形重要。倘若老師們在學校，與學生在極為有限的相處時間裏，再不堅持利用華語對話，那學生跟誰說華語呢？

華教願景指日可待

老師的用心及鼓勵，學生一定會深受影響。雖然無法立竿見影，但有一分耕耘，就有一分收穫。倘若進一步抱持「只問耕耘，不問收穫」的想法，一步一腳印，華文教育在菲律濱的前途，還是有希望的。敬請大家不要灰心喪志，只要大家時時刻刻自我警惕，自我鞭策，華文教育的光明願景，必將在各位先進的努力開拓、悉心灌溉下，早日實現。

提及老師的用心及鼓勵，我在中正學院從小學起的幾位啟蒙老師，印象深刻者如：林故勵志師、莊麗桑師、郭金梅師、王珊珊師、等；中學部的李惠秀師、林故後康師、莊適源師、蔡順美師、陳錦芳師、鄭秀霞師、莊淑珍師、吳淑霞等等，幾位循循善誘，誨人不倦的風範，迄今令我念念不忘。

九月初，我應邀出席在印尼峇厘島舉行，第十二屆亞洲華文作家年會，會中喜獲馬來西亞華文女作家潘碧華教授，贈送

一套馬華散文史讀本共三冊，讓我大開眼界，進一步了解馬華文學。

我現在謹將引用，她在書中的一篇「馬來西亞八零年代校園散文所呈現的憂患意識」論文，其中述及馬大文集〈有一座山〉作品的一段文字，與各位老師分享。

「我們心中其實都有一座山。一座山在我們心頭重重壓著。

當我們站在山上遠眺，看著我們許許多多的史實，在我們腳下任人踐踏，再如雲霧飄散流失的時候，你甘心嗎？」

真話難言矛盾重重

九月十九日我在上海飛回馬尼拉的菲航班機上，閱讀商報一篇整版的文摘，由於標題非常醒目，立刻引起我的好奇。這篇「在中國大家都說假話，這個社會好得了嗎？」的作者，是一位八十一歲的中國著名經濟學家茅于軾。據他的觀點，在一個沒有說真話的環境裡，當人人因抱着「言多必失」，而全都說假話的時候，這個社會一定會衍生許多矛盾。

茅于軾說：「當然『言多必失』是對的，我得謹慎一點，但是我不能因此就不說，知識分子的看法要讓大家知道，所以言多必失是一方面，不能說就不言，因為怕有失，就一聲不響，這個我覺得不對」。當然，作為一個知識份子，僅只敢於說話還遠遠不夠，最寶貴的是要敢於說真話。像茅于軾這樣的經濟學家，到了八十多歲才發現「在中國大家都說假話……」，未免也太遲鈍了。也許是充當了一輩子的御用文人之後，最後終於良心發現，

可是已經腦滿腸肥，於事無補了。

綜觀以上兩位學者專家的苦心，一段段發出內心身處，且震撼人心的忠言，確實發人深省。也許這些來自不同領域，因應時代變遷所滙成的論述，可以作為我們今天諸位老師，追求夢想，完成使命的最佳驅動力。

去年當已故好友振黨同志懇邀我來講話時，我的第一反應，即直截了當表示：「對不起，我不適合執行這個任務」。

因為我的學識薄，資歷淺，輩份又低，加上我敢言直率的個性使然，我總覺得身處當今的大環境裡，說真話的成本實在太高了，因此深感與其說真話，不如說好話來得瀟灑，但是說了一堆瀟灑的好話，又有何益處呢？經過振黨兄的再三苦勸，我的良知才鼓起勇氣，御下重重「障礙」，欣然接受此一交付的任務。

今天我硬着頭皮，誠惶誠恐地在諸位先進、前輩們面前，東拉西址，搬門弄斧一番，敬請各位多多包涵。

衷心感謝各位老師及各位好友同志，耐心的分享我個人對華教的一點淺見。敬請諸位先進老師不吝指教。

敬祝各位老師教師節快樂！

也祝福諸位老師身心愉悅，事事成功。

二〇〇九年九月十二日泉州初稿

二〇一〇年九月十七日上海增修

二〇一〇年九月廿一日寓所完稿

二〇〇八年二月廿五日草稿

正視歷史珍惜歷史
——評選建國百年學生作文比賽作品有感

前言

　　菲華各界慶祝建國百年籌委會，為使現代學生有機會認識國父孫中山先生的革命事蹟，特別舉辦一場「看圖作文」中學生現場寫作比賽，獲得大岷區華校六十幾位學生的響應，參與一場探索歷史的知性之旅。

　　筆者被點名擔任三位評委之一，協助篩選優秀作品，深感榮幸之餘，自我期許，認真閱卷，俾不負所望。三夜的挑燈奮「戰」，細心品味四十三篇作品後，感慨萬千，不勝唏噓。心疼華教一再墜落，惦念華夏風雲變化，跳躍亂竄的錯綜複雜思緒，旋而轉向時下華教的點點滴滴，連帶對海峽兩岸的政治氣流，有所感悟。因而鼓足精神，揮筆為文，抒發情懷，聊表心意。

華文生態阻礙提升

　　當今十五、六歲的華裔學生，無論是土生的，抑或外來的，幾乎無一幸運逃過一波波因華校「墮落」作為，而使華教江河日

下的厄運。影響所及，華校的整體華文學力呈現直線衰退，似乎還有愈陷愈深的趨勢。

筆者之所以冒然斷言「墮落」，乃緣自於上世紀七零年末華校菲化案後，縱使枱面上的華文課程看似嚴重縮水，然而，政府卻始終未予嚴密管控，華校四十年來的打拼經營，誠擁有寬廣的時空，充裕的資源，可以靈活深耕華文，提升華文。

無奈事與願違，種種前所未有的主、客觀因素的無限「套牢」，讓我們一再錯失，傳承華教優秀傳統的先機，讓眾華人無可奈何，感嘆華教一年不如一年，年年傷感年年茫（盲），因循苟且，無為而治，以致無力迴避，踩入永難翻身的田地。

且看看今日華校吹拂的風景線，便可輕易理解筆者為何選擇使用「墮落」兩字，描繪華教的一般現況：

華校的經營舵手——青黃不接；

華文的學習氛圍——持續低迷；

華文的授課內容——再三簡化；

華文的授業品質——不斷滑落；

華文的課外活動——逐漸蒸發；

華文的應用機會——日益式微；

華文的學術地位——奉陪末座……。

面向一連串對華文的圖存發展極為不利，且呈向下沉淪的「墮落」生態，華校今後如何風光地沐浴在「華文」招牌的光環？又如何有效實踐「培養一群具有中華文化氣質的菲律賓公民」的美好願景？

海峽兩岸爭奪國父

欣逢建國百年，海峽彼岸為了擬聚全球華人的向心力，居然以慶祝辛亥革命百年活動名譽，堂而皇之與中華民國爭搶國父，造成全球的「孫文熱」。然而，在熱鬧慶祝，以國父孫中山先生為首的辛亥革命百年週年之際，卻不知何故，嚴重忽略、或避忌一段由孫中山先生領導的中國國民黨，在辛亥革命成功後，肇建亞洲第一個共和國——中華民國，及榮任中華民國首任大總統的歷史真相，令人費解。

以歷史的角度而言，倘若要尊重孫中山先生，要宣揚孫中山先生，就要正視中華民國存在的客觀現實。更要完全承認孫中山先生手創的三民主義，在寶島台灣貫徹實行六十餘年，所取得的豐碩傲人的成果。此一成果，簡要列舉：

在經濟建設方面，造就了舉世公認的「台灣奇蹟」，又大力促成了震撼全球的「世界工廠」；在文化建設方面，完完整整的保留中華民族五千年的文化資產——中華文化，而中華文化的精髓，舉世可能只有在台灣才能企及；在政治建設方面，全面實行三民主義民有、民治、民享的崇高理想，由人民直選總統，使得中國人充分體驗空前性的真正民主；人民得以實現當家作主的夢想。

看圖作文認清歷史

大會訂定「看圖作文」的題目，不外於「黃花崗七十二烈士的故事」、「國旗的故事」、「武昌起義的故事」、「國父孫中山先生在海外推動革命的故事」等等。在兩個小時的限時比賽中，學生在僅有的一本字典的陪侍下，只能擅用超強的記憶力，將百年前辛亥革命的一幕幕歷史，用最熟練的文字，最真摯的情感，譜成一篇篇平實、純樸的文章。

在批閱這批作品時，筆者有以下幾點感觸及想法：

一、學生撰文敘述辛亥革命的故事，用詞遣字，似有時空倒置的錯亂感，諸如：「資產階級革命」、「清廷的反動……」、「……清廷的溥儀退位，中華共和國出生了……」、「台灣的國慶日……」、「台灣國父……」、「台灣的國旗……」、「把孫中山當神一樣地拜……」等猶如颳起的思想「風暴」，所引發的古怪亂碼用語，竟然出現字裏行間。基於華教的「墮落」現況，我們實在不忍苛責學生此一因思想混淆，而造成的行文瑕疵，因為這群優秀的本土及外來學生，在各自成長的時空，何曾有機會親近並真正認識，一部未被篡改過的中國現代史？這何嘗是他們的過錯？

二、撰寫歷史性的敘事論文，倘若無豐富的語言基礎，及紮實的歷史修養，實不易發揮。甭說十五、六歲的孩子，

就連深諳史實，且具備語言功力的成年人，也不見得可以從容落筆、稱心完稿。況且回首過去台灣綠色執政的八年，在「去中華民國化」、「去蔣化」等政治操弄下，中華民國的整體意識，在年青族群中，已趨淡化。尤有甚者，海峽彼岸，今年在全球發動鋪天蓋地的一連串「辛亥百年」活動，讓已屆百齡風華的中華民國，及其所承載鐵一般的建國史，卻無端、無情地被抹殺，被遺忘。中華民國的響亮招牌，在海外華人的視聽線，猶似更模糊，更遙遠。身處如此險峻錯亂的時空背景，倘若想要認真研讀辛亥革命的歷史，焉有公正客觀的學習環境？

三、也許有人會質疑，可能有一部份參賽學生，將指導老師事先備好的文稿，再由學生照本宣科「執行」，我們如何公正判定學生寫作的真實水平。在一般正常發展的情況下，此一論點，無可厚非。但顧及目前華校的種種客觀因素，我們只能退而求其次，降底評分門檻。如此至少可讓本地的年青學子，有機會多少吸取一些中國現代史的營養，就算是「死背」作文也無妨矣！

經由施柳鶯學長，黃俊圖學長及筆者再三斟酌，最終以鼓勵重於評議的標準定奪，挑選十篇表達技巧與眾不同，且敘述內容、修辭運用較為突出的作品，提名上榜。

正視歷史珍惜歷史

四、參賽作品中，令人欣慰者，莫過於有多位學生，皆直截
了當闡釋正視歷史的重要性，表現不俗。

邱韻怡同學的「儘管時代變遷，但時間不能抹去歷
史的痕跡……」；

陳棹楝同學的「今天、我們紀念辛亥革命，就是要
牢記歷史給我們的教育和啟迪，深刻認識和領會今天幸
福生活的來之不易。珍惜現在，就是尊重歷史；尊重歷
史，就要開啟未來。……」；

吳琨琪同學在「國旗的故事」提及「……尤其當你
真正靠近，了解它的故事，明白它的涵義及歷史痕跡，
會讓你憾動與疼惜。……」；

蔡宗佑同學的「……讓我們緬懷先烈的偉大，循著
英雄踏過的血路，記取歷史教訓。……」；

李森萍同學的「……又是誰的奮鬥讓傲菊遍地開
花，成功的讓中華民國，締造了歷史的新頁？……」
等等。

藉由此次比賽，我們的參賽學生果真清楚認同，且不懈追
逐，此一放諸四海皆準的歷史定義，今後在日常生活中體現緬懷
歷史，珍惜歷史，捍衛歷史的崇尚理念，中華民族的未來必然光
芒萬丈！也必然千秋萬世！

二〇一一年十月三日寓所

珠聯壁合相映成輝
——《相印集》風采先睹為快

喜結善緣

菲華文壇人才濟濟，高手如雲，不乏優秀作家，鴻篇巨制、妙筆生花的傑出者也大有人在。然而珠聯壁合、並駕齊驅，且又出類拔萃、赫赫有名的卻未多見。著名詩人、作家兼新聞工作者，師丈芥子與著名作家，恩師李惠秀是這樣難得的一對。

我認識他們兩位算是一種機緣。師丈芥子是我在《聯合日報》編輯部工作時結緣的，可能是他知道我是他太太的學生，就對我百般呵護。這對初出茅廬，剛步入社會的新人來說，是求之不得的天大恩惠。他溫文儒雅，有求必應，對於提攜後進有著一股活力及熱情。我初次參與文總的捍衛民主，擁抱自由活動也多得力於他的薰陶和鼓勵。兩方面迥然不同的工作」跑道」，我一路奔忙，何其有幸，每逢事務纏身，尤需再三摸索的時候，幸蒙他不厭其煩的投予關愛的目光，及伸出熱情的援手。

恩師李惠秀是我中正學院中四時的中文老師，也是我的文藝寫作啟蒙老師。她有別於其他的老師，除了認真教學之外，還不時輔導我們課餘閱讀一些優秀的文藝作品或書籍，她以服務華

校三十多年的寶貴心血與豐富經驗，成功地實踐「以藝術欣賞滋潤心靈，以文藝創作提升精神，以從事教育充實生活」的教學理念。她常鼓勵學生要終身學習，培養愛好文藝的興趣，且要多找課外參考資料，多做課外作業來增加知識。當時一些不明就裏的同學、曾對李老師的一番苦心多所忽略，疏於配合，事後證明我們這群得天獨厚的學生，能夠盡情暢遊在浩瀚無垠的文藝海洋，得益於她的細心灌溉，諄諄教誨。

芥子的旋律

他們的作品合集《相印集》即將付梓，讀者很快就能欣賞到一部華章薈萃、珠聯璧合、各呈異彩、相映成輝的文學精品。《相印集》分為上下集兩本：上集是師丈芥子的作品，分「情韻悠遠」，「隨筆雜思」，「戲劇」，「小說」，「詩情畫意」，「評論芥子的文章」，「懷念芥子」，「附錄」和「紀念圖輯」一共九輯；下集是恩師李惠秀的作品，分「散文（抒情）」，「散文（論說）」，「教育／見聞」，「語文／省思」，「文藝／文化」，「音樂隨筆」，「慶節/紀念文章」，「人物簡介／懷念」，「簡介文友文章」，「評論惠秀作品」，「附錄」，「紀念圖輯」一共十二輯。本書收集多篇介紹作者和評述其作品的文章，對於瞭解和認識他們的創作經歷及作品的影響大有裨益。

師丈芥子（1919-1987），原名許榮均，福建廈門人，早年就讀鼓浪嶼英華書院，因戰亂南渡菲律賓。菲島淪陷，他與柯叔寶編印抗日義勇軍機關報《大漢魂》，儼然一位年輕的愛國先

驅，勇敢的地下工作鬥士。光復後，與柯叔寶主編《大華日報》副刊「長城」，組建文學團體「默社」，編印了第一本菲華文藝作品選《鉤夢集》。青年才子，詩文見長，1951年當選為菲華文聯常務理事，文聯第一屆文藝講習會主任，為菲華文學的創立與發展建樹良多。

師丈芥子是一個多面手，作品有詩歌、散文、戲劇、小說和雜文。在整個創作中，愛是基調，也是主線。他愛親人，愛朋友，愛家鄉、愛社會、和愛國家。

師丈芥子的愛戀是熱烈執著的。他熱愛母親：「愛大海，因為大海是地球的母親；愛自己，因為自己有個母親。」對於心愛的情人更是一往情深。還說：「我把人間一切智慧的詩句呈獻給你浩瀚奧秘的心靈」（《獻》），「多少頁詩箋為你譜寫，多少失眠夜為你祝福」（《戀歌（九）》），「一曲高歌，聊寄萬縷相思」（《戀歌（一）》），「明月夜，有人願自掏出詩心」（《戀歌（八）》），「月有盈虛，水有潮汐；唯有我對於你永有一份信心」（《藍色的小夜曲》）。火熱的愛慕之情醞釀已久，從《獻》開始傾注，到《年青的神》徹底爆發，一直為情人那如黑夜裏星星般晶亮的眼睛癡迷，要以人間最智慧的詩句敲開對方浩瀚神秘的心扉。其愛之熱切、誠摯，宛如清泉涓流潺潺，蜿蜒纏綿；其愛之衝動、激蕩，猶如江河奔騰洶湧，一瀉千里。

師丈芥子還愛綠色，愛大海，愛音樂。他眷戀大海，因為澄藍的波濤象徵他青春的歲月，彩色的貝殼象徵他童年的夢境，潔白的浪花撫慰他憂鬱的心靈（《詩人與海》）。他沈湎音樂，因為唯有音樂能使他奮然斬斷不絕如縷的愁絲憂緒，給他一份崇高

的情感（《音樂之戀》）。他鍾情綠色，因為「綠色象徵生命，綠色蘊育青春，綠色是詩，綠色是畫，綠色是永生，綠色是無極。」（《綠色之戀》）

師丈芥子的「芒鞋破缽走不盡迢遞的旅程」（《友情草（六）》）、「來時風沙，去時一身雨雪」（《無題（六）》）、「可惱夜來一陣風雨蕭蕭，帶來了憂煩——油鹽米柴」（《無題（三）》）、「漫漫長夜有人陪我受苦」（《無題（四）》）、「尋夢，自己先迷失了來路」（《孤帆》）等等。皆為師丈憂思綿綿的最佳寫照。

師丈芥子的希望是殷切美好的。他抱誠守真，在兩個方面寄予了莫大的希望：希望姑娘「別辜負良辰美景，你掌舵，我把槳，讓生命的扁舟，今夜出海遠航」（《海上戀歌》）。「……其實，天下母親皆偉大，那一個為人子女者未曾沐浴過人類最崇高至情的母愛？那一個人未曾受過母親訓勉鼓勵向上的慈恩？祗因兒女有賢與不肖之別，影響到有些母親失去其應得的尊榮。」（《天下母親皆偉大》）。

熱愛音樂的師丈芥子，他的詩，洋溢著濃郁的音樂性；其中如：《獻》、《年輕的神》、《亞加舍樹下》、《黃昏之歌》、《孤帆》及《坐看雲起》等首，為菲華名音樂作曲家及大師譜成旋律優美之獨唱和合唱曲；且多首經由菲華樂壇傑出歌手，以及華社大合唱團，應邀於華社重要團體，在節慶場合演唱，並頗受聽眾歡迎讚賞，蔚為菲華文藝界空前罕見的盛事。

除醉心文學，師丈芥子也是一位傑出的新聞工作者。五十年代擔任大中華日報社論主筆，公理報及聯合日報撰寫「自由

談」、「子不語」及「島中人語」專欄，是華社最受歡迎的專欄作家之一。

師丈為人正直，與世無爭，但妒惡如仇，每遇不平之事，師丈便會適時地以諷刺，或幽默，或影射的口吻筆觸，巧妙的反映在專欄介面，以精練老到的語言文字，激蜀揚善，潛移默化。師丈關心國事時事的超然胸襟，由此印證：「唯有人人負起應負的公民責任，拿出熱情與市長衷心合作，美化岷尼拉市才有望計日實現。我們此時擬指出一項改革市政的最高原則，言之也許屬於『老生常談』，實際上它確係任何改革運動的先決條件，它就是：革新要先革心。」（《美化岷市人人有責》）。

師丈對於提攜文藝幼苗，也有顯著的業績。從五十年代，擔任文聯文藝講習會主任，及後來早期的菲華暑期文教研習會寫作班主任，栽培文藝青年無數，活躍於八十年代的中生代文藝作家群，絕大多數為文聯當年紮根孕育的成果。而八十年代初入文壇的束木星，曾文明及筆者等等，也無不深受其直接、或間接的精神及物質鼓勵，為菲華文壇的發展及傳承，克盡心力。

「……這些文藝社的成員與領導者都是年事尚輕的寫作朋友，其中都不乏寫作年齡在十年上下者，作品也較成熟。但也有若干位從事寫作祇有幾年的作者，寫出了一手漂亮的散文。年青的朋友有相當成熟的作品問世，怎能不叫人由衷讚佩呢？我們應為菲華文藝運動的前途慶賀。」、「退一步說，如果我們真的如人家說的僑社是一片沙漠，這倒是值得大家警惕了，而唯一可以自慰的，就是晚近愛好文藝的青年日多，青年作家輩出，沙漠已非全無水草，沙漠也有一片綠洲。」（《沙漠也有綠洲》）。

　　恩師李惠秀在《舊夢縈迴記芥子》一文中，也曾提及：「芥子常以菲華文壇未能積極培養接棒人為念，但近年來欣見不少新銳閃耀光芒，不少文藝團體也注入新血，增強活力，這使他對菲華文運的前途充滿了信心與希望。」

　　菲華已故傳統詩人，資深作家莊無我在悼念師丈的專文，以「浩氣歸千古，丹心昭太虛」為題，文中敘述「以今之定論，兄自抗日地下工作，游擊生活，及文聯，推動文運，至今一世為人，忠貞不二，默默苦幹。不炫耀居功，不為名計位，先生今已『全忠全節而歸』，不負社會，不負國家，不愧志士家風……」等為結語，儼然為菲華一代優秀的文藝工作者優秀的新聞工作者，及優秀的社會工作者等三重身份，詮釋最佳的人生註腳。

惠秀的文思

　　恩師李惠秀原籍廣東臺山，筆名枚稔，1956年與師丈芥子成婚。她從事教育多年，勤勤懇懇，兢兢業業；一直滿腔熱忱、不遺餘力地致力於中華文化的傳播。曾任菲律賓中正學院中國語言研習中心主任兼講師，及菲律賓《環球日報》「文藝沙龍」副刊主編；現任菲華文藝協會、晨光文藝社、亞華作協菲分會理事、與菲律賓隴西李氏宗親會華文教師聯誼會創會會長等職。作品以散文為主，且多為論及教育、語文、文藝、文化、音樂等，涉及社會生活，環保等方面的篇章。

　　「芥，你走得太快！你沒有帶走末世的虛名和浮華，卻留下

給孩子和我無盡的愛。」這是師丈芥子文藝創作的一個句號，也是恩師李惠秀對師丈芥子深厚的情懷。

她認為「宇宙萬物中，人類得天獨厚，擁有神秘奧妙的情感——愛，來維繫感情，使生命活得更有意義。」（《情感的珠璣》）「只要有愛，美好的世界就無所不在。」（《愛的世界》，」她愛文藝，因為「文藝可以充實我們的物質生活，也提高我們的精神修養。」（《文藝贅言》）她熱愛音樂，因為音樂常常牽引她「到一個飄逸空靈的精神世界漫遊」，點綴她的生活情趣，滋潤她的生命，充實她的人生（《樂韻歌聲往日情》）。

她熱愛中華文化，全身心地投入菲律賓的華文教學，在她有關文化、教育、文藝等多篇文章中，我們發現她的最大希望是中華文化能夠得到傳承和弘揚。

她對土生土長的華人華裔學生，語重心長懇請「更要珍惜當前學習華文的機會和權利，多多吸收中華文化和道德的精華，愛護中華文化；從「愛」中去瞭解中華文化的博大精深，歷史悠久，貢獻偉大，而樂於做龍的傳人」。（《社會環保‧心靈環保》）。

恩師李惠秀時常在作品中探討生活與關懷社會方面的問題，如「身為婦女，如何配合社會群體的力量，發揮文藝的功能，來彰顯真善美，提高生活品質，這是目前亟待解決的家庭教育課題」（《清澈的源頭活水》）「大雨、洪水、颶風、地震……不斷侵襲到人們的居處，這是大自然反撲，向人們討回公道的例證」，「人類應覺醒要和大自然和平相處；宗教家和教育家們都

呼籲，人們要以『愛』與『尊重』，去關懷萬事萬物；共同營造和諧幸福的『地球村』」。（《愛的世界》），這些都是饒有趣味而又富有意義的啟示。

恩師李惠秀對人生有豁然開朗的體會，她感悟：「我是很平凡的人，在平實的人生中卻曾擁有過很多恩惠，讓我內心常常充滿感恩惜福，和自滿知足的愉悅。」、「音樂就如同一道曲折曼妙的河流，淨化我的心靈，滋潤我的生命，充實我的人生在平凡中知足常樂……（《知足常樂》）。

恩師李惠秀對環保的重視，不僅止於人類生活環境的有形環保，對於潛藏人體無形的心靈環保，她直言「至於內心的環保，就要『淨化心靈』，也要人從自身做起，先要自愛；不使心靈受到污染」。

她分別引用證嚴上人，「口說好話，心想好意，身行好事」的開示；也響應星雲大師所提倡「做好事，說好話，存好心」的「三好」運動。（《社會環保・心靈環保》）。

珠聯壁合

兩位作家的作品有很多相同的特點；首先，想像力，聯想力，前瞻性，神思飛揚，跨越時間空間，遨遊無盡無極；再者，作品富有強烈的藝術感染力。無論是詩歌，還是散文，乃至雜文，讀起來都琅琅上口，鏗鏘有力，其原因是使用了大量的排比、對仗、對稱的手法，節奏鮮明，韻律優美。加上豐富的想像和優美的語言，讀完之後確實給人以餘味無窮的感受。

　　古人云，詩言志，詞言情。兩位作家用他們的詩文表現了堅強的意志和豐富的感情，而且思想境界又是那麼高尚。

　　「相印集」上、下卷真實地表達了一代海外華人的心聲，是菲華文學寶庫的一顆璀璨的明珠，它的出版將會產生深遠的影響。

續譜未了的月曲
——悼念詩長月曲了

> 月曲了詩長走了，走得太突兀，令各方親友、文
> 友，悼惜同深。

> 月曲了詩長走了，戴著海內外文藝界各種榮耀的桂
> 冠，乘鶴西歸。

若莉姊及蔡銘兄分別於十一日早上打手機給我，看似都急於
相報此一噩耗，可當時我正在香港中環國際金融中心，忙着辦理
登機手續，錯過接駁此一相信任何人都不願觸及的訊息。

十一日下午四時，在機場入境大廳領取行李時，我去電蔡
銘，耗報驚傳，悼念良深。一代詩人，忽驚溘逝，怛念文藝，損
失綦巨。

猶記得六月八日，蔡銘兄約我偕同文志兄，仲煌詩友，
小釣詩友一同去探望，剛完成一次摘除腳部大動脈腫瘤的大手
術。當時詩長的臉色些許憔悴，但精神煥然，談笑風生，一如
往昔。交談中，偶爾不忘派上幾句略有詩意的話語，令眾人又
一次親炙，詩長出口成詩的功力，即使在病榻中，毫不為遜。
令人更欣慰者，莫過於詩長安然渡過一劫，同時手術後恢復神
速，異乎尋常。

　　詩長是個感情真摯的性情中人，得天獨厚的是他枕邊擁有一位既賢慧美麗、又能煮、能寫、能說的超級賢內助，詩長與錦華姊是菲華文壇一對令人羨慕的夫妻檔，平時參與各種文藝活動，夫唱婦隨，形影不離，一時傳為佳話。

　　詩長伉儷也是一對事佛至敬的虔誠佛教徒。他們每日早晚誦唸大悲咒，且持之以恆，數十年如一日。如此誠心善心的修行，焉有不獲佛祖洎諸天善神的庇佑，再庇佑。而在十一年前與十一年後，與頑強病魔的數次搏鬥中，連連一路綠燈，安全過關，也順利康復。

　　六月十九日，我剛從上海抵岷，還在返家的路上，我在座車便迫不及待打電話給詩長問候，手機傳來對方鏗鏘有力的聲音，加上他對文協三十週年慶出版叢書的進度，殷殷詢問，也準備與錦華姊再合著一本，作為文協卅年慶的獻禮。內心直覺詩長的健康指數，已完全恢復正常，令我相當興奮。我們還在電話中相約，與錦華姊相偕出席，將於十一月底在廣州及高雄兩地召開，世界華文作家會議為期十日的兩段行程。

　　詎料，詩長的病情，會在極短時間內急轉直下，感慨造化弄人，莫此為甚。

　　回首去年年初，我開始動筆嘗試塗鴉現代詩，詩長不厭其煩地撥冗指導，並贈閱幾本台灣出版的創世紀月刊。屢次在小店的面授機宜，歷歷如昨。而今，不意遂已隔世，悲怛何似。唯詩長的立業立德立論，素為社會所崇重，哲人云亡，精神固宜不朽。

　　詩長的遽然仙逝，豈僅是錦華姊一家人的損失，菲華社會將

痛失一位文壇的優秀詩人，及文藝志工，世界華文文壇也將頓失一位中華文化的忠實尖兵。

據若莉姊轉述，七月三日、亦即詩長撒手仙遊的前一個週末，由華青文藝社主辦，蘇榮超學長主講的新詩創作講座，詩長一往情深地偕同夫人出席，且自始至終，全程參與。尤有甚者，對年青學子的多項問答交流，一絲不苟，有求必應，這對一位剛動大手術的人而言，可是一項不輕的負荷，然而詩長因秉持關心菲華文運，提攜後輩的一貫情愫，凡對於推廣文運，及培育幼苗的紮根工作等，皆令詩長魂牽夢縈，無比投入。

華青文藝社的講座，何其榮幸，在詩長人生最後的旅程中，能獲邀現身談學論道，諄諄教誨。相信當天在座的所有聽眾朋友，除就現代詩這門奧祕學問，獲益匪淺外，也因得以上詩長的最後一堂課，而彌足珍貴，且終身難忘矣。

茲將重錄刊載於千島詩社，為追悼詩長月曲了而出版的專輯，其中拙作「詩心無盡」一首，作為此篇悼文的結語。

詩心無盡
——敬悼詩長月曲了

不管詩品生前

如何潛修

今後請把他

引入天地間最佳排行榜

自此我認真探尋

從不受藝海消沉的詩魂

認真品嚐

穿越時空的詩韻

復而真正感受

低空吹拂的詩馨

真正感染

永續發酵的詩心

星雲夾道

讓他在另一場筆征中

續譜未了的月曲

二〇一一年七月十二日寓所

【第十二屆亞洲華文作家印尼峇里年會論文】
菲華文學何去何從？
——菲律賓華文教育對菲華文學的影響

眾所週知，文藝植根於文化的土壤。菲華文藝界因華文教育江河日下，有興趣有基礎的文藝青年寥寥無幾，菲華文學正面臨空前嚴峻的挑戰，菲華文學今後的興衰命運，完全取決於華文教育改革與提昇的成敗。

土產作家鳳毛麟角

活躍於當今菲華文壇的作家，幾乎全都是上個世紀六○年代，由文聯聘請台北名作家來菲主持文藝講習會，而成功培育起來的文藝作家。往後的四十年間，菲華文藝界在培植文藝幼苗這方面的工作，可以直言幾乎交白卷。其中中華文化復興運動推行委員會菲分會所主持的寫作班，及近年來由華青文藝社培育的青、少年，由中國移民來菲的小留學生，比率偏高，這些人大多學成返回中國、或轉赴他國深造，因此真正留在菲華文藝界筆耕的青年作家為數甚少。幾位在八○年代加入菲華文壇的寫作行列，至今尚在服役的中年作家，也不會超過十人，而土生土長的比率，更是鳳毛麟角。

　　華文教育式微所衍生的諸多問題，自上個世紀八〇年代末，菲律賓華人社會即有一批商界及文教界的有識之士，紛紛疾風迅雷地呼籲各界人士正視此一頹勢的急劇惡化，也曾下定決心提出一系列的搶救措施，諸如：華文教師集體在本國、或分批赴中國、台北等地速成培訓；各華校全面提昇華文教師待遇及福利；改編適合菲律濱地區的中、小學華文教科書；聘請兩岸資深教師來菲教學，或巡迴指導，或駐校督察；兩岸選派志願者、或實習老師來菲充當臨時教師；發動募捐充作華校流失學生補助金；遴派並全額贊助學生赴中國攻讀教育科系；暑期組織龐大學生隊伍，分赴兩岸多地進修華文等等。

文人志士肩負使命

　　菲華社會向來是商業社會，由商界熱心教育的人士帶領，向整個華人社會募集巨資，熱情支援，力挽狂瀾，以圖解決華教三四十年來日益增多，且懸而未決的陳年老賬，其立意良善，精神可嘉，值得喝采。可是光靠財力的傾注，沒有全面反思及長遠規劃，絕無法奏效。雖云萬事非錢莫舉，然金錢誠也絕非萬能。華教日漸沉淪的諸多原因中，人力資源及專業培訓的極度匱乏，當屬首項。所謂人力資源，即指華校的行政人員及師資隊伍。

　　華校師資的節節衰退，三四十年來不但未見好轉，反有愈演愈烈的趨勢。華社先前不是沒有偵測到此一逐年衰退的現象，而是沒能善用專門人才，真正對症下藥，大刀闊斧地改革。華社各相關組織機構，曾不惜代價，前仆後繼，爭先推展搶救華教的

種種措施，應有盡有，包羅萬象。一幅幅花團錦簇的榮景，一首首歌功頌德的樂章，此起彼落，爭奇鬥豔，搞到最後卻是勞民傷財，人仰馬翻，就是不見華教稍有任何起死回生的一絲生機。

華校的行政人員亦然，縱觀時下華校的組織生態，缺乏具有管理知識長才，及教育科班出身的校長、主任等，比比皆是，不一而足。由外行人帶領內行人的謬事，自是層出不窮，旋即因循苟且，惡性循環，形成畸形發展，焉有獲取向上提升的能量及機緣？

基於上述兩大弊病，菲華文藝界手長衣袖短，心有餘而力不足。本文無意否定、或貶低多年來曾在菲華教育界辛勤播種，犧牲奉獻的華教界及菲華各界人士的努力。然而，投資再多的人力財力，倘若無法取得實際效益，達到預期的目標，徒勞無功，只有枉費所有參與者的心血。因此誠懇呼籲菲華各界，切實正視此一危及華文命運的空前危機，捨棄表面張力，切切實實從根下手，全盤檢討，全面興革。

有抱負、有理想的文人志士，在此一重要的關鍵時刻，豈可置之度外，不為華文教育及菲華文學的出路，及時善盡職責？

文學自救力挽狂瀾

中國名作家劉再復先生，在香港作家聯合會二〇一〇年會員大會上，曾以「文學的自救」為題，發表一場精闢的講演。〔全文曾刊載於二〇一〇年七月廿二日菲律濱世界日報文藝副刊。〕

　　劉再復先生對當代中國文壇的前瞻性論述，針砭時事，對當前肆無忌憚的歪風，提出應興應革的建言，見解獨到，發人深省。

　　若以其論述的精神加以推敲延伸，有一部份也可適用於當代的菲華文壇及華文教育界，茲將引述劉再復先生的一段話，聊作與菲華文藝界諸君互相砥礪，互相打氣。

　　劉再復先生提出的「文學的自救」，直截了當高呼「救救自己」。他說「……現在的世界已變成一個金錢開動的機器，全人類的神經已被金錢所抓住。……」；

　　又說：「……這個時代不適合詩歌生長，不適合文學生長，在這個時代裡，文學只有兩種前途，一種是迎合金錢潮流，生產沒有文學價值的文化消費品。另一種就是堅守文學立場，繼續創作文學精品。只有這兩種選擇。選擇前者就只能當風氣中人，潮流中人。選擇後者，就要跳出風氣，跳出潮流，甘當卡繆筆下的那種『局外人』，或者曹雪芹筆下的那種『檻外人』。自己創造自己的文學世界，這就是自救……」；

　　再說：「……一個真正的好作家，不是時代所決定的，不能說我們的文學是時代的產物，儘管文學與時代有關，但不能說文學是時代的產物。曹雪芹生活在文字獄最猖獗最黑暗的時代，可是，就是在這樣的時代裡，產生了最偉大的作家，最偉大的作品。……」

興革華教從根作起

處於客觀微妙的環境裡，菲華文壇不妨嘗試擬定一套「文學自救」的方案，有規劃、有系統、有獎勵地協助華校培育文學幼苗，也為華教注入一股活力，短期間姑且不問收穫，只全心投入務實的耕耘行動，一步一腳印，循序漸進，逐漸形成。

倘若從遴選華校小學資優學生着手，不分土生土長，抑或新來的小移民，經由華教界及文藝界聯合組成的文藝志工隊，嘗試採用認養的方式，有規劃、有步驟重點培訓，從小學、中學、大學、以至進入社會的每一個成長階段，儘可能時時給予愛心，給予輔導，給予鼓勵，勢必會有一番意想不到的收穫。

倘若一味以種種現實生活的束縛當理由，或任何理直氣壯的藉口搪塞推辭，我們將永遠錯失此一有可能轉型的大好契機。今日不做，越欠越多，債臺高築，明日後悔莫及矣！

至於外來的學生，文藝志工也不必擔憂將來大學畢業後外流、或返回原居留地發展的現象。倘若由菲華文藝志工長期細心呵護、栽培，而有幸成為明日作家，相信他們也必將融為世界華文作家大家庭的一員，也可以名正言順當起菲華文藝〔或之友〕的一份子，何樂不為？

校園閱讀提升文藝

中華民國僑委會近年來派遣多名替代役男，來菲担任志願老師，投入振興華校華教的行列，直接面對華生授業解惑，成效可期。倘若這批志願老師能於週末、或閒暇時段撥冗，積極參與菲華文藝界活動，以最基本、最簡單的方法着手，藉由帶動鼓勵華生閱讀文藝書籍，或口頭報告讀書心得，或進一步撰寫讀後感等形式，一步一步地將文學與寫作帶進校園，提昇校園的文學氣旋。

倘若因客觀環境無法突破路障，以致事與願違，短期內無法達成培育小作家的預期目標，至少也可訓練出一批批讀者群，也是「文學自救」的一貼良方，不妨一試。

至於「華教自救」，我們也可參照「蒙地索利」教學的精神，選擇一、二家具規模的華文學校作實驗，從小學一年級開始重點集訓，重金聘請資深華文及英文教師，採用雙語制教學，平行發展。君不見時下號稱大校的華校，其中文的課內外時間，早已被英、菲文課有意無意間強取豪奪，華文的授課時間大幅壓縮，讓已趨江河日下的華文學習氛圍，更加見絀，也讓有心施教的優良老師哀聲嘆氣，求助無門。凡此一悖逆傳統學風的奇怪作為，已形成名不符實的華校。

培育幼苗此其時矣

　　另方面，設置一筆專用獎學金，每年定期獎勵課內外績優學生，同時讓這批績優生固定於每年暑假期間，免費派往中國或台灣，參加有系統的「中國文學入門」進修班，藉由小說，散文，新詩的薰陶，增強其對華文聽、說、讀、寫的能力。筆者是上世紀八〇年代的華校產物，由筆者近卅年來在文藝界的努力耕耘，足以證明當年華校的華文教學水平，還是可以有效栽培有志於菲華文學的學生。

　　上述兩項方案的巨額經費，可商請華社領導人陳永栽先生主持的「陳延奎基金會」，仿照每年資助華校中、小學生，分赴兩岸參加暑期進修的作法，以及比照商總「補助華校流失學生基金」的運作模式，或籌募一筆基金支應，以利進行。相信大多數的華僑華人，不只樂於見到所有華裔學生，皆有良好的機會學習中華文化，更企望一批批學有所成的華裔學生，有朝一日成為菲華文教界的接班人，承担延續中華文化香火的重大使命。

　　此一構思或許會被視為天方夜譚，異想天開。然而，非常時期若不藉非常手段，以赤誠的心，再以實際行動，予以灌溉，予以呵護，一分耕耘，一分收穫。否則，永不停歇地在耳畔心間響起「傳承文化」、「推動文學」、「振興華教」等心願，將是真正奢談的幻想。

完稿於二〇一〇年七日卅一日寓所
〔刊載於亞洲華文作家協會第十二屆論文集〕

回歸中正的傳統校風

　　中國近年來在經濟、科技、體育、文化等領域的突飛猛進，日益強盛，舉世有目共睹，讚不絕口。身為炎黃世冑，無不感到慶幸，感到驕傲，感到光榮。

　　尊敬中國，也尊敬代表中國精神的國歌，每每聞之熱血澎湃，天經地義。這是每一位龍的傳人對祖籍國，一種高尚情愫的自然投射。余對國歌的敬仰，可以在曾經先後為華社策劃、並主持連續數年，聯合菲律賓主流社會歡慶菲中友誼日慶典上，得以具體印證。

　　然而，面對海峽兩岸，因國共內戰的歷史因素，所造成後世的客觀現實，全球有情有義，血肉良知的炎黃子孫，自然而然亦懷有一種特殊，且難以言喻的愛國情操。

　　兩岸政府，毋庸置疑，自百年前，至百年後的演化進程中，在每一關鍵性的階段，對全體海內外的中國人，皆各有所作為，無不殫精竭力，勵精圖治，造福百姓，安居樂業。讓國運昌隆，國泰民富，神州寶島，天翻地覆，壯麗河山，綻放異彩，爭奇鬥艷，欣欣向榮。由此可見，兩岸執政者，長期各自奮鬥，戮力以赴，各自奠定不可磨滅，且影響深遠的耀眼政績，深獲人心，八方擁戴。此舉除各自揚名寰宇，亦各自永垂青史。至於是非功過，孰褒孰貶，在中國近代滔滔的歷史長河中，世人自有公正評價，恕余不再贅述。

　　回首生長在菲律賓的華人華裔族群，何其有幸，寵蒙中華民國政府，在蔣故中正委員長的英明領導下，為體念海外僑民的福祉，深耕文教事業，特專案檄文，指派時任中國國民黨中央常委王故校長泉笙，於上世紀卅年代末，在人力物資嚴重匱乏的年代，草創中正中學。

　　中正中學誕生以還，因立校宗旨明確，經營穩健有方，先後在楊故啟泰董事長，王故校長泉笙，鮑故董事長事天，蘇故校長榮章等仁人志士，高瞻遠矚，苦心經營，帷幄運籌，校務蒸蒸日上，校風純潔樸實，校譽益發崇隆，母校於焉樹立深厚鞏固的百年基業。

　　七十二年來，秉持先賢先師的治校理念，母校在歷任校董、校長的披荊斬棘，蓽路藍縷，師長的兢兢業業，諄諄善誘，學生的奮發圖強、力求上進，校友的承先啟後，慷慨捐輸，攜手共同打造一座招牌亮眼，口碑卓越，且聞名遐邇的海外最高學府——中正學院。

　　母校歷年來榮譽出產的一批批堂堂正正，且愛校至深的校友，代不乏人，緬懷先賢，創業維艱，守成不易，尤需以繼往開來，飲水思源，虔誠報效母校的孺慕之情，肩負發揚中華文化，及光大我中正精神的神聖使命，乃屬義不容辭，且引以為傲之豪情壯志。

　　綜觀時下因掛五星旗唱國歌事件，激發的沸沸揚揚態勢，主其事者倘若真正體認民主機制，兼顧族群融洽，貫徹以和為貴的核心價值，有識之士必能認清現實的華社生態，在言論、信仰高度自由的氣流，廣大的校友族群中，必有各自迥異的政治立場，

在民主政治「服從多數，尊重少數」的原則下，凡事必以客觀審慎的思維，全盤衡量利弊得失，集思廣益，再遵循法定程序，圓滿定奪，庶免造成有違和諧，悖離團結的紛擾局面。

盱衡錯綜複雜的時勢，卅五年前已然卸除僑校身份，在菲律賓政府正式立案，完全轉型成為菲化的母校，立足現階段的發展走向，實在萬無必要，再挑起政治色彩的糾葛。

中正學院的歷史淵源，中正學院的藍天情義，中正學院的立校宗旨，中正學院的正氣核心，絕不容許任何人，以任何理由，擅自片面扭曲，以達成個人或一小撮人的既得利益。

謹此衷心企盼，母校領導層袞袞諸公，切勿將毫無俾益的政治意識角力，引入母校大家庭，再搞內鬥分化，虛耗空轉。當務之急，乃優先亟力着手，徹底整頓，並提升校務營運，全面強制提升華文學風，進一步提升華文老師的教學士氣，復以提升學生的綜合競爭力，以不枉費眾校友，及一向支持母校的華社各界人士，殷切的期望。

其實，回歸母校原來的人文風貌，保持傳統優越的中正精神，才能真正突顯中正學院的特別，中正學院的偉大。

二〇一一年十月廿五日寓所

奠立中正可大可久的歷史定位

對於華社各大報刊連日來，針對母校近況的篇篇評論，其言論立場無論如何，無可諱言，母校的令譽形象已直接、間接蒙受莫大衝擊，身為愛校校友，倍受困擾，自不待言。

平心而論，帶動輿情的各篇評論，相信其背後的動機意圖，並非欲損貶母校，而只是將一些突兀事實的發生經過，詳加追述，訴之媒體，供眾人檢視，乃為民主社會常規。

至於熱議內容，主其事者，對一些平允理性、且具建設性的話題，不妨虛心逐筆探索，釐清真象，切勿被意識型態套牢，轉移視線，模糊焦點，力圖實事求是，孰是孰非，仁人志士，自有公斷。

唯一遺憾，乃母校諸如此類的「家務」事，原應由校內建立適當管道，公開公平讓眾校友，針對各項重大議題，及時反應利弊，或口頭建言，或投書陳情、或表達基層校友的心聲、見解等等。畢竟凡循規蹈矩的參與者，必定對母校師生關懷有加，恨鐵不成鋼，其忠誠度，不容予以否定。

也許母校當前欠缺此一反饋意見的公正常規機制，熱心校友在不知所措的情形下，唯有出此策，紛紛以化名撰稿明志。此雖不可取，但可理解。

面向這一波波出發點良性的行動，母校董事會、及行政當局宜應敞開胸膛，細心傾聽，廣納一般縱使逆耳的忠言，有疏忽者

改進，無則嘉勉，藉由集思廣益，以策來茲。此必獲眾校友，及社會各方的熱心人士，肯定讚揚，共襄盛舉，眾志成城。母校大展宏願，必將事半功倍。

掌理校友會會務諸熱心校友，長年勞心勞智，任勞任怨，更輸財出力，廣獲來自華社各階層的掌聲不絕，便是明證，毋庸置疑。

至於日常會務之運作，礙於華文環境，及組織生態等現實所宥，資深年長的執行委員，因體力不便，出席率逐年減少；中、壯年執行委員，雖滿懷壯志，然而基於每兩年一次的選舉考量，一向謹言慎行，惜口如金，顯然不願得罪他人，明哲保身；大部份九零後的少年執行委員，其實不乏具熱誠、又肯奉獻之士，惟多數不諳以華文撰列的議案，尤有甚者，以華語、或閩南語公開討論、對話能力的侷限，難解箇中真義，故無可發揮的空間，更無從自主抉擇。

綜上所論，校友會領導層，為建立一支高執行力的優質團隊，唯有嚴格遵行議事規則，堅持決策公開透明，讓所有付諸表決之議案，在「服從多數，尊重少數」的民主精神指引，匯集民意，循序漸進，深化互動，增進互信，如此決議結果，勢必獲取眾校友無異議，全力支持。同時亦可增強對母校，及校友會持之以恆的向心力，凝聚共識，為母校的繁榮茁長，貢獻己力，共策共行。

掌舵母校董事會袞袞諸公，個個對母校的愛護及熱衷程度，絕不亞於校友會眾校友，是為不爭的事實。唯董事會近年來在各主、客觀因素的束縛，難有令人耳目一新的措施，動見觀瞻，誠

乏善可陳，影響所及，諸愛校校友，因應時事變革，或投訴無門，或有口難言，顧慮重重，以致憂心忡忡，一籌莫展。環顧時局，一群群曾經散發熱情能量的師長、校友，怎麼會一瞬間，好似被「澆」冷水般，士氣消沉，失落失焦失望之情，溢於言表。

相信在眾多華校中，僅有母校得天獨厚，充分享有的此一校友獨特現象，企盼母校董事會袞袞諸公，有容乃大，正視所有評論，珍惜這股熱情，倘若放任失去這批自發性快，創造力強，執行力高，且華文基礎，紮實穩健的中、壯年愛校校友群，無疑是母校、及華社華文教育事業的一大損失，不無惋惜。

至於母校中正學院，屹立七十二載不搖不墜之校名，弦歌不輟的校歌，足與國際行銷學高度重視的品牌價值，並駕齊驅，儼然已成母校資產的一部份，彌足珍貴，豈可隨波逐流，輕言竄改？

為今之計，董事會及校友會，只有展現最大包容，摒棄成見，化解對立，將母校擴建分校企劃案，治校藍圖，以及前景展望，公諸於世，藉由全力團結各方校友，重新為母校中正學院歷史評價，奠立可大可高可久的定位，則散居全球各地三萬名中正人，幸甚也。

二〇一一年十月廿九日

唱響親子甜甜蜜蜜的旋律
——「唱響親子」音樂晚會講詞

儒商興學功德無量

由菲華知名儒商曾文獅先生，獨資主持的愛心文教基金會，近廿年來連續不斷地投資難以估量的時間、精力及金錢，且樂此不疲，舉辦各項振興華文教育的相關活動，意義深遠，功德無量。在此謹向曾文獅先生致以崇高的敬意。

愛心文教基金會推出的系列活動中，經由菲華舞蹈名師傅秀瓊女士編導舉行的「老歌欣賞晚會」，「愛心親子」晚會，以及這次的「唱響親子」音樂晚會等，更是廣獲菲華各界老少愛樂者的歡迎及讚賞。今晚自由大廈中正堂聽眾雲集，座無虛席，可見一斑。

華語歌曲振興華教

為什麼有如此眾多的華人，對華語歌曲情有獨鍾？這只能說明華人社會，渴求吸取中華文化養份的動力，至今從未曾放緩

「減速」，反而有與日俱增的「追趕」趨勢。

無論是世代移居異國他鄉的老華僑，抑或是土生土長的華裔，抑或是近年來落腳的新移民，不分政治派別、思想見解、姓氏宗親、行業團體、性別年齡，勿庸置疑，他們都有一顆赤誠的中國心，始終保持著強烈的中華民族意識。他們熱愛自己的民族，為自己是中華民族的一員感到自豪；他們熱愛自己的祖籍國，為中國的繁榮富強感到無比驕傲。

近些年來，由於種種的似乎無可抗拒，又無力挽回的沉倫原因，華文教育的傳承趨勢明顯減弱，就華校華語教學而言，仍然處於逆水行舟的困境。

但華僑華人對中華文化的熱衷及需求，依然存在，尤其是老一代的華人，不僅仍然保持著一顆熱切渴望的心，也亟盼下一代、下下一代皆得傳承中華文化的香火。為此，很多仁人志士正在呼籲，正在繼續努力，從多方面着手，挽救江河日下，且有瀕臨搖搖欲墜趨勢的華文教育。而定期舉辦華語歌唱比賽，或華語音樂晚會，就是多項「拯救華文」活動中的重要一環，而華社在這方面的活動，確實取得了顯著的成果，令人欣慰。

親子教育事半功倍

廿五年前菲華兒童文學學會成立伊始，我即開始大力推廣兒童文學，將兒童文學正式帶進校園，讓師生透過活潑可愛的兒歌、童詩、兒童故事等的欣賞與創作，帶動華校學習華文文學的風氣。一系列的活動中，提倡「親子教育」便是重點所在。「親子教

育」的主要目的，即全面喚醒，鼓勵華人商業社會為生活奔波忙碌的眾家長，撥冗親身參與各式各樣的文教活動，和心愛的子女一起學習，一起成長。筆者曾經配合各華文學校，先後推動「親子畫畫」比賽，「親子閱報剪貼」比賽等等，反應熱烈，效果極佳。

三年前傅秀瓊老師向我徵詢一些活動「點子」時，我建議何不以華語歌曲為媒介，強力拉近華人族群中一部分似已漸行漸「疏」的親子關係，同時激勵華裔青少年，重回親近似乎已漸行漸「遠」的華文，還可增強音樂歌唱的表演技巧，一舉數得。傅老師精明能幹，毅然決然，聞風而動，採納我這個小小的意見，並付諸實踐，旋於二〇〇九年舉辦第一場愛心親子音樂晚會。熱烈響應參加演出的，有父子配，母女配，兄弟姊妹配，更有祖孫配，個個才華出眾，個個演藝精湛，個個歡欣無比，一幅幅幸福美滿的畫面，反射出一片片溫馨親子的甜美氛圍。晚會非常成功，不可置疑。

本土歌手職業水平

最近，我應邀參加中正學院八十五年度級友會，為慶祝畢業廿五週年，在青山區音樂博物館（music museum）舉辦的一場音樂慈善晚會，擔綱的七位男女歌手，清一色都是本地華裔歌手，他們刷新了歷年來華社所有歌唱表演配樂的紀錄，在近兩小時令人目不暇接的節目中，他們自始至終，全由專業樂隊現場演奏，並配有六位專業和音協唱，由菲律賓名音樂家肯薩黎示老師（Mr. Egay Gonzales）編曲、指揮，演出的整體效應相當出色亮

眼，為華社歷年來最具創新的一場音樂晚會，佳評如潮。

　　參加當晚演出的七位男女歌手，之前在華校求學時代，皆清一色經常參加學校、僑社各種歌唱比賽的得獎者，個個能歌善舞，技藝超群，幾可媲美港台歌星，猶有過之而無不及，儼然已成為華社，當今歌壇的一支生力軍。

營造環境刻不容緩

　　如何鼓勵華裔青年在中學畢業，走出華校大門後，尚可樂意繼續從事，與華語歌唱有關的活動，是當務之急。

　　在大學功課壓力大的情況之下，父母尤其需要多費心思，撥出繁忙緊湊的時間，每週至少堅持週末一天的「親子時間」，鼓勵、輔導子女利用有限的寶貴時間，或一起閱讀華文書報，或一起觀賞華語電視連續劇，甚至可以圍起來一起歡唱或欣賞華語優美的歌曲，如此的交心互動，如此的悉心灌溉，勢必增強親子間的溫馨關係，也可重溫華文，提升華文，更可藉此歡渡一個甜甜蜜蜜的週末時段，這麼多的好處，何樂而不為呢？

　　華社倘若經常展開與華語歌唱有關的活動，寓教於樂，對華文教育的提升，大有裨益。華語歌唱比賽，不僅應該在校內持續舉行，而且還應該在校外推廣擴散。

愛唱華歌不易忘本

　　最後，謹此誠懇呼籲各界人士，繼續提倡，不斷鼓勵，同時慷慨支援，主動協助華裔大專生或社會青年親近與「華文有約」的各項活動，在物力人力齊備，加上精神層次的鼓舞加油下，讓他們的生活重心永續落在與華語歌唱等夙具中華文化元素活動的大圈子，由社會倡導，學校輔助，家庭全力配合，讓他們永永遠遠不會忘記身上流淌的是炎黃的血液；讓他們永永遠遠記得自己是堂堂正正的中國人。

　　　　　　　　　二〇一一年十一月十八日完稿於文總會議廳

我們擁有一個資產叫華文

——應邀評審中正學院小學部講故事比賽有感

　　時序躍進壬辰年春節前夕，中正學院小學部主任——恩師莊麗桑來電邀筆者，參與即將於二月四日舉行的講故事比賽的評審工作。筆者欣然允諾，並如約赴會。

為子女的華語文紮根

　　比賽當日，來自低、中、高年級三十八位男女同學的精彩呈現後，取捨定奪得獎名次，令人倍感壓力，除少數幾位同學的發音不準，咬字不清，或音量不足外，絕大多數同學的表現不俗，可點可圈，尤其中年級的乙組，十二位參賽者的「演技」精湛，幾乎無懈可擊，難分軒輊，儼然可謂職業高手（借用另一評委黃珍玲學長當日的講評用語）非常難得，讓我喜出望外。低年級的活潑可愛樣貌，加上字正腔圓的國語發音，在現階段華校華語文不為華裔學生熱衷學習的時空背景下，這一幕幕的演化，不禁令人驚嘆，更令人疼惜。

　　唯一美中不足的是，有些同學講故事時，配演的動作過多、手勢不當，加上幾位同學「表演」時，穿插預先錄製的音效不打

緊，因會場音響設備不足，而發出陣陣刺耳的嘈雜聲，嚴重干擾
講故事的原有氛圍，頗為可惜。誠如黃珍玲學長講評時所言，講
故事這門高度講究說話的藝術，要著重於用聲音表達故事的情
節，而聲音的表達，需善用高低起伏，抑仰頓挫等技巧，加以演
繹。故事的人物對白，亦要運用多重聲音予適當敘述。

家長堅持用華語交談

　　一場成功的講故事競賽，我們要恭喜各位同學，恭喜各位
老師，更要恭喜各位家長。在此我特別強調家長，因為家長們在
推行華文教育的工作上，原扮演了相當重要的角色。華校及老師
有了家長的物質支持，更需要精神上的支持。精神上的支持，包
括，在日常生活上，以身體力行鼓勵子女，擁護華文。簡單的
說，就是請家長務必堅持用國語（普通話）、或閩南話、或其它
方言，與子女交談，光是做好這一點，對學校華文教育的提升，
就邁向了一大步。再來就是訂期訂點陪伴子女閱讀華文書報，或
詠唱華文歌曲，或欣賞華文電視節目等等。

用華語向媽媽講故事

　　猶記得多年前，我曾經向一位長期住在美國的朋友建議，為
什麼不嘗試，換由孩子每天晚上睡覺前，向媽媽用普通話、或閩
南話講一則故事後，再上床就寢。在友人鍥而不捨的推行落實，

這一招果然奏效,一對平日口操洋腔洋調的子女,在連續向媽媽用華語講故事一年後,華語說話能力進步神速,令周遭的親朋好友,在驚嘆聲中另眼相看。這個別開生面的講故事模式傳開後,就有幾個華人家庭相繼響應效法,在美國華校華文程度遠比菲律賓遜色的趨勢下,藉由此一講故事模式的推廣,對華文教育的向上提升,無疑地大有可為,且事半功倍,我們不妨翹首以待。

許多人包括筆者在內,經常憂慮我們華文學校的華文教學及運用水平,近二、三十年來,正在逐年地、普遍地向下滑坡,一群群堂堂正正的龍的傳人,或輕視華文、或畏懼華文、或閃避華文,進而摒棄華文,形成一股難以招架的巨大氣流,一般華人認為華文不吃香,華文不重要,沒有必要在諸多客觀的環境及條件下,刻苦學習華文,近而開口閉口說菲律賓語、或英語,這個歪風現象,像土石流般地流竄到各個龍的傳人的生活圈圈,令人錯愕,令人無奈。有識之士,必然感到沮喪,感到悲哀。雖然華社各界有許許多多熱心教育的人士,正不遺餘力地紛紛提出挽救或搶救華文的各項方案,也動用了大量人力財力,可二、三十多年來的努力與付出,成效終究極為有限。華文教育的坎坷路線,何時有轉機,何時有生機,誠有待各方賢士繼續打拼,勇往直前。不然、任由這股頹勢長期發展,華文總有一天真的會消失殆盡。

華文散發龍傳人氣質

各位同學,學習華文有那麼困難嗎?也許現在的你們,一點兒都不覺得辛苦,但是到了中學,因為華文的深度,廣度逐漸拓

開，就會慢慢開始覺得華文有點兒難度了，甚至憂心華文怎麼一下子好像變成考試的大敵呢？到了大學，身邊一旦沒有華文老師的影子相隨，曾經心愛的華文，曾經朝夕相處了十多年的華文，怎麼一夕之間，華文的威力，竟然如此的變本加厲，就這樣在既愛又恨的矛盾中掙扎，你們被迫與華文分道揚鑣，形同陌路。從此，你們再也不敢去碰觸華文了，更不願去探索華文的奧秘了，就這樣在不知不覺中，華文終於與你們漸行漸遠，甚或永久斷絕往來。

各位同學也許還不知道，失去華文的加持，失去華文的光環，失去華文的亮點，無論有心或無意，你們大學的功課就算有多麼優秀突出，將來的事業再有多麼輝煌傲人；天涯海角，不管身處何方，你們成功背後的一大缺陷，還是會被一股無形的力量，予以識破。因為，從你外形的自然標誌，你的黃皮膚，你的黑眼睛，你的黑頭髮，永永遠遠都會散發出龍的傳人的氣質，言談中只要提起你的華文體驗，你的華文心得，而你在毫無預警的情況下，因一時無法展現你該有的華文魅力，而你擁有的串串成就，瞬間必會留下一層層揮之不去的陰影。

為什麼？綜觀當今的國際形勢，不管是那一個國家民族，無論大小，無論地域，其風土孕育的子民，先天都有一種與生俱來的責任，這個責任即是認同文化、擁抱文化、實踐文化、珍惜文化、傳承文化，發揚文化等等，尤其是民族語言，更被現代文明人捧為寶物，終身守護。然而，擁有五千年悠久歷史文化的龍的傳人，怎麼會如此輕率，如此無知，復如此無力，居然把全球千千萬萬的外國人，絡繹不絕，爭先恐後，用盡方法要親近華文，

要學好華文的世界性大潮流，卻視若罔聞，甚或背道而馳呢。

華文把我們連在一起

　　世界華文文壇泰斗余光中大師，在一場東南亞華文文學會議上曾經指出：「一個華人，無論生活在世界上那個角落，只要他書寫中文，就是在堅守中華文化，無論距離有多遠，是美麗的中文把我們連在一起」。這句話讓我深深地感動，並牢牢地記着。現在請容許我借用余光中大師的論述，逕自改寫成：「一個華人，無論生活在世界上那個角落，只要他能講能寫華語文，就是在堅守中華文化，無論過程有多艱辛，是美麗的華語文把我們連在一起」。

擁有一個資產叫華文

　　是的，美麗的華語文把我們連在一起，而我們共同的責任，就是好好珍視她，愛惜她、守護她。因為我們永永遠遠，擁有一個資產叫華文，而這個資產絕對是獨一無二的，絕對是無價之寶的，也絕對是龍的傳人世世代代，賴以安身立命的守護神。

二〇一二年二月四日寓所

【兩岸情】

讓和平締造者高票當選
——菲律賓馬吳後援會成立泊造勢大會講詞

　　主席陳紫霞僑務委員，中國國民黨副主席江丙坤先生，周立委守訓先生，盧會長起篯先生，連會長元章先生，羅致遠大使，中央海外部岳副主任承凱先生，海基會陳副處長啟迪先生，菲律賓馬吳後援會諸位名譽會長，諸位共同會長，諸位貴賓，諸位先進同志，諸位女士，諸位先生，大家晚安。

　　當柯中評委孫河先生誠邀我今晚講幾句話時，身為菲律賓土生土長的我，因長年親歷見證巴士海峽兩岸興衰交替的政局，感慨萬千，亦感觸良多，此時此刻，在諸多名嘴專家面前班門弄斧，更顧不了可能衍生的後果，硬著頭皮，我確實有話要說。不週之處，尚請諸位先進同志，不吝賜教。

輸出外勞支撐經濟

　　菲律賓從上個世紀六十年代起，政治穩定，經濟繁榮，民生富裕，國民平均所得居亞洲之冠，早已成為亞洲一條活龍。僅以當時一美元可兌現約十塊披索，幣值亮眼的情景，看出端倪。

　　可是美景不常，近三、四十年來的政治動盪，治安不靖，經濟逐年衰退，為政者各階層明「賄」暗「索」，競相比「貪」，

多數政客，無不以政治分贓，為優先「職責」，無所不用其極，
操縱民意，政商勾結，名利豐收。影響所及，工商業蕭條，失業
率攀升，民生聊困，貧富差距，益形懸殊，低階平民百姓，期望
三餐溫飽，已算萬幸，豈敢再奢求高品質的國民教育，整體國家
的競爭力，豈能不應聲滑落，景氣起伏不定。

　　尤有甚者，白領、藍領族群，包括醫生，工程師，會計師
等各領域的高級專業人士，也紛紛改行，加入原來只專屬於低階
勞工的「出海」打拼行列，絡繹於途，為自己謀求發展，也為一
家人造福。政府唯有依賴約八百多萬餘名，被推捧為「英雄」的
外勞，每年匯回將近二百億美元的豐厚外匯，來支撐整個國家經
濟體系的運轉。菲律賓於焉成為全球勞力輸出「大國」。此一封
號，是福是禍，猶待歷史公正評價。

台灣奇蹟舉世矚目

　　再看看巴士海峽對岸的中華民國，從六十年代起，因歷史
因素，政治雖然實施戒嚴，但是在國父孫中山先生手創三民主義
的建國藍圖指引下，優質教育普及，農業革新奏效，工業基建完
善，中小企業遍地開花，電子科技傲視群雄，經濟突飛猛進，
台灣民眾用智慧、血汗，同心協力，創造舉世矚目的「台灣奇
蹟」，累積龐大的外匯存底。遍佈全球的炎黃子孫，有史以來得
以揚眉吐氣，在國際舞台上，抬頭挺胸，大展身手，「台灣製
造」（Made In Taiwan）的優良產品，廣銷全球，贏得世人前所
未有的讚美與肯定。

貪婪謬蹟民主蒙羞

可是同樣的，美景不常，時序進入廿一世紀，當中華民國第一次政黨輪替，選民用選票成功締造「台灣民主奇蹟」後，卻被一幕幕賄聲賄影的「台灣貪婪奇蹟」所衝擊，所蒙羞。優質的選舉文化，更被神秘的「兩顆子彈」，破壞殆盡，讓世人觀賞的鬧劇笑話，不一而足。

八年的民粹主義，八年的台獨把戲，將寶島美麗的天空，塗繪得烏雲密佈，污煙瘴氣，旋即經貿荊棘滿途，景氣一片狼藉，百姓荷包無限萎縮，幸福指數，更是懸掛在半空中，遙不可及。

政黨輪替重現藍天

所幸第二次政黨輪替，中國國民黨主席馬英九先生，人心所向，眾望所歸，以高票當選中華民國第十二任總統，台灣重現一片藍天，不僅意味著台灣民主制度的勝利，而且標誌著兩岸和平發展的到來。

九二共識和平共處

在「九二共識、一中各表」的基礎上，兩岸人民共同期盼深耕的文化、經貿、農業、教育、旅遊等民生課題，交流互動的頻

率，自此更為密切，更為穩健，成功舖平兩岸政府和平相處，共存共榮的康莊大道，也成功開創兩岸人民互利雙贏的局面。凡此種種，無不直接嘉惠台灣民眾，其獲益匪淺，自不待言。

至於國際關係，在馬英九總統領軍的執政團隊的務實耕耘下，亦大有嶄獲，雖然不再拚鬥「邦交國」的數字，但是中華民國國民獲得世界上，免簽証優惠待遇的國家，在短短的二、三年中，卻跳升到一百廿四個國家，台灣的國際能見度，平步青雲。

因區域性的一片祥和安定，中華民國已從「麻煩製造者」的稱號，蛻變升格為「和平締造者」的美譽。這些突破性的演化，足以証明中國國民黨的兩岸政策，是具有前瞻性的，是經得起時代的重重考驗。

貪污腐敗禍國殃民

綜觀上述兩個時空背景迥然不同，但政治生態，似有異曲同工的畫面，我們不難發現，一個國家的繁榮與否，完全取決於，擁有一支高清廉度，且堅持高道德標準的執政團隊，才足以勝任，為國家人民築構安和樂利的美好願景，才可以夢想成真。

歷史明白告訴我們，具有學歷高，且執行力高，縱使是經濟學者帶領的執政團隊，倘若缺乏高道德標準的意識及操守，所端出的國家重大決策，必然產生諸多瑕疵、弊端，以及一連串難以估計、也難以彌補的後遺症。而這些潛在的風險，足以禍國殃民，侵蝕國本，後患無窮。

清廉德政第一楷模

馬總統英九先生，無論學歷、經歷、道德、操守、清廉，皆為國內民眾泊海外全體華僑華人，一致公認為第一楷模。

回首馬總統英九先生從政以來，戰戰兢兢，奉公守法，一步一腳印，不論在什麼工作崗位，殫精竭力，盡忠職守，不負眾望，為民解憂，為國效命，有口皆碑，有目共睹。

在接手八年積壓的爛攤子，馬總統英九先生於百廢待舉的窘況下，加上國際間的種種主客觀因素，相繼干擾，一時無法徹底撥亂反正，扭轉乾坤，引起一部份民眾的不滿聲浪，乃意料中事。

然而，自古人無完人，馬總統英九先生即使被人批評質疑，針對其領導能力，出現諸多不盡如人意的錯綜情節，相信大家亦可以最大的包容心，充分理解，並給予全方位的加油打氣。

只要大家一致認同、並肯定馬總統英九先生，品德第一、愛台第一、清廉第一、誠信第一、守法第一等等，統治者必備的基本核心價值，治理國家即使無法達至百分之百完美，對於玩弄選民等道德淪喪的醜聞謬事，其見光機率絕對是「零」。

馬總統英九先生，日理萬機，夙夜匪懈，幸蒙中國國民黨諸位睿智超群，精明能幹的從政同志們的同心同德，精誠團結，一致對外，天大的難事，必可迎刃而解。況且由執行力高，道德操守，同等高度的副總統候選人，吳敦義先生的忠誠輔佐，肝膽相照，取長補短，如虎添翼，中華民國的未來，一定更美好、一定更充實、也一定更堅強。

凝聚共識捍衛清廉

在當前選情緊繃的重要時刻，中國國民黨全體同志，應該冷靜思考，以和為貴，更以大局為重。大家心手相連，共體時艱，摒棄成見，相忍為國，堅持以「犧牲小我，完成大我」的高尚情操，重新激厲憂患意識，重新啟動中國國民黨，上上下下充沛旺盛的戰鬥力，全心全力，黨意結合民情，貫徹中國國民黨為全民謀求最高福祉的神聖任務，再來一次大衝刺，再來一次大整合。讓馬英九總統，吳敦義院長明年大選時，再來一次以最高票當選，再來一次向世人證明，中國國民黨的潛力無窮，中國國民黨的生機無限，中國國民黨的前途輝煌燦爛。

最後、衷心祝福馬總統英九先生，馬到成功，旗開得勝，強化落實「繼續向前行，台灣一定贏」競選主軸，把中華民國引向一個更祥和、更安定、更繁榮、更進步、更富強的嶄新時代。謝謝。

二〇一一年十一月十六日完稿於泉州

嚮往統一情真意切
——有感於陳紫霞女士在菲華各團體座談會上的發言

前不久，在菲華商聯總會的主催下，菲華社會各團體聯合舉行了「堅決擁護胡錦濤主席兩岸和平統一新精神」座談會。陳紫霞女士代表菲華文經總會在大會上作了發言。然後，該發言稿刊登於十二月八日《世界日報》的第三版。文章旗幟鮮明，熱烈擁護胡主席的兩岸和平統一新精神，堅決反對臺灣當局所推行的「台獨」陰謀。字裏行間充滿了和平統一的誠摯願望，情真意切，感人肺腑。

溯本追源話黨魂

陳紫霞女士在發言中追溯了國父孫中山先生所倡導的民主革命綱領——「三民主義」（民族主義、民權主義和民生主義）。首先談了孫中山先生一八九六年蒙難於英國倫敦，埋首圖書館潛心研究政治，受到法國雨果「民約論」和美國林肯「民有、民治、民享」的影響。接著談了他發現兩千多年前的孔子和孟子已具有民權思想概念，並引用孔子的「大道之，也天下為公」和孟子的「民為貴，社稷次之，君為輕」。然後做出結論：「三民主

義」是集古今中外的學說，順應世界潮流的結晶品，國民黨沒有它就沒有了黨魂。

孫中山在廣州起義失敗而流亡國外期間，認真研讀了資產階級社會政治學說，實地考察了資本主義社會制度，「始知徒致國家富強、民權發達如歐洲列強者，猶未能登斯民於極樂之鄉也。是以歐洲志士，猶有社會革命之運動也。余欲為一勞永逸之計，乃採取民生主義，以與民族、民權問題同時解決，此三民主義之主張所由完成也。」通過後來的革命實踐，「三民主義」得到豐富和發展，並成為中國資產階級民主革命的政治綱領，是中國人民的寶貴精神遺產。

九二共識創新篇

陳紫霞女士在發言中說，二〇〇五年五月，胡主席訪問菲律賓，在馬尼拉大飯店的餞行宴會上告知，第二天中國國民黨榮譽主席連戰將訪問北京。當她聽到這一消息時流下了熱淚。

陳紫霞女士說：「只怪造化弄人，原是系出同門的兄弟，闊別五十多年，海峽兩岸終於見面了。這麼多年來，我們以為我們是被遺忘的一群。」而今，胡錦濤主席在十七大報告中所發出的鄭重呼籲，在一個中國原則的基礎上，協商正式結束兩岸敵對狀態，達成和平協議，構建兩岸關係和平發展框架，開創兩岸關係和平發展新局面；並且還說：「十三億大陸同胞和兩千三百萬台灣同胞是血脈相連的命運共同體。凡是對台灣同胞有利的事情，凡是對維護台海和平有利的事情，凡是對促進祖國和平統一有利

的事情，我們都會盡最大努力做好。兩岸同胞要加強交往，推動直接「三通」，使彼此感情更融洽、合作更深化，為實現中華民族偉大復興而共同努力。」心之誠，意之切，無不為之感動，陳紫霞女士必定倍加欣喜，激動萬分。

　　一九九二年十一月，大陸的兩岸關係協會與臺灣的海峽交流基金會，就解決兩會事務性商談中如何表明堅持一個中國原則的態度問題，達成以口頭方式表達的「海峽兩岸均堅持一個中國原則」的共識，這就是兩岸關係「九二共識」。「九二共識」的確立，為兩岸談判的重大進展創造了必要條件。連主席與胡主席的雙方會談，以「九二共識」為基礎達成協議，體現了妥善處理分歧、有效打破僵局的政治智慧，對於建構商談基礎、建立互信具有多層次的豐富含義。

玩火自焚喪民心

　　陳紫霞女士在發言中還說，兩岸和平統一是全世界華人的願景，反對「台獨」也不是中國十三億同胞的專利，這也是臺灣二千三百萬絕大多數人的共識。毋庸置疑，更是文經總會堅定的立場。

　　她的話揭示了一個事實，即和平統一才是全球炎黃子孫的共同心聲，「台獨」是玩火自焚，不得人心。可是臺灣分裂勢力背道而馳，一意孤行，自「九二共識」產生以來，一直把共識視為他們製造「台獨」分裂的緊箍咒，因此否定「九二共識」，蓄意擴大兩岸政治分歧。先有李登輝無視共識中「海峽兩岸均堅持一

個中國原則」的核心內容，公然拋出「兩國論」分裂主張，後有臺灣當局現任領導人否認「九二共識」，鼓吹「一邊一國」，現在又極力煽動「台獨」公投，在分裂祖國的道路上越走越遠。

胡主席在十七大上鄭重呼籲：「在一個中國原則的基礎上，協商正式結束兩岸敵對狀態，達成和平協議，構建兩岸關係和平發展框架，開創兩岸關係和平發展新局面。」構建兩岸關係和平發展框架，這是兩岸和平統一新精神實質，是基於中國歷史文化傳統、中國歷史與現實國情以及當今世界發展潮流的必然選擇，符合中國和世界人民的共同利益。

自改革開放以來，中國發生了翻天覆地的變化，經濟騰飛，國力增強，為世人所注目。大陸的發展是和平的發展、開放的發展、合作的發展、共贏的發展。我們希望臺灣當局懸崖勒馬，遵從一個中國的原則，儘早恢復兩岸對話與談判，全面改善兩岸關係，在和平發展的框架下最終實現兩岸同胞最大的共同願望——祖國和平統一。

中國製造與產品質量

有一位顧客到店裏拿起一件精美的衣服，欣賞來欣賞去，愛不釋手。正當他極度興奮，決定要買的時候，突然發現了「中國製造」的字樣，像觸電似的，扔下衣服就要走。售貨員向他推薦還有很多沒有「中國製造」字樣的，他卻不屑一顧，揚長而去。

問題來龍去脈

今年三月以來，中國出口產品的質量和食品的安全問題浮出了水面，從最初的寵物食品擴大到藥品、牙膏、兒童玩具、水產品、汽車輪胎等多種產品，不少國家和地區對中國出口產品採取限制措施。自四月起，美國不斷發難，一再對中國產品質量與安全提出問題。從寵物食品到汽車輪胎，美國媒體再三宣揚問題的嚴重性。七月十二日，美國又要求世界貿易組織調查中國的出口補貼是否違反全球貿易規定。五月下旬，新加坡衛生科學局對近三十種從中國進口的牙膏展開檢查，發現所謂黑妹牙膏、黑妹鈣牙膏和美加淨牙膏含有化學物質二甘醇，並於六月五日正式發布通告，呼籲公眾不要購買和使用。這些報道不同程度影響了中國產品在當地消費者心中的形象。連月來國際間對中國食品、玩具有危險的批評浪潮疊起。到了現在，菲律賓的這位顧客見了有

「中國製造」字樣的衣服，就如臨大敵，見了瘟神一樣，一定是
受其影響，還有幾分神經質。

話題的敏感性

在這個時候談論中國產品質量問題，如同牽動一根敏感的神
經。多方面都會受到刺激。

首先會激怒中國政府與廠商，中國質檢官員八月二十日公開
駁斥美方，說中國出口產品的質量安全是有保障的，美方對中國
產品質量的指責絕大部分屬於子虛烏有的炒作。與此同時，國務
院質檢總局局長李長江表示，中國產品威脅論是將中國產品妖魔
化，是貿易保護主義的一種新形勢。商務部部長薄熙來接受中央
電視臺訪問時聲稱，堅決反對貿易保護主義借機煽動情緒，做一
些不符合實際、誇大其詞的宣傳和報道。

普遍認為，一味惡炒中國產品質量問題不僅會使中國企業
遭受損失、工人面臨失業的威脅，還會損害美國企業和消費者的
利益。中國政府對此十分認真，反覆嚴正聲明。現在問題已經定
性，第三者仍然寫文章談中國產品的質量問題，豈不是為中國政
府嚴厲譴責的這種炒作添油加醋嗎？

另外，國際間的貿易爭執針鋒相對，歐盟貿易專員曼德爾森
警告中國不要利用國際上對中國商品的憂慮，作為兩個經濟體貿
易關係間報復行動的藉口，並在聲明中表示，會全力支持需要退
貨的歐洲企業，退回對消費者構成威脅的產品。爭執的火藥味很
濃，已經產生了火花。最近，中國從美國的豬肉當中查出了農殘

和有關細菌，對七家企業八種豬肉採取了暫時停止進口和要求這些企業進行整改的措施。在這個關鍵時刻，第三者寫文章只談中國產品的質量問題，顯然有一個立場、傾向問題。

關於中國製造

且不提假冒中國製造，即使真的中國製造，也不能對來自中國的產品以「中國製造」一言以蔽之，把「中國製造」作為劣質產品的代名詞。其實，「中國製造」最早的含義是「物美價廉」，並具有非常實用的特性。現在的「中國製造」只強調了地理上的概念，而且賦予了「劣質」的含義，鬧得風聲鶴唳，草木皆兵，像上面那位買衣服者，還談虎色變。但是，就其製造的整個過程、製造的這些主體，也就是貿易方式，有百分之五十以上是加工貿易，加工貿易產品都是按照外國訂貨商的要求和國際標準生產的。從出口主體來說，有百分之五十八以上的產品是由外資企業出口的。從國內外市場來說，在競爭環境當中，有國有企業、民營企業，還有外資企業，可以說這些企業共同打造了「中國製造」。

眾所周知，中國是一個世界加工廠，為世界上各地區、各廠商加工產品，還有一部分是來料加工或者零件裝配。生產場地在中國，然而主管部門在外國。對於這些產品來說，貼上「中國製造」就是中國製造，貼上「外國製造」，就是外國製造。用「中國製造」來包容世界加工廠的所有產品，其質量的問題也自然落到了中國的頭上，實際上是不公允的。

關於產品質量

　　產品質量涉及一個標準問題，然而各國的標準也不一樣，高、中、低三檔，各檔次的標準更不一樣。一些中國玩具在美國停止了銷售，鉛超標事件是近期媒體關注的焦點。沸沸揚揚的鉛超標事件到底嚴重到了何種地步，中國國家質檢總局局長李長江在經濟頻道演播室，現場揭示玩具鉛超標背後的秘密。在兩件被招回的玩具產品中，一件玩具周身的油漆都沒問題，只是畫眉毛的油漆鉛超標。另一件玩具所有的部件都合乎標準，只是寫「停止」兩字的油漆鉛超標。整個表面與這兩個部位相比，實在是九牛一毛，但是按美國的標準要求，這兩種玩具的含鉛量超過了標準。鉛對兒童健康有影響，但是美國消費品安全委員會至今還沒有接到兒童健康受到損害的案例。

　　就菲律賓市場而言，大部分消費限於中檔和低檔，價格也較低。顧客希望以中、低檔的價位換取高檔商品，顯然是不切合實際的。廠商以高檔材料、高級工藝、高級標準來製造中、低檔商品，也是違背經濟規律的。

　　中國產品質量問題，出現的原因有二：一是作為世界加工廠的中國，對其他國家的加工製造業當然有一定的威脅，因此各地加工業有些抵觸情緒；二是儘管有些出口加工產品經過一定程序，但是因為中國放寬了出口，原來出口都是由進出口公司、專業公司生產的，現在來料加工的、專門給人家生產加工的工廠越來越多，因此良莠不齊的東西就出現了。

各方面的評論都有，不妨參考比較一下。二○○五年諾貝爾經濟學獎獲得者美國經濟學家托馬斯・謝林說：「美國進口商沒有對塗料鉛含量超標玩具的危害性產生警惕，我們不應該責備所有的中國製造商，美國主要的進口商也犯有錯誤，他們沒有嚴格測試產品來確保這些產品符合美國標準。」他還說：「中國是一個重要的、負責任的國家，我們不應該採取一些看起來不懷好意的政策。」

新加坡中國商會會長兼新中友好協會會長潘國駒說，中國的產品很多，產品質量有參差不齊的現像是很自然的。他認為應該從客觀的角度看問題，在看到有些產品存在質量問題的同時，也應該看到中國有些產品是全世界最好的。

世界衛生組織總幹事陳馮富珍近日發表聲明說，該組織每個月收到約一兩百份來自一百九十三個成員國的食品安全報告，這說明食品安全不是一個國家或地區的問題，而是各個國家面對的一個共同的問題。

也有深入分析、尖刻批評的。香港資深傳媒人馬家輝在《明報》發表評論文章認為，官方僅僅提供合格率或拒收率的數字沒法說明「中國製造」的恐怖真相。因為「中國製造」的恐怖並非在於量多而面廣，更在於它的貨品假劣水平已經到了沒有底線的境界。文章認為，中國產品危險輻射範圍無所不包，穿的吃的玩的用的，只要能夠以劣質物料蒙混過關，全部可以造假行騙。深層地看，這並不只是中國貨的品牌危機，它更是一個國家和一個民族的品牌危機。

寄予殷切希望

中國是世界上最大的日用消費品出口國，但是近來在越來越多的國家頻頻招回被發現有質量安全問題的中國產品。中國政府一方面強調堅決反對它所稱的美國把經貿問題政治化、擴大化的傾向，表示要奉陪到底。另一方面，中國採取措施，加緊對產品質量和食品安全的監管和執法。中國國務院副總理吳儀宣佈，中國將從現在到今年年底的四個月裏在全國範圍開展產品質量與食品安全的專項整治。她說，這是一場「維護群眾生命健康和切身利益、維護中國產品信譽和國家形象的特殊戰役」。重點整治的產品包括農產品、加工食品、餐飲、藥品、豬肉、進出口產品和關係到人身健康安全的各種產品。

種種跡象表明，針對連月來國際間對中國食品玩具有危險的批評浪潮，中國政府正在主動出擊，採取全面行動。希望這一行動的結果能夠杜絕劣質產品的出現，全面提高生產質量。

沒有心的愛，何來愛心？
——中國毒奶風暴席捲全球的省思之一

勇於針砭時事

對舉世無雙的優美漢字，我一向不反對有系統、有原則的簡化。但偶遇到與愛心有強力悖逆的事端，我會不由自主的聯想到，深受象形文字影響的正體「愛」字，被簡化後少掉挾在其中的「心」字，還會有真愛嗎？故衍生「沒有心之愛，何來愛心」的心念。

此一想像思路雖純屬巧合，在九月底遨遊雲南麗江山水之際，隨興與同行的楊少森學長探討，彼此不但對此有共識，且還引伸出少了「心」字的愛，猶似變成由簡化的」發」字代替（書寫得潦草些易在「友」字兩上方露出各一點而隱約變成「發」簡體字）。又因而進一步拚湊出「爆發」，「亂發」，「狂發」的無限遐思，想想當今中國大陸，人人急功近利，心存僥倖大發橫財，大行其道，影響所及，有意無意，一時忘卻愛心的基本道義。

近年來中國累積的一幕幕產品亂象，食品殺手，黑心奸商神出鬼沒，似乎與這串串想像力難分難捨。藉此不妨提出，與讀者

諸君分享漢字結構拚圖般的樂趣，再對照現實生活的情境，而細嚼慢嚥所得的感受力。

亦是在雲南大理之旅，在搭乘郵輪暢遊洱海時，我領教過郵輪對人身安全疏忽的又一幕。他們穿著的救生衣及安全措施，竟是在郵輪行駛約一個半小時後，才公開示演。令人聯想到競相招徠眾客人包租KTV套房，或票價不一的各型座位，賺錢第一，爆露出顧不得人身安全而暫被擱置一邊的草率作風。此一嚴重違反航行安全準則的作為，不知何時改正？該不會再糊塗到鬧出人命後，再來亡羊補牢？

此一意念飛馳，再加上足足一個月的電視及平面媒體的輪番攻勢，這些披上層層黑心商品的故事，排山倒海地在我的腦際中搗鼓，讓我恨不得立刻動筆，痛快宣洩憂心忡忡的悶氣。

旅菲中國名作家林鼎安在其〈「菲華文學」是什麼〉一文（刊載於世界日報世界廣場十月十一日），曾引述〈中國散文評論〉主編張振金的一段話，「作家應該下大決心去探索社會的重大問題和人類的精神難點……」，「要著眼現實，勇於探索，觸及到社會等諸問題，敘述宏大，視野廣闊，又能筆之所到，無不曲盡其意，表現了一種大情懷，大主題，大境界……」。此等論說無非要提醒時代作家應肩負起針砭時事，暮鼓晨鐘的重責大任，展現一派大義凜然的氣勢，令人敬佩。

亦是基以上述的中華大愛情懷，筆者才以「愛之深，責之重」的心情及筆觸，探索以化工原料，非供人食用的三聚氰胺（Melamine）冒充蛋白質，摻雜嬰兒奶粉蒙混過關，且連月來不斷發飆，席捲全地球村各個角落的毒奶風暴。

世人聞奶色變

中國頻頻傳出禍害人類身心安全的黑心食品事件,其罪魁禍首,當推「貪婪」及「無愛心」。

毒奶粉無情大肆摧殘無辜嬰幼兒健康的傳聞,其實早已不是新聞。記憶所及,中國境內幾年前便已爆發過類似天理不容的重大食品安全謬事,不少無辜嬰幼兒因誤喝黑心毒奶而嫩臉臃腫發胖的奇聞怪事,曾經風風火火,驚嘆上演一陣子。當局執法諸公於東窗事發後,曾向世人信誓旦旦的保證追捕不法商人,一片激情演出言猶在耳,而今令人驚悚的食品安全管制不僅未見改善,反而變本加利。這夥黑心肝集團到底心懷何種鬼胎?君子愛財到如此泯滅人性的田地,於心何忍,令人費解?

尤有甚者,連深獲革命先驅前總理周恩來所喜愛,且用以餽贈國賓大禮的白兔糖果,亦無以倖免,慘遭後世人的不明毒素污染,而嚴重動搖產品質量的」免檢」優惠體系運作的公信力。倘若泉下周公有知,不知是否亦為此一砸粹中國信譽招牌的事故而心有戚戚焉也。

當家主政者眼睜睜對這幫為非作歹團夥輕縱放任,商品質檢機制形同虛設,對人民的性命安全麻木不仁,置若罔聞,甚至掩飾真相,欲蓋彌彰,不免令人聯想到官商勾結的囂張行徑,作風漂浮,人神共憤。如此這般,若不搬出「窮兇極惡」及「罪不可逭」等重於泰山的嚴厲詞彙,如何撫慰世人連日來血脈賁張,憤憤不平的心扉。

人權令人置疑

美國最大電視網CNN，去年曾對中國製造的各類產品，品質嚴重瑕疵的一連串事故，作過全球性的專題報導。其中被揭露的，包括假中西藥品，嬰兒奶粉，輪胎，牙膏，毒水餃，事故米，假酒，寵物毒飼料以至於含毒玩具等，劣質物品無限延伸，充斥全球市場網絡，嚴重危害全球人類健康，引起地球人不分種族地一律戒慎恐慌。尤有甚者，保護人權組織趁火打劫，揚言抵制杯葛中國產品，幸未釀造危及中國貨品的流通性及生命力。

偌遭西方先進國家點名批評的事兒，不分大小，華人都會理所當然直視為別有用心的陰謀，無非認定是在故弄玄虛，以行貶抑中國為目標的政治陰謀，因而不曾真正虛心檢討，徹底改進。一串串足以毀滅「世界工廠」形象的醜聞鬧劇，才不曾在「世界市場」舞臺上消聲匿跡。

河北石家莊市的三鹿毒奶事件，讓大陸的黑心商品再添一椿，網路上的網友因此流傳著一段嘲諷大陸無所不在的黑心商品，謂雲：「早上起床用含三氯沙的致癌牙膏刷完牙，喝一杯摻三聚氰胺毒牛奶，吃根地溝油炸的油條外加一個蘇丹紅鹹蛋；從票販子手中買了假車票去上班；用冒牌諾基亞手機發短訊；中午吃上陳化糧的毒白米，配病死豬臘肉，福馬林泡過的涼拌海蜇皮；晚上回家喝上兩杯甲醇白灑，躺在甲醛木板做的床鋪，蓋上黑心棉被進入夢鄉」。

沒有心的愛，何有愛心？
——中國毒奶風暴席捲全球的省思之二

　　回顧大陸經改開放卅年以來，本應漸趨成熟的官商搭檔，在經濟全球化如火似荼之際，如此公然作孽，什麼行業自律，社會誠信，企業責任，為政公信力，早已快速蒸發，懶得實踐。

　　倘痛斥其沒良心，毫不過分。在「搞定」政府，「擺平」媒體，「公關」消費者的另類文化體系中運作，不禁令人想起還有多少污染全球市場的黑心商品沒曝光？下一齣歹戲的主角又將由誰擔綱扮演？大家姑且拭目一待？

　　文明古國的唐山子民，為何如此輕舉妄動，為何如此利慾薰心，讓五千年文化精髓所塑成的優良形象，全毀於一夕，以致向來令人詬病的人權議題再次提出，眾說紛紜。

　　如此天地不容的滔天大罪，肇事者難道不曾捫心自問過，無往不利及無所忌諱的惡果，要以何等代價向世人贖罪，並洗滌汙穢不堪的賣相，並挽救搖搖欲墜的「中國製造」招牌？

奶源日日更換

　　就在毒奶粉鬧得沸沸揚揚之際，有一天我在泉州悅華酒店西餐廳用早餐時，眼尖的內人發現兩個盛滿鮮奶的容器前出現「鮮

奶澳洲製造」（Fresh MILK Made in Austrialla）英語標示，我們別無選擇，安心取用。不料隔天，同一時間，同一位置的同一容器竟然變幻成另一張「鮮奶德國製造」（Fresh MILK Made in Germany）醒目標語。我們敏銳的直覺反應是不要再喝來歷不明的鮮奶。無獨有偶，坐在隔桌的四位老外，可能聽到我們澳洲及德國的英語發音，其中一位中年婦女友善地主動拉開嗓門，置疑鮮奶的來源地而露出不敢碰觸的表情，我見狀即刻與剛好走過桌邊，穿著黑色洋裝，看似女經理打扮的人員諮詢。她不厭其煩地略帶笑容解說，最近毒奶曝光引發市場的鮮奶荒，五星級酒店為保持天天供奶，向不同廠商調進不同國家不同品牌的鮮奶應急，因此幾天下來的奶源不斷變換，對因此而造成的不便聯聲道歉。

語畢，我靈機一動，索性建議她將原包裝的鮮奶拿出來，放在容器一旁，供客人自行取用，以釋眾疑。她聞後二話不說衝進廚房，拿出確實印有德文（我不諳德文，不予置評……）及英文標語的紙盒裝液體鮮奶，供我與老外見識一番。這位女經理以誠懇十足的態度，加以馬上行動的有效應變舉措，就這樣輕而易舉地化解一場，足以讓眾遊客望「奶」喪膽的風波。

無中國的生活

菲律濱星報社評曾為中國毒奶事感慨地陳述，當今世人不知可否安然適應於沒有中國氣味的日常生活？說來何嘗不是，我們每天張開眼睛後，寸步離不開的食、衣、住、行、樂等緊追不捨的活力節奏，有沒有一項可以擺脫中國韻律？社評甚至大膽地呼

籲人類可否自我挑戰，自我約束，決心克服過著幾天沒有中國影子的生活？

連日來各主流媒體報導菲國海關局的統計數字，據說約有二千萬噸疑似染毒的無牌奶粉進入菲國市場販售，深恐遭殃的無辜消費者數以萬計。我聞風後的第一反應為，流入本國的中國奶粉何止於此數量，難道有關當局不曾想起，抑或裝聾作啞，每月經由特定集團操控，藉由非法管道入境的數以千計的中國貨櫃，早已源源不斷氾濫市場。保守估計蒙混過關的雜牌奶粉，可能是官方數字的兩三倍以上。這不是危言聳聽的推測，有關當局宜應全面追查，以免已生活在貧窮線下的孤苦嬰兒幼童，甚至消費者大眾，雪上加霜地多蒙受一層苦難。嗚呼哀哉！

無能檢測毒素

依菲國脆弱的食品檢驗體系及根深蒂固的官僚貪腐文化，難保流入市場的問題奶粉不會無限延伸至餐廳，糕餅，麵包，飲料等食品，污染成鏈。倘若要一一下架送檢，無辜業者必損失慘重，叫苦連天。當局的執行人員亦將疲於奔命，為紛至遝來的各類乳製品繁瑣的檢驗忙碌，招架不住而淪為黔驢技窮的窘境。

更糟蹋的是，某些黑心企業因不堪營業平白受損，以將錯就錯、似是而非的心態，亦可能循官商通道，以行賄手法掩飾或修飾檢驗清單的數字，抑或乾脆耍特權免檢，以確保自身利益。

十月廿六日報載，菲國某暢銷國際的知名餅乾品牌，在香港被驗出有三聚氰胺成份，而面臨下架停售的命運。其它美、日、

韓、台灣等製造的糖果糕餅亦難逃此毒奶發威的厄運。相信菲國境內尚有多種乳製品被中國的雜牌工業用奶粉所染，只是一時未被嚴格查出而已。尤其中下階層民眾廣泛食用的低檔次食品，被染指的百分率勢必居高不下，令人擔憂。

菲食品檢驗署署長古切黎示於十月廿七日上午應DZMM電台訪問時，公開指出菲國目前僅亞典耀大學配有先進儀器可以檢測三聚氰胺，其它食品檢驗機構尚在研發如何與三聚氰胺」作戰」的程序，因此大部份可疑食品無法完全送檢。此一來自百姓父母官的異常反應，不知是否遲鈍，抑或無能，令人聞之不寒而慄。處境堪憐的消費者大眾，對此一隱患，豈可不戒慎恐懼乎？

我們豈可怪罪擁有上述反中國產品思考邏輯的人，將心比心，倘若他國的產品也出現人為因素的品質瑕疵，甚至賠上人命，我們豈可坐視不聞不問？我們必須感恩世人對華人的寬宏大量，未對先前一再重演的一系列危害人類健康的事件，採取強烈抵制中國產品的行為，讓中國產品得以永續在全球有陽光照耀的土地上，無限上綱。此種難得的機遇，凡有良知、有血性的中華兒女，萬萬不可再予濫用，否則倘若下一波再被複製的質安鬧劇，一旦再被踢爆，其後果誠不堪再想像！

沒有心的愛，何存愛心？
——中國毒奶風暴席捲全球的省思之三

打破食安紀錄

中國可以傾全國之力，動用人類歷史上最昂貴的代價，舉辦一場前所未有的，堪稱舉世最豪華，最成功的奧運會及殘奧會。亦斥資天文數字的銀彈，浩浩蕩蕩地開發足以驚動全人類的太空天文資源，實現中國人太空漫步的夢想。

可令人納悶不解，為何對於民生最基本的，亦是最簡單的食品安檢環節，主政者平日竟未予傾全力監督，實行嚴厲措施層層把關，事後還談笑風生？任由劣質食品等事件一再上演，一再驚動世人。諸如此類，看似早已打破全人類史上產品安檢危機的最高紀錄吧？數場足以形塑「大國崛起」的大匯演所凝聚震憾性的浩瀚能量，幾乎因此毀於一旦，令人震憤。

重整供銷機制

當酪農與乳品商之間是一種利益上的競合關係時，誰能確保下次酪農不會以加入其它非法物質，來對抗乳品業者永無止

境的剝削？

　　有報章揭露毒奶的添加物，其實為製造三聚氰胺過程所丟棄
的廢料物，才是真正元兇。此說肇因於每噸三聚氰胺單價在一萬
二千元左右人民幣，多見於化工產品的生產線上。從經濟角度窺
究，其不敷成本的價位不可能如此吸引不肖奸商，用作售價較低
廉的奶粉製作。而遭放棄的三聚氰胺廢料，原是閒置各處無人問
津的垃圾品。曾幾何時已鹹魚翻身，被研發用作再生原料後，每
噸身價飆升至約七、八百元人民幣。只是此一廢物利用的再生演
化，對人類造成無與倫比的傷害，莫此為甚。

　　倘若此一新發現屬實，其流入人體的明顯致癌物──亞硝酸
鈉成分，才是受害人真正的夢魘。其慘無人性的卑鄙行徑，天誅
地滅，罪該萬死。

　　或者，當鮮牛乳豐收，價格應聲下滑時，乳品業者豈不大量
以奶粉型態屯積，等待時機迴轉再大量供應配方奶粉加工使用？
屆時誰能稽核掌握它「原料奶粉」貯放的時間？凡此嚴肅的供銷
機制，應是當局痛定思痛，苦思對策，改良乳品業的大好契機，
以洗刷世人口碑中「黑心商品大國」奇恥大辱的封號。

　　中國的毒奶風暴絕非僅限國內的食安醜聞，由於全球乳製
品的消費族群無所不在，已造成卅多個國家的莫名恐慌。因而又
令人想起，當中國積極扮演世界工廠的大角色，它境內企業的責
任，就不僅僅只是單純的製造及出口，而是要嚴格生產合乎世界
標準的產品，不然，只要稍微不慎，一場系統性的世界災禍將容
易釀成，且一發不可收拾，火苗必將迅速竄延，燃燒至世界各個
角落。

　　殊不知，一幕幕的質檢「驚嘆」演出，背後所蘊含的龐大代價，恐怕是發射再多的「神舟」，都無法挽救的頹勢。

國際認證變調

　　順筆提出一項與質量標準有關的怪聞。普獲國際間公認並盛行的質量檢測標準（ISO），在全球各地執行各個行業專門認證前，皆有一套嚴謹繁瑣的程序規範。一般正規經營的企業，為追求質量的永續提昇，進而取信於全球買家，皆樂於申請ISO認證。但是，天下沒有不勞而獲的「奇蹟」，想擠身ISO行列者，亟需按步就班，一步一腳印，按圖索驥。全部過程需動員企業各部門上下人員，全心全力，配合進度，確實執行。所要付出的人力、財力、物力、時間、精力等代價非同小可，不容小覷。在層層關卡的嚴密監控下，倘若申請者全程忠實執行而幸運過關，其生產線或營運的各個環節，絕對不會出現重大的瑕疵，對於偶發狀況亦有一套行事標準的規則，及應變措施的指引，供其圓滿善後。企業界均會為擁有此一難得的最高榮譽而引以為榮。

　　可是依我近年來在大陸多個城市的實地考察，同時在泉州一家工廠蒙受損失的親身體驗中，發現擁有ISO認證的廠家，走樣的產品照出不誤，且屢見不鮮。當與業主提出交涉討論時，所獲得不敢恭維的回應及頭頭是道的托詞，令人眼花撩亂，百口莫辯，根本與ISO的核心精神背道而馳。心想，難道連這一閃閃發光的國際認證招牌，亦可以仗恃權貴「禮遇通關」？抑或也有變相造假的翻版？令人百思不得其解。

倘若我的假設推論不幸「中獎」，那麼世界工廠所生產的大量產品，真真假假，假假真真又將如何辨別？

殊不知，一幕幕的質檢「驚嘆」演出，背後所蘊含的慘重代價，恐怕是發射再多次的「神舟」，都無法挽救的頹勢。倘若人人心存此一信念，世界工廠業者便可以抬頭挺胸，向世人發出「品質永遠第一」、「品質是企業的生命」等神聖諾言。

打響誠信商標

經由滾燙的五千年歷史風霜的嚴酷磨礪，再大的浩劫，再大的浪濤，不都全難不倒錚錚傲骨的中華兒女嗎？事在人為，有志者事竟成，經過一次又一次的慘痛教訓，是應該覺醒反省，全面檢討，更新思維，衝破羈絆的時候了。

一個講求理性、尊重人權、視域開闊、具有高度文明修養的中華兒女，應該重新起步，重新珍惜普羅眾生「生命無價」的普世價值觀，重新善用高科技所創造的智慧，重新塑造「中國製造」的優良形象，重新全面開放日新月異的資訊，讓中國人的精神文明與物質文明真正平行躍進，而後重新大舉進軍全球市場，重新強棒出擊，重新打響「中國製造」純淨、誠信的名號而繼續向前打拚！

二〇〇八年十月十四日廣州起稿
二〇〇八年十月廿七日寓所完稿

又一次破冰之旅
——熱烈歡迎中國國民黨主席吳伯雄來菲訪問

　　當我們以誠摯的感情熱烈歡迎中國國民黨主席吳伯雄來菲律賓訪問的時候，自然會想起他在2008年5月的北京之行。去年的北京之行是他的一次破冰之旅，今天的馬尼拉之行同樣也是他的一次破冰之旅。他的這次來訪將打破菲律賓及菲華社會一部分人頭腦中的堅冰，具有巨大的現實意義和深遠的歷史意義。

昔日破冰，擱置爭議

　　2008年5月吳伯雄首次以國民黨主席的身份率團訪問北京，28日下午同中共中央總書記胡錦濤舉行了會談，開創了國共兩黨關係和兩岸關係的新局面，是一件歷史性的大事，堪稱破冰之旅。

　　吳伯雄主席的北京之行，使國共兩黨能夠在以往交流對話的基礎上，就新形勢下促進兩岸關係改善和發展深入交換意見，共同面向未來，努力推動兩岸關係和平發展。

　　在會談中，吳伯雄主席表示，兩岸關係撥雲見日、雨過天晴、建立互信、創新合作的時刻已經來臨，臺灣的主流民意期待

兩岸關係走向善意互動。國民黨已經將2005年4月國共兩党領導人共同發佈的「兩岸和平發展共同願景」正式列入黨的政綱，這不僅是對臺灣民眾而且是對兩岸同胞做出的承諾。這次訪問特別強調，國民黨將一如既往繼續加以推動落實。

胡錦濤總書記指出，在國共兩党和兩岸同胞共同努力下，臺灣局勢發生了積極變化，兩岸關係發展面臨著難得的歷史機遇。這一局面來之不易，值得倍加珍惜。希望國共兩黨和兩岸雙方共同努力，建立互信、擱置爭議、求同存異、共創雙贏，繼續依循並切實落實「兩岸和平發展共同願景」，以富有成效的努力，扎扎實實推動兩岸關係不斷取得實際進展，增強廣大臺灣同胞對兩岸關係和平發展的信心。

胡總書記高度肯定吳主席為促進國共兩黨交流對話，和兩岸關係朝著和平穩定方向發展做出的重要貢獻，高度肯定國民黨堅持「兩岸和平發展共同願景」所指引的兩岸關係發展方向。這次破冰之旅取得了輝煌的成果，即雙方達成共識，一致同意擱置爭議。

今日破冰，停止爭議

胡錦濤總書記與吳伯雄主席的高級會晤，建立了互信，擱置了爭議，進而確定了求同存異、共創雙贏的遠大目標。今天吳伯雄主席的馬尼拉之行仍然是一次破冰之旅，因為這裏還有影響兩岸關係和平發展的堅冰，諸如不敢會見臺灣代表團，甚至千方百計地阻撓華社團體會見臺灣代表團，節外生枝的種種論爭等等。

　　反對「台獨」、堅持「九二共識」，是兩岸建立互信的根本基礎。只要在這個核心問題上立場一致，其他事情都好商量。兩岸關係發展中還存在一些歷史遺留問題，也還可能遇到一些新情況新問題，其中一些癥結問題一時不易解決。雙方應以實事求是的態度，務實面對，妥善處理。擱置爭議需要政治智慧。希望雙方都能從兩岸關係和平發展大局出發，把握好這一點。有了互信，再加上擱置爭議，雙方就能不斷累積共識、共創雙贏。

　　前不久，胡錦濤總書記就兩岸關係的發展又提出了六點建議：一、恪守一個中國，增進政治互信；二、推進經濟合作，促進共同發展；三、弘揚中華文化，加強精神紐帶；四、加強人員往來，擴大各界交流；五、維護國家主權，協商涉外事務；六、結束敵對狀態，達成和平協議。闡述了大陸對台的一些新思維和新政策，為兩岸互動構築一個新框架，為經濟、事務性以外課題的協商作鋪墊。「胡六點」貼近實際，高屋建瓴，面向未來，充分展現了大陸方面推動兩岸關係和平發展的誠意和善意，是新形勢下對台工作的綱領性文件，必將對開創兩岸關係和平發展的新局面產生重要而深遠的影響，也有助於亞太地區的和平穩定。

　　既然國家最高領導人已經確定了兩岸和平發展的方針大計，而且符合兩岸人民的最大願望，國家下屬機構，其中包括駐外使館，都應嚴格遵從，切實執行。為此，我們也呼籲中國駐菲律賓大使館能夠為兩岸的和平發展創造良好的條件，倘若不能立即促進菲律賓與台灣的正常友好交往，至少也要及時拆除種種足以破壞大華社和諧及團結的屏障。

　　我們相信，吳伯雄主席的這次破冰之旅能夠停止這裏有關臺灣問題的爭議，為兩岸的和平發展在菲律賓開創一片新天地。最後，預祝吳伯雄主席訪菲圓滿成功。

悲不自勝感慨萬千

——有感於四川汶川大地震

　　發生在今年五月十二日，震動了大半個中國，震驚了全世界人民的四川汶川大地震，雖然已經過去了半個月，但是災區的人們依然失魂落魄，驚魂未定，五內俱焚，泣不成聲。痛定思痛，感慨萬千，天災必須預防，人禍必須終止。

駭人聽聞肝腸寸斷

　　四川汶川大地震過去六天之後，官方公佈的死亡人數是三萬兩千多，但是要想從廢墟下面找到更多倖存的人的希望越來越小了，估計會超過十萬。中國農業部說，地震摧毀了三萬三千公頃的農田，同時還導致一千二百五十萬頭牲畜和家禽死亡。衛生官員說，這給公共衛生帶來極大威脅。

　　美國之音記者施銳福說，在地震發生後，北川看上去就像一個戰區。看到的第一個景象是一堆扭曲的碎石和水泥。這以前可能是一些大樓，可是現在成了一座座山，而且看不到頭。

　　隨著時間的延長，生命和財產的損失還會增多。就實質意義來講，生命和財產的損失是無法估量的。僅學校學生的死亡人數而言，就令人髮指，痛不欲生。

德陽市什邡的蓥華中學，教學樓被震坍，大量學生被埋在廢墟之中。都江堰市聚源中學一幢校舍在地震中倒塌，十八個班的學生遭難，九百名師生被活埋，其中大部分罹難。北川縣北川中學一幢六至七層高的主教學樓塌陷，當時正值上課時間，二十一個教室裏的師生約一千人，除個別逃生以外，大部分被掩埋在瓦礫堆中。向峨鄉中學一棟主教學樓發生垮塌，四百二十多名學生中僅不到一百名獲救。重慶市梁平縣文化鎮一小學教學樓發生垮塌。學生大部被埋。青川縣木漁中學有一棟三層學生宿舍樓在這次地震災害中完全坍塌，地震發生時有四百多名學生正在裏面午休，其中一百三十九名學生逃生，二百八十五人被埋。已經確認遇難學生一百七十八人。還有二十三人下落不明。崇州市懷遠鎮中學，主教學樓在地震中垮塌。平武縣一所小學垮塌，二百餘名師生被埋。四川綿竹市漢旺鎮武都小學的教學樓在地震中倒塌。甘肅省離震中較遠，但因地震受損的學校就達兩百四十七所。

這次大地震似乎有意與師生們為難，教學樓震坍的特別多，師生們被埋的比例非常高。有些離震源較遠的學校也倒坍了，例如聚源中學，它在都江堰市，從航拍照片看，這個市的建築基本完好，但就是這座學校的教學樓卻倒坍了，使幾百名師生遇難。

形成鮮明對照的是，各級政府的辦公大樓，不僅造得豪華體面，富麗堂皇，而且相當堅固。據網上的資料顯示，很少有政府大樓被震坍的。政府官員在地震中受傷、死亡的比例也小得多。

憂國憂民振聾發聵

這次大地震真的是突如其來，防不勝防嗎？事實證明，科學家早有預料，種種自然現象也在向人們預示地震就要來臨，而且大地震之前也出現過地震，只是不被重視，在天災上又添了幾分人禍。

《國際地震動態》二〇〇二年第十二期刊登了《四川地區七級以上地震危險性分析》。作者對四川地區自一八〇〇年以來七級以上地震發生時間間隔以及一九〇〇年以來四川地區七級以上地震與中國大陸地區巨大地震之間的相關關係進行了統計分析。結論指出，從一九七六年以來四川地區已經二十六年沒有發生七級以上地震，遠遠超出平均時間間隔。在這種背景下，二〇〇一年十一月十四日在青海與新疆交界發生了八點一級巨大地震，很可能指示在未來一至二年內，四川地區將發生七級以上地震。最後呼籲，從二〇〇三年起就應該警惕四川地區發生七級以上地震的可能。

中國的地震科學家耿慶國在二〇〇六年根據旱災與地震關係提出了中期預報：近年阿壩地區將發生七級以上地震。二〇〇八年四月二十六日和二十七日，中國地球物理學會下屬的天災預測委員會經集體討論，作出了「在一年內（二〇〇八年五月至二〇〇九年四月）應注意蘭州以南，川、甘、青交界附近可能發生六至七級地震」的預報，並於今年四月三十日上報中國地震局。而且，耿慶國根據強磁暴組合的研究，明確提出「阿壩地區七級

以上地震的危險點在五月八日（前後十天以內）」。以上地震預報三要素：震級、地點、時間均已明確。

另外，根據美國電視美國有線新聞網絡和英國廣播公司的報導，英國、美國等國的科學家在五月九日就已經預報了中國四川地區有可能發生大地震的消息。

這次汶川大地震也是有預兆的，也是有可能作出預報的。在大震前幾天，震區民眾發現漫山遍野的蟾蜍在逃難，紛紛猜測當地可能有地震之類的災難。《華西都市報》五月十日報道，四川綿竹市西南鎮檀木村出現大規模蟾蜍遷徙，數十萬蟾蜍走上馬路。綿竹離汶川只有幾十公里，在此次地震中心範圍之內。

《華西都市報》五月二十一日還報道，一片廢墟的北川縣城已不利於再建學校了。不僅是現址還有不少掩埋的師生，呆在這裏傷痛難忘，更重要的是這次「狼」真的來了，給大家帶來的後遺症影響巨大，不利於今後的教學活動。北川中學倖存的一位何姓女老師告訴記者，由於北川處在龍門山地震帶上，大地經常「打擺子」，老師們放在桌子上的墨水瓶抖得「哐哐」響，簡直成了家常便飯。一般情況是地皮抖的時候老師和同學就凝神注意一會兒，然後繼續上課，而有時候根本就不理它，師生們該幹什麼還幹什麼。

《聯合早報》在向中國地震局新聞發言人提問的時候提到，他們接到四川地震局職工七人的投訴，他們的親人說在幾天前就察覺到地震的跡象，但局裏說為了保證奧運前的安定局面，禁止透露這個信息。

身先士卒鞠躬盡瘁

汶川大地震發生後，溫家寶總理在第一時間趕赴災區第一線，身臨災難現場，運籌帷幄，調動千軍萬馬，指揮部隊將領和政府官員搶險救災。他第一次赴災區的九十三個小時，分分秒秒都是一個人民公僕的經典詮釋。

溫家寶總理二赴災區，用行動反映出他作為中國首席公務員的親民、勤政、科學、務實的職業精神，也充分體現出他身居要職所具備的高效、果斷、睿智的執政能力。重返災區的溫家寶總理，在北川廢墟上對當地官員深有感觸地說：「經歷這場災難，我們都經受了一次鍛煉，得到了一次心靈的洗禮，思想也得到了昇華，更懂得如何為人民工作。」他的一舉一動給中國的官員們上了執政為民的生動一課。

在溫家寶總理給所有官員上的這堂「公開課」，已經使用慳 有力的話語、感性豐富的肢體動作，非常明確地給出「如何為人民工作」的絕佳答案——那就是堅持「以人為本」科學決策這個內在標準去做一切事。始終把人民的利益、人的生命價值放在最崇高的位置上。用心、用腦，更用情。

有外媒盛讚溫家寶總理在抗災中的傑出表現，稱許這樣的優秀總理是學不來的。的確，中國總理的優良傳統，秉承中華民族傳統人文精神的精髓，先天下之憂而憂，鞠躬盡瘁、死而後已，對民眾疾苦感同身受，以百姓良心、民族脊樑為己任。

在此次抗震救災的全部過程中，中央最高領導層始終走在最

前面，最高層決策全面、高效、有力，胡錦濤、溫家寶等政治局常委身先士卒，親赴災區，屢臨險境，一言一行堪可垂範。國家領導人充滿自信的表現，溝通管道的暢通，及時穩定了民心，贏得百姓信任，為救災工作創造有利條件。

手足情深慷慨解囊

汶川大地震發生之後，中國境內普通百姓和海外華人華僑都表現出極大的愛心和熱忱，捐資捐物，獻血獻力，自告奮勇地投入這場如火如荼的搶險救災活動。

志願大軍雲集四川，四川正成志願者理想主義的聖地。志願者們從四面八方趕往這裏，都帶著「做些什麼」這個簡單急迫的願望而來。他們中有七八十歲的老人，也有八九歲的少年。中國人傳統中的守望相助，與舶來的「義工」精神，在目前這個災難之地瞬間凝為一體。數年來在中國沉默發酵的志願者文化，隨著這支百萬志願者大軍，獲得一個集中釋放能量的機會。

在這次救災過程中，臺灣同胞無私無畏，奮勇當先。五月十三日，臺北市地震搜救隊的六十名隊員以及臺北市消防局大直分隊的搜救犬整裝待命，奈何遲遲未獲中國方面的回應，無法馳往災區。臺灣方面派遣專業救援人員二百六十多人，包括臺北縣政府一百二十人，紅十字組織六十人，秀傳醫院黃明和帶領五十人左右外科醫生並自帶行動醫療設備，臺灣中華搜救協會出動三十人。

中國希望美國提供四川震區及其周邊地區的高分辨率圖像，

以幫助確定受災者方位，並識別嚴重損毀的道路和基礎設施。臺灣立即將自己的福衛二號衛星拍攝的震區衛星圖片，提供給中國科學院遙測感應所做為救災、災情研判與家園重建參考。福衛二號拍攝清晰度高，地面上兩米以上的物體都清晰可見，希望讓大陸獲得更精確的災情數據，以便因應與預防。

五月十三日，臺灣佛光山，慈濟，法鼓山等佛教團體，率先向汶川大地震青川災區分別捐贈大量醫療藥品，食品飲料，毛毯，帳蓬，屍袋和器械。慈濟志工一行十八日抵達青川災區，在木魚鎮等進行救災、心靈輔導等。青川縣官員表示，這些藥品和器械正是青川救災急需品，可謂雪中送炭。

臺灣腎臟醫學會根據臺灣「九‧二一」地震救災經驗，預估汶川地震中被埋在廢墟中的災民被救出後，可能出現急性橫紋肌溶解症，需要緊急洗腎以免死於腎衰竭，與四川省華西醫院取得聯繫，表示願意提供相關預防與治療經驗，並積極招募醫師待命前往災區提供協助，以挽救更多寶貴生命。

臺灣工商企業慷慨解囊，截至五月廿五日，台資企業及個人連同台灣政府及民間各界團體，向四川地震災區捐款總數合計約已逼近人民幣十億元。捐贈單位與個人包括經營之神——台塑集團王永慶捐贈一億元人民幣，張榮發之長榮集團捐贈一千萬美元，鴻海集團的郭台銘捐贈六千萬人民幣，捐贈人民幣五千萬的有潤泰大潤發公司、霖園集團。在中國商務部的統計數字，外資捐款排行榜中，台灣企業在前十名跨國企業中就佔了五名，且前五名就有四家台商上榜，名列前茅。比起香港企業巨富所捐贈的款數，及大陸某電子新貴萬柯集團王某公開主張「員工捐款以十

元為上限」潑冷水似的「妙」論相比，其熱誠度形成鮮明強烈的
對照。

捐贈人民幣兩千萬的有奇美集團、燁聯集團、寶成集團，捐
贈人民幣一千萬的有裕隆集團、藍天計算機、明基友達集團、遠
東集團亞東水泥。捐贈港幣一千萬的有旺旺集團。臺灣為四川汶
川地震賑災舉辦的募捐晚會──「把愛傳出去」，善款源源不斷
湧入，其他多元形式的捐贈者更是絡繹於途。

四川百年大震浩劫，適逢海峽兩岸融冰在即，撥雲見日的營
造時刻，台灣各界雖然在民進黨政府慢半拍的反應下，勉為其難
在下野前夕，由政府撥款台幣二十億元應付外，然而民間宗教，
社福，企業等慈善團體義無反顧的率先熱烈響應，以熱血澎湃般
的愛心所籌募的善款及物資，在第一時間火速透過各種管道送至
四川災區，在一周不到的時日，緊鑼密鼓累積的各種統計數字為
歷年之最。台灣民眾在上冷下熱的政治氛圍內，尚能自動自發，
發揮手足情，同胞愛，把人性的光輝自然演繹得淋漓盡致，彌足
珍貴。由此可見，台灣絕大部份民眾的中國情懷依然堅定，來自
內心深處的慈悲喜捨激情，被電視機前一幕幕悚然心驚的恐怖畫
面，無限挑動而串成的片片漣漪，隨着空氣無所不在地一吹向全
台各個角落。人人對深陷災區骨肉同胞的生命關懷，不因時空差
異有所動搖，有所折扣。四川災難無庸置疑，已震響出兩岸骨肉
前所未有的千絲萬縷親情，如此難得的豪情壯志，無不令全球中
華兒女倍感欣慰！

感慨之餘，希望政府部門從汶川大地震中汲取經驗教訓，切
實保護好人民的生命和財產，並且追究那些草菅人命、玩忽職守

的主管部門及各級政府官員。以告慰近十萬名無辜死難者在天之靈，並撫平數十萬名死裡逃生者受重創的心靈。

　　同時對情緒低落得幾近崩潰抓狂的四千五百餘萬名無助災民，除繼續伸出愛心呵護，滿足他們眼前日常起居的基本民生需求外，心理諮詢輔導師的心靈「把脈」，需加速妥善到位，讓飽受地震反覆震撼的他們，早日走出震災遺留的可怕陰影，更讓他們在雨過天晴後，鼓足勇氣，化悲傷為力量，重建美麗的家園，進而回歸心靈祥和的生活節奏，再向前邁進，讓百年巨震成為中華民族再出發的一股動力。

　　　　　　　　完稿於二〇〇八年五月廿八日泉州悅華酒店

民主的勝利，和平的到來
——祝賀馬英九先生就任中華民國第十二任總統

二○○八年三月二十二日，馬英九先生勝利當選為中華民國新屆總統，使臺灣重現一片藍天。五月二十日，馬英九先生隆重就任中華民國總統，不僅意味著臺灣民主制度的勝利，而且標誌著兩岸和平發展的到來。

民主制度的勝利

臺灣總統大選塵埃落定，國民黨和民進黨勝負分明，勝者與敗者都顯示出了可貴的君子風度。可是就在這時，竟然有人臆測，卸任總統陳水扁到時不會交出權力。還說他可能製造種種藉口，或加強兩岸摩擦，在台海點燃戰火，然後宣佈為非常時刻，賴在總統的寶座上，獨攬大權，繼續台獨活動，把臺灣推向水深火熱的深淵。

事實恰恰相反，五月二十日上午，中華民國第十二任總統、副總統宣誓就職典禮在總統府大禮堂如期舉行。在司法院大法官會議主席、司法院長賴英照監誓下宣誓，並從立法院長王金平手中接受總統印信與副總統印章，馬英九先生與蕭萬長先生，在莊

嚴隆重儀式中正式就任。

在崇戎樂聲中，即將卸任的總統陳水扁與總統當選人馬英九兩人邊走邊談，步入總統府大禮堂就定位，典禮九時開始，在唱國歌及向國旗暨國父遺像行三鞠躬禮儀式後，監誓人大法官會議主席賴英照穿著法袍就位，陳總統、呂副總統、國民黨榮譽主席連戰等坐在第一排觀禮。整個典禮在莊嚴隆重的氣氛中完成，卸任的陳總統與呂副總統和與會者國民黨榮譽主席連戰等握別。最後，馬總統送陳總統離開總統府。

現在我們可以說，在民主轉型的過程中，能成功地經歷兩次政黨輪替，這意味著臺灣的民主制度已經鞏固。兩次政黨輪替，表明了那裏的選舉基本是公平的，政治是開放的，政府的權力是受到制約的，軍隊是中立的，司法是獨立的，選民是自主的，不是被操控的。兩次政黨輪替也表明，原先的威權主義政黨和反對派都實現了自身的轉型，他們都能遵從民主規則，接受選票的裁決。

事實證明，臺灣的兩大派政治力量都贏得起輸得起，拿得起放得下。八年前，國民黨敗選，交出總統大權，可謂敗得光榮。要知道，中國幾千年的歷史上，國民黨是第一個服從選票的裁決，將最高權力拱手相讓的執政集團。有學者指出，國民黨的這一次失敗，甚至比它以前的許多勝利還更具有劃時代的意義。這次民進黨敗選，同樣敗得光榮，在開創臺灣民主的進程中，民進黨人英勇奮鬥，前仆後繼，功不可沒；在過去八年間，民進黨又為臺灣民主的鞏固與深化做出了很大的貢獻，包括它的過錯，有些也和它的成就相關聯。

這一切都充分證明，臺灣的民主制度建立之後，經過了磨練和鞏固，而今正在不斷取得輝煌的成果，展示出它的優越性。也將對整個中華民族產生深遠的影響。

和平發展的到來

馬總統在就職演說中提出了「雙贏兩岸」的新方針，這對海峽兩岸的和平共處起著歷史性的指導意義。他說：「我們希望兩岸關係在連主席和中共領導人所達成的五項共同願景之後，成為我們未來的努力方向，而國民黨在未來的兩岸政策上，一方面要堅持中華民國的主體性，一方面要以兩岸和平為目標，在政治上、經濟上和文化上，一步一步地拉近雙方的距離，這個對於臺灣的長遠是有幫助的。我想，兩岸關係是國民黨非常強的一個項目，我希望相關同仁可以積極努力，共創雙贏，讓國民黨繼續在這方面得分。」

顯然，這是對胡錦濤總書記在中國共產黨第十七次全國代表大會上的呼籲作出的恰當回應。胡錦濤總書記說：「我們鄭重呼籲，在一個中國原則的基礎上，協商正式結束兩岸敵對狀態，達成和平協議，構建兩岸關係和平發展框架，開創兩岸關係和平發展新局面。」胡錦濤總書記還說：「十三億大陸同胞和兩千三百萬臺灣同胞是血脈相連的命運共同體。凡是對臺灣同胞有利的事情，凡是對維護台海和平有利的事情，凡是對促進祖國和平統一有利的事情，我們都會盡最大努力做好。兩岸同胞要加強交往，推動直接‘三通’，使彼此感情更融洽、合作更深化，為實現中

華民族偉大復興而共同努力。」

先前，胡錦濤總書記與國民黨榮譽主席連戰會面時提出「建立互信、擱置爭議、求同存異、共創雙贏」。後來，蕭萬長副總統出席博鼇論壇與胡錦濤總書記會面時，當面提出「正視現實、開創未來、擱置爭議、追求雙贏」。胡錦濤總書記也指出，兩岸同胞是一家人，是血脈相連的命運共同體，兩岸關係的前途應該掌握在兩岸同胞自己手中。這不僅道出了兩岸同胞血濃於水的關係，而且提出了在經濟全球化條件下，兩岸同胞走向共贏的共同訴求。之後，胡錦濤總書記在第四次「連胡會」，回應了蕭萬長副總統的十六字箴言。

「不統、不獨、不武」的理念符合臺灣主流民意。馬總統主張在中華民國的憲法架構下，維持臺灣海峽現狀，也強調要在「九二共識」的基礎下，儘早恢復兩岸協商。馬總統將秉持臺灣精神，堅持「以臺灣為主，對人民有利」的原則，建設台澎金馬。可以說，和平發展的新時期已經到來。也可以預見，在不久的未來，兩岸不管在臺灣海峽或國際社會，都一定會和解休兵，並在國際組織、國際活動中，相互協助、彼此尊重。關係融洽，互利雙贏。

海外華人的心願

二〇〇五年四月二十九日，胡錦濤總書記與時任中國國民黨主席的連戰舉行歷史性會談時，就發展兩岸關係提出過四點主張：第一，建立政治上的互信，相互尊重，求同存異；第二，加

強經濟上的交流合作，互利互惠，共同發展；第三，開展平等協
商，加強溝通，擴大共識；第四，鼓勵兩岸民眾加強交往，增進
瞭解，融合親情。可以說，這是大陸領導人處理兩岸關係的一種
新思維。兩岸關係，在歷史上曾受到過不同時代的影響，而今天
確實應該在雙方的共同努力之下，逐步步入和平發展、為民謀
利、互利雙贏、平等協商的軌道，這是時代的正音，是我們反對
「台獨」、最終實現兩岸統一的真正基石，也是海外廣大華人的
共同心願。

　　兩岸正在走向和平發展的新時期，中國國民黨、親民黨、新
党領導人接連應邀訪問大陸，成為了一次次具有推動意義的歷史
性契機，兩岸之間在一定程度上消減了敵意和分歧。海外華人無
不歡欣鼓舞，支持雙方的和諧互動，良性發展。

　　然而，菲華社會的個別人和個別社團，無視兩岸關係已經有
了一系列重大發展的事實，仍然堅持過時的意識型態與僵化愚昧
的觀念，不知是害怕與臺灣來往，還是企圖孤立臺灣，讓人百思
不得其解。

　　筆者的母校就是這樣一個典型。該校由國民黨一手創建，
且幾十年來大力支持發展壯大，堪稱國民黨在海外的一所知名黨
校。在民進黨執政的八年中，不與臺灣政府往來，可有不滿異黨
執政的藉口，也有反對「台獨」的正當理由。然而，現今國民黨
重新執政，這所學校居然一不公開表示祝賀，更不派遣慶賀團。
豈不落到了忘恩負義的地步嗎？

　　也許是有了新朋友就忘了老朋友，勢利眼，喜新厭舊。可
以肯定地說，這樣的交情或友誼是不能長久的。有了第二個朋

友就拋棄第一個朋友，那麼第二個朋友該怎麼想呢？有了第三個朋友的時候，不也要拋棄第二個朋友嗎？如此交友模式，令人情何以堪？

　　一個偌大的中國共產黨，且執政於強大的中國，都能正視臺灣，正視國民黨，與之友好交往，可我母校不知何故，對此事的反應異常冷莫，恰恰違背了傳統的中華文化，這樣是否對華人子弟有誤導之嫌？

二〇〇八年五月廿一日

台灣民歌風靡大陸卅年

近十年來，我在大陸各地出差時，凡知道我喜歡K歌的朋友，都會帶我及內人一同去KTV「放肆」，嶄露「喉」角，藉唱唱歌放鬆身心，調節緊繃的神經，二、三小時下來，渾身經脈暢通開懷，精神好像充了電似的旺盛十足。唱歌打造身心健康的功力，果然功不可沒。

我每次點唱的歌，不外乎台灣卅年前開始流行的一串串校園民歌。記得我一九八〇年負笈台北的那段時光，每逢周末必準時坐在電視機前，專注地追蹤三台〔中視、台視、華視〕輪番上陣的綜藝節目，演藝圈各路的英雄好漢，各自爭艷，百家鳴放。對演唱時下流行的校園民歌，尤為鍾愛。偶爾有機會逛街，我必會浸泡在唱片行，精挑細選心愛歌手錄製的錄音帶。

一首首悅耳動聽，詞意深深的歌曲，穿越心靈，穿越時空。當掌聲響起，往往會勾起我對學生時代的懷念，想起故人故事故情的畫面，也想起痴情苦情傷情的旋律，兩相巧妙搭配，觸「曲」生情，感慨萬端，難以釋懷。

近十年來，由於隨台商轉換跑道，訪台次數銳減，我對台灣在這時期走紅爆紅的歌手，一無所知，對時下炙手可熱的歌曲，也懵懵懂懂。令人驚訝的是，這些新歌反而是大陸八〇後中生代的最愛，提及這些新歌，個個如數家珍，侃侃而談，對歌詞似乎也倒背如流。

　　當我準備點唱一些，自以為可以引為自豪的，一首首卅年前的校園民歌來「挑戰」時，每點一首歌，他們即可哼聲幾句，如此這般的熱情反應，令人驚嘆。原來他們，包括朋友的幾位九〇後的年青雇員，對台灣民歌的認識及了解，顯然並非如我想像中的「寡聞」般呆板。天啊，他們追逐新歌的觸角，何以如此神通廣大，卅年前的海峽兩岸，不是還停留在互不往來，互不交流的時空嗎？

　　卅年前曾紅遍全球華人歌壇，台灣流行不墮的情歌及校園民歌，諸如，鄧麗君的「何日君再來」、「小城故事」等；蔡琴的成名曲「恰似你的溫柔」，劉文正的「雨中即景」、「三月裡的小雨」，費玉清的「一剪梅」、「送你一把泥土」，張艾嘉的「童年」等等，加上「外婆的澎湖灣」、「蘭花草」等曲，竟是大陸家戶喻曉，老少耳熟能詳的名曲。誠為大陸人民最早接觸到的台灣文化製造品。

　　在意識形態強烈對峙的年代，文化藝術的魅力，猶如空氣中飄散的細菌，無孔不入，也無所不染。兩岸子民原屬同文同種，對歷代先賢苦心傳承五千年的中華文化，所孕育出的華語流行歌曲，自有一份難以言喻的濃郁情感，自也難以割捨，是任何魔力所無法阻擋、隔離的。這一趨勢，永不退潮。

　　台灣在上世紀八〇年代成功締造「台灣奇蹟」美譽以來，先後又直接、或間接將「台灣奇蹟」的風氣吹向大陸；而後更以大量技術、資金帶動大陸轉型，為日後創造另一驚天動地的「世界工廠」美夢，奠定既深且厚的根基。

　　卅年後的今天，台灣倘若欲再接再厲，在國際間繼續提昇

能見度，再創新猷，六十年來苦心經營的「台灣經驗」，所累積的教育、科技、文化、藝術等領域的優異能量，無疑地將滙成一股強大的軟實力，而厚植這一舉世矚目的軟實力，必將是另一波「台灣奇蹟」的超強動力。

　　台灣當今首要之務，順應時勢，行穩致遠，才是上策！

2011.5.18

細數走過的腳步

七月二日陪內子及孩子去香格里拉商場購物，登上二樓廣場，視線亮出一排排圖片展覽，走近會場才發現，原來是一場名為「細數走過的腳步」（Retracing Our Steps）展覽會，是中華民國駐菲代表處，為迎接民國百年而舉辦的系列活動之一。

十個展示架展出的廿幅裱玻璃框的圖片，可是中國偉人孫中山先生一手肇建的中華民國，自公元一九一一年以來，從神州大地，至寶島台灣，一路走來百年史實的縮影。

今天有血性，有理性，有知性的華人華裔，無論在全球那個角落，只要有揮舞着熱烈慶祝辛亥百年旗幟的同時，絕不可，也不會忘了當年曾經棄醫從政，出生入死，帶領全體中國人憤慨起義，在辛亥革命一役，成功打敗無能的滿清政府，創建亞洲第一個共和國——中華民國的孫中山先生。

辛亥革命的成功果實，便是中華民國的光榮誕生。因此，辛亥革命與中華民國是一體的，孫中山先生與中華民國的血脈關係，更是不可被隨意分割的，這是所有認同中國近代史的人，不可、也不會盲目否認的歷史事實。

歷史是客觀的，歷史絕不容許以任何主觀的意識，或亂以修飾，或肆意否定。正如我們曾經義憤填膺，亟力譴責，竄改日軍侵華史實的人一樣，有着相同的動力，相信沒有人會反對此一放諸四海皆準，鐵一般的定律。

　　圖片展從抗日，反清，以至民國的創建，參與發起聯合國，建設台灣，黨禁，大陸省親開放，總統直選，政黨輪替，兩岸交流等，每一個階的重要軌跡，重大發展，皆以精華的圖片，簡潔的中、英文字闡釋，讓廣大的中外人士，得以近距離，重溫百年來不曾在地球上消失過半秒鐘的中華民國，其不停為人類的民主、自由、福祉所發光發熱的多姿風采。

　　要尊敬孫中山先生，就要尊重孫中山先生曾經擔任過臨時總統職務的中華民國。倘若在緬懷孫中山先生的功蹟，卻選擇性遺忘中華民國的存在，等於是在利用孫中山先生的德澤及光環，為自己造勢。這樣落伍的文宣策略，在資訊爆發的電子時代，豈可獲得全球海內外華人華裔的忠誠信服，而進一步獲取既定的效益？

　　茲將嘗試列舉，誠心奉勸兩股否定中華民國勢力的說貼：

一、擁有科技大國、經濟大國美譽的政黨，倘若上下一致，努力貫徹博愛的儒家精神，做到真正的求同存異，求同化異，讓歷史共業隨着時空演化的健康發育，最終達成統一的大業。

二、曾經享有政黨輪替成果的政黨，本是在中華民國的憲政體制下完全執政，倘若上下一致，虛心檢討過去迷失方向而造成謬誤政績的癥結所在，再審慎提出一套優質完善的政策，為民謀求福祉，繼續認真發揮民主進步的精神，終將以選票征服人心。倘若一再否定中華民國，鼓吹台獨，前程堪憂。同時，六十多年來徹始徹終，無條件忠誠支持中華民國的海外三千萬華人華裔，所匯集的龐大力量，終將化為烏有，得不償失。

求同存異，趨同化異

話說有一家源自祖先的百年老店，因兩兄弟內鬨而分裂分治半世紀以上，有鑑於中國人以和為貴的哲理，加以因應全球化競爭激烈的商貿環境，許多長輩親友，以及兩家員工皆有希望合併整合的願景，成為世界上獨一無二的百年老店企業。

老大在近卅年來，因採取開放策略，大店營業迅速發展，後來居上，事業版圖愈擴愈大，在全球企業界享有「世界工廠」美譽。老二秉承老店傳統，六十年前，小店以儒家思想為中心思想，苦心經營，曾創造舉世聞名的「台灣奇蹟」。

在大家族長輩親友們，不時曉以大義，勸導鼓勵，兩家全體員工，皆有合併整合成一大公司的共識，只是許許多多錯綜複雜的技術性問題，有待雙方老板坐下來，心平氣和，本着對等，尊重，互不否認的氛圍下，才有締造和諧、雙贏的局面。

可是，當老大在推出一系列和談的同時，卻在國際間繼續打壓小店的生存空間，兩手策略讓小店上下不能苟同，心存疑慮；君不知，小店大部份的員工是贊成合併，只有少數員工，堅持獨立經營，免於演變成被併吞的厄運。

處於公說公有理，婆說婆有理的爭論僵持下，許多專家學者呼籲雙方冷靜思考，以大格局的胸懷、思維，携手處理歷史共業。逐有「求同存異，擱置爭議」的口號，浮出檯面。可是爭議的擱置，畢竟是短暫性的權宜措施，最終還是要「趨同化異」，

才是現代文明人務實的作為。

老大走在合併事業的崎嶇路上，倘若一味以老大哥的高姿態，無法坦然面對歷史遺留下來，種種即現實、又難逃的客觀因素，皆難以令人信服。尤有甚者，動輒祭出各種恐嚇、鎮壓等高壓手段，應付自家，及別家員工，更是令人看了心生畏懼，裹足不前。

老二因六十年來不斷實施民主制度，讓廣大股東，員工皆習慣在自由風氣下，隨心所欲，努力工作，奮發圖強。在老大強勢追求合併事業的道路上，他們始終看不出、也嗅不出老大的任何誠意，至少對他們歷經百年，堅持維護的老店老招牌的尊重及承認。光是這點，在意識型態的作祟，老大似乎沒有勇氣坦蕩面對。試想，此一百年老店的老招牌，也是老祖先拋頭顱、灑熱血換取的偉大功蹟。令人費解的是，目前已是世界公認超強的老大，為何在世界舞台頻頻大張旗鼓，熱烈慶祝老店的創業歷史時，却千方百計逃避老店成立時打響全球的老招牌？

倘若要實現「趨同化異」理念，首先要徹底化解，老大不承認老招牌百年來不曾消失，且活力存在地球的事實。

中國國台辦副主任孫亞夫，曾在加拿大多倫多參加台灣社團座談會時，呼籲海外僑胞在一個中國框架下，不僅要求同存異，加強團結，還要趨同化異，共同來推動兩岸關係的發展，為民族的復興，做出自己新的貢獻。

我們何嘗不希望中國和平統一，但在實現夢想的過程中，兩個分治的政府，要互相尊重。而互相尊重最基本的前提思維，即是互不否認。雙方互不否認後，即公然承認中華民國存在的事

實，也必需承認國父孫中山先生，在辛亥革命成功，肇建亞洲第一共和國——中華民國的史實。

2011.5.22

【菲華心】

菲中友好關係邁向新紀元
──隨總統訪華紀實

總統訪華

　　菲律賓共和國總統伊實特拉侃儸於五月十六日所率領的政府首長，民意代表及企業代表約二百人的龐大代表團，搭乘菲航001總統專機飛往北京，展開為期四天的國事訪問。

　　此一攸關菲中雙邊關係在未來能否穩定發展的契機。在伊實特拉總統背負國內南島摩洛分離叛亂集團的紛擾政局及亞武薩耶集團劫持外國遊客人質事件的雙重壓力下，同時不顧反對勢力波濤洶湧的反對聲浪，毅然決然如期出發，在菲中友好關係史上譜下光輝燦爛的一頁。

　　菲華工商總會為總統府規劃邀請組團，陪同出訪的全國性工商團體之一。在理事長吳輝漢及副理事長蔡漢業的帶領下，董事葉民族、許志橋、常務理事許經綸、留玉照、柯永泉、何作利、莊杰森等，應邀全程陪同總統所率領的國家訪問團，副理事長胡炳南、副理事長李滄洲、董事柯春楷等則因繁瑣的商務纏身而約定十九日在廈門會合。

北京禮遇

伊實特拉總統伉儷率領的中國國事訪問團,於十六日下午二時安然抵達北京國際機場南停機坪。中國外交部次長楊文昌,中國駐菲大使傅瑩及菲駐中國大使王羅慕洛等在機坪鋪設的紅地毯上,迎接伊實特拉總統伉儷暨政府、民意首長代表。

代表團團員一下飛機即受到禮遇通關。直接乘坐停泊在機坪的數十輛專車,分別駛往釣魚臺國賓館及北京香格里拉大旅社稍事休息。下午四時卅分,中華人民共和國主席江澤民在人民大會堂東廣場,為迎迓菲律賓共和國總統伊實特拉伉儷而主持盛大隆重的官方歡迎儀式。

在菲、中兩國雄壯激昂的國歌聲中,中國人民解放軍施放象徵最高禮節的廿一響禮炮陣陣作響,整個會場彌漫著莊嚴熱烈的氣氛,場面極為壯觀。

廿一響禮炮致意後,伊實特拉總統在江澤民主席的引領下,檢閱陸、海、空三軍儀仗隊,為中國國家元首級的歡迎儀式畫下完美無缺的句號。

高峰會議

菲中兩國雙邊高峰會議旋即在人民大會堂東館正式揭開序幕,伊實特拉伉儷所率領的外交部長謝順、財政部長巴洛、工商部長羅夏示、農業部長洪雅拉、內政暨地方部長林亞斐洛、新聞

部長傅諾、副文官長卡地那示、菲駐中國大使王羅慕洛、中央銀行總裁未內敏杜拉、移民局長羅帝葛示，國家糧食署署長何順、中國事務顧問施振源、女參議員許爾綺、女眾議員安頓紐、眾議員亞喜帝尤、眾議員小馬克仕等首長，與中國的相對部門展開會談，就下列菲中兩國未來的合作架構，進行廣泛且深入的探討及磋商。

一、廿一世紀雙邊合作的聯合聲明，二、科技交流合作協議，三、文化交流合作協定，四、農業貸款備忘錄，五、成立農業技術中心協議，六、國糧局與中國合作協議，七、共同打擊走私販毒備忘錄，八、菲中衛星電視臺合作備忘錄。

高峰會議結束後，由中國外交部長唐家璇及菲律賓外交部長謝順分別代表各自政府正式簽署「中華人民共和國和菲律賓共和國政府關於廿一世紀雙邊合作框架的聯合聲明」。在江澤民主席及伊實特拉總統的共同見證下，圓滿完成此一系列兩國攜手邁進廿一世紀合作模式的重要文獻，亦為菲中兩國萬古長存的友誼，奠下牢固且深厚的根基。晚間，由江澤民主席、胡錦濤副主席、人大委員長李鵬及朱鎔基總理等為首的中國政府，在釣魚臺擺設盛大國宴，歡迎伊實特拉總統伉儷暨政府首長、民意代表及企業代表。菲華工商總會理事長吳輝漢及副理事長蔡漢業等應邀出席國宴。

中國國際友好聯絡總會亦於晚間假座天鵝大酒店設宴歡迎工商總諸負責人，由該會北京市分會主任張正海作東主持，研究員偉學良作陪接待嘉賓。

工商總理事長吳輝漢於十六日下午三時半在北京香格里拉旅

社咖啡廳舉行彙報，召集全體同仁就有關此行重要行程及事項作
簡短的報告，同時分配各項工作，委派柯永泉擔任聯絡，莊杰森
擔任秘書，義務協助執行出訪期間的相關業務。一個團結合作的
務實團隊於焉正式運作，為工商總樹立活力充沛、效率卓越的清
新形象。

商務論壇

伊實特拉總統亢儷所率領的中國國事訪問團，於六月十七日
繼續展開緊湊的行程，早上十時在中國國際貿易促進會禮堂舉行
「菲中商務論壇」，由該會會長俞曉松主持並發表演說。

俞曉松致詞時，大力表揚多年來為幫助中菲兩國貿易和經濟
技術合作，做出不懈努力的兩國企業家，並致以誠摯的謝意。

俞曉松闡明，中菲兩國隔海相望，人民友好交往，源遠流
長，自一九七五年建交以來，在兩國政府和企業家的共同努力
下，雙方在眾多領域的友好和互利合作不斷發展，取得了積極的
成果。

俞曉松指出，九○年代以來，中菲雙邊貿易穩步增長，即使
在亞洲金融危機中，也仍然保持了增長勢頭，去年兩國貿易總額
達到二十二點七億美元，比上年增長了百分之十二點九，貿易不
平衡的問題也獲得顯注改善。

俞曉松表示，中菲有著悠久的友好交往的歷史，經濟也有互
補性，然而，我們目前的經濟貿易合作規模還不夠大，雙邊貿易
額占各自對外貿易總額的比重還很低，雙邊投資也不多，中菲兩

國經濟貿易人士都渴望儘快改善此種未臻完美的局面。

俞會長殷切地期許在座的工商界人士一起努力，積極推動雙向投資與技術交流的發展，進一步加強在交通、通信、紡織、能源、科技各農業等領域的互利合作，把雙邊經貿合作推向新的水平。

伊實特拉總統以國賓身份致詞時表示，菲中人民有著源遠流長的深厚友誼，在歷史及文化的相互輝映下，更加深兩國的良好夥伴關係。此一關係經得起歷史的考驗，亦為中菲友誼的和平穩定發展奠定基礎。

總統指出，本年六月九日，菲中兩國將邁入廿五年的外交關係，為此一深具意義的節日，本人已頒佈今年六月五日至十一日為菲律濱的「全國菲中友誼周」。

總統闡釋一九七五年簽署中菲建交公報時，兩國內向保守的政策趨向，影響雙邊經貿合作的進展，廿五年後的今日，基本上雙邊各個領域的合作關係已逐漸擴大，謹慎的態度已完全緩和，開放的腳步正在不斷地大步邁開。

總統說；「整整一代的從已過去了，雙方曾經播下的種子，如今已開花結果，尤其是九十年代當兩國朝向更開放更融入國際經濟體系時，雙邊的經貿關係更有顯著的增長。」

又說：「一九七九年雙方協議貿易合作規範，目標曾確定一年為廿億美元，到了一九九八年，儘管在亞洲金融風暴的衝擊下，兩國雙方貿易總額突破廿一億美元，去年又竄升至廿三億美元。打破歷年來記錄，同時雙方貿易逆差也獲得大量的改善。」

　　總統指出，一九九九年，菲律賓對中國的出口增長至百分之七十七點三，縮減了貿易差異，達五億美元以下，是一九九四年以來的最低水平，中國現為菲律賓第十大的貿易夥伴，亦是第十二大產品輸出市場及第七大進口國。

　　對於菲律賓在中國的投資情形，總統表示，雖然至今尚無確切的數字，但是想像中菲律賓對中國的投資總額必定會超過中國對菲律賓的投資總額。

　　至於科技合作的領域，兩國正在積極執行一九九八年簽署的協議，從傳統醫藥、特殊食品、緩和天災應變、環境保護及竹子加工等科技領域加強交流及合作。

　　總統深切期盼菲中未來的發展關係，將建立在「菲中廿一世紀雙邊合作的聯合聲明」基本精神上，兩國的雙邊合作將更上一層樓。為菲中兩國人民的福祉、和平、繁榮及合作邁向另一個新里程。

　　中菲商務論壇在菲律賓工商總會會長巴黎拉及菲華商聯總會執行副理事長蔡清潔等精闢的演講後圓滿閉幕。

　　菲律賓駐中國大使王羅慕洛於十七日中午在大使館舉行歡迎酒會，伊實特拉總統伉儷暨代表團全體團員應邀參加。

農業合作

　　中國農業部與菲律賓農業部的農技合作，源自於去年菲華工商總會組團到中國訪問，行前晉謁伊實特拉總統時所獲得的政策指示。

　為此，工商總理事長吳輝漢特地於十七日下午一時卅分，前往拜訪中國農業部部長陳耀邦，並轉達泊請教菲國政府加強與中國農業合作的政策走向及指引。

　陳部長致詞時闡釋中國政府為積極協助菲律賓開發農業，除了目前正在進行的農業技術合作外，另將農業機械的推廣列為今後的工作重點。此外，農業部為提升與菲律賓農業合作的工作效率，已決定選派一位專員常駐菲律賓，就近進行有關協調，聯繫及推廣業務。

　陳部長並對中國政府去年贈送菲律賓一噸雜交水稻種子，試種後證實有幾項品種表現優良，甚至已達到七噸至十二噸的產量水平而感到欣慰。

　對於菲律賓法律規範的品種推廣之前必須經過三年的試驗過渡期，陳部長語重心長地表示，中國政府希望提早擴大試種面積，以便儘快發揮效益。

　至於農業機械的推廣工作，陳部長胸有成竹地表示，農業部已著手規劃示範，維修及售後服務等相關配套措施，同時嚴格挑選合格廠商及技術人員，以便早日配合，付諸行動。

　工商總理事長吳輝漢致詞時，對中國政府在菲律賓設立的菲中農業實驗中心，近來傳出實驗品種成功，並獲得高產的佳音，表達由衷的敬意及謝意。

　吳理事長闡述，陳部長與菲農業部長洪雅拉於一九九九年在菲華工商總會的策動下而開始雙方互訪，為菲中兩國的農業交流及合作，打下深厚的基礎，菲中兩國現階段的農業合作進展，已逐漸露出曙光，豐碩的成果指日可待，這一切均表明了菲中兩國

農業合作潛力無窮，前景遠大。

中國農業部國際合作司司長唐正平，農業機械化司副司長黃明淵，對外經濟合作中心主任錢法根，國際合作司處長盧蕭平等均在會場接待工商總會諸負責人。

慶祝建交

中國人民對外友好協會為慶祝中菲建交廿五周年，同時迎接伊實特拉總統伉儷的到訪，特於十七日晚間在釣魚臺國賓館芳菲苑舉行宴會，工商總理事長吳輝漢偕同董事許志僑應邀聯袂出席。

其餘人員則在副理事長蔡漢業的帶領下，前往人民大會堂中華廳出席中國國際友好聯絡總會副會長沈衛平所設宴會。

中國國際友好聯絡總會會長助理李甯，副秘書長陳祖明，第二亞洲部主任趙磊，北京市分會主任張正海，研究員偉學良等均在場接待嘉賓。

席間，賓主甚歡，在相互交換禮品，互道祝福聲中，圓滿結束。

回旅社的路程，工商總會全體同仁順便觀賞北京市亮麗璀璨的夜景，對天安門廣場前隨風飄揚的多幅菲中兩國國旗所彙成的一片旗海，印象猶為深刻。

天安門廣場，自古以來，本身就像是一座不斷上演歷史名劇的舞臺，以豐富的史頁，雄偉的建築以及精緻的人文藝術，吸引著全球各地絡繹於途的觀光客。

　　而今，置身舞臺中央，令人思緒起伏，感慨萬千，在歷史的
洪流中，斑斑痕迹是否依舊可尋了。

遊覽長城

　　經過三天緊張忙碌的團體生活，訪問團全體團員於十八日早
上被安排遊覽聞名中外的旅遊聖地──萬里長城，使得連日來疲
於奔命的團員們得以好整以暇，輕快愉悅地渡過半日悠遊自在的
時光。萬里長城，是踏青尋幽的美景所在，由於其保留了不少先
人堅忍不拔，誓死捍衛的高尚情素的痕迹。遊訪之間，心靈本身
也得到某種程度的提升。

　　萬里長城是全世界屈指可數的建築古迹，無論從歷史角度或
建築結構來看，都是曠世不朽之作，散居海內外的龍的傳人，無
不以此座雄偉氣派的建築物而引以為傲。

　　或許，當我們站立在過去與現代的交集點，外面的大馬路上
儘是高樓林立，轉進八達嶺，綠景入眼，花香緩送溫馨怡適，感
受絕妙。

　　奈何遊訪的時間僅限卅分鐘，教人難忘的萬種風情，僅以走
馬觀花式留連徘徊略過，意猶未盡的感覺自是不言而喻。

菲企招待

　　十八日中午十二時，菲律賓最大的企業集團仙迷訖公司假座
釣魚臺國賓館設宴招待伊實特拉總統伉儷暨政府首長、民意代表

及企業代表團全體團員。

　　據內幕消息，仙迷訖公司原先僅安排招待總統伉儷、政府首長、民意代表及企業代表團廿名代表與會，企業代表團的其他團員因會場場地無法全數容納而未被列入受邀名單。

　　工商總理事長吳輝漢及副理事長留典輝大律師聞訊後，毫無猶豫地採取果斷行動，逕向仙迷訖集團總裁許范戈建言力爭，獲得許范戈總裁同意，決定邀請企業代表團全體團員參加。這可從當日宴會會場延伸至隔壁二間套房的情形窺視一斑。

　　另外，工商總副理事長留典輝大律師原本有意隨團出訪，未料臨行前因身體不適要住院檢查而被迫取消。留大律師接獲北京傳來的訊息，在病榻休養期間仍不忘為所有企業代表團成員「請命」，殊堪欽敬。

　　仙迷訖集團總裁許范戈及副總裁洪南文親自主持宴會，特於前一天搭乘其私人專用飛機由馬尼拉飛往北京，與旗下所屬糖王食品公司總理吳輝漢共同接待嘉賓。

　　許范戈總裁致詞時讚揚伊實特拉總統伉儷，此次訪問中國所取得的豐碩成果。

　　他指出，總統伉儷的中國行，為促進菲中的長期友好關係，與中國江澤民主席等領導人磋商研議，簽訂多項協議，共同規劃廿一世紀雙方合作的藍圖。為菲律賓人民爭取最大的權益，造就人民福祉的功績，將永垂青史。

　　訪問團全體團員沉浸在曾經是八百年前即為帝王行宮，招待過包括美、俄總統、日本天皇、英國首相等不計其數的釣魚臺國賓館，盡情飽嘗豐盛筵席後，於下午三時驅車前往機場，

準備搭乘總統專機飛往上海，展開另一趟為期十四小時的「特快」行程。

抵達上海

十八日下午約五時，總統專機降落在上海虹橋機場，經由官方的禮遇通關後，全體團員乘坐專車得以迅速駛離機場，直奔浦東香格里拉大旅社。

上海市委書記黃菊與上海市長徐匡迪為歡迎伊實特拉總統伉儷，特假浦東香格里拉大酒店設宴款待。菲華工商總會理事長吳輝漢，副理事長蔡漢業及董事兼外交主任葉民族等應邀出席。

上海新貌

「上海變得這麼快！」這是遊覽車駛出機場，奔馳在高速公路上，打從心底所發出的第一感受，腦海被沿途儘是如雨後春筍的摩天大樓的優美景觀所攝住。

進入市區，熙熙攘攘，衣著光豔的男女老少，平整寬敞的人行道，裝設電扶梯的天橋等一幅幅現代化的街景映入眼簾，霎時，一種讓人誤以為闖入紐約或芝加哥街道上的錯覺感油然而生。凡此現代化的公共設施，簡直不可思議。

上海向來都是大陸的時髦城市，近年來在外資滾滾躍進的刺激下，更是發展神速，一日千里。

浦東據說是一九九二年才開始全面建設,距今短短的八年光陰,從一片田野中,演變成今日的現代化城市,令人嘖嘖稱奇,歎為觀止。

以「東方明珠」電視塔,八十八層金茂大廈(高約四百廿十公尺,僅次於馬來西亞的雙子星和芝加哥的希爾斯大樓,名列世界第三),三條跨越黃埔江的江底隧道,以及五條跨江大橋為首的建築群,即足以媲美世界最先進國家的大城市,猶有過之而無不及。莫怪上海人普遍懷著一種想法:在浦東擁有一張小床鋪,遠勝於在浦西的一幢公寓。此說反映在現實生活的情景,是真是假,不得而知,反正,上海人嚮往浦東的現代化生活,是一種不可抗拒的時代潮流。

行程縮短

晚間約十一時過後,正當滿懷疲意準備就寢的時候,忽然傳來由工商部代為轉達的緊急通告,總統將縮短上海半日及廈門一日的行程,隔天早上七時將集合出發,提早六小時飛往廈門,且當晚即返回馬尼拉(原訂行程為十九日下午三時飛廈門,廿日晚十時由廈門飛回馬尼拉)。

於是又提起精神,以最快的速度逐一通知工商總全體同仁,以免因行程的臨時變更而延誤隔天的作息時間。所幸,全體團員均能體諒總統擔負憂慮國內天災人禍的突發狀況,而不得不採取的權宜措施。

菲律賓共和國總統伊實特拉伉儷率領的中國國事訪問團,於

十九日風塵僕僕地束裝就道，轉往廈門繼續其在中國訪問的最後一站。

中國駐菲大使傅瑩自從十六日起，全程陪同伊實特拉總統伉儷參加在北京、上海及廈門所有的官方及非官方活動，使得訪問團在中國三大城市的全部行程均能順利如期地一一完成。傅瑩大使任務艱巨，運籌帷幄，功不可沒。

廈門慶典

訪問團於十八日上午十一時抵達廈門高崎國際機場後，即展開馬拉松式的行程，於短短八個小時的停留時間，快速穿梭在三場迥然不同慶典的場合。

第一場慶典是廈門銀行中心的落成典禮暨慶祝酒會。銀行中心是由菲華大班，菲華商聯總會理事長陳永栽所創建。伊實特拉總統伉儷親臨主持剪綵。

菲律賓訪華團的全體團員應邀出席，領略銀行中心的風采，富麗堂皇的樓閣，鮮豔奪目的裝潢，寬敞舒適的場所，加上美味可口的菜餚，使得與會嘉賓在飽享眼福之餘亦可大快朵頤一番。

伊實特拉總統伉儷蒞臨銀行中心之前，在陳永栽伉儷的陪同下，參觀其在廈門的另一項投資企業——亞洲啤酒廠。寄居在廈門的菲律賓僑民，為迎接來自祖國的大家長及同胞，特別在酒會合唱一首膾炙人口的菲律賓愛國歌曲——《我的祖國》作為呈送總統的見面禮。

激昂雄渾的優美旋律，此起彼伏，縈繞四周，增添了濃郁的
喜慶氣氛。

總統聆賞後綻露笑容地走近與他們一一閒話家常，喜悅歡欣
的心情溢於言表。

緬懷黎剎

第二場慶典，是晉江市羅山鎮上郭村黎剎紀念廣場塑像的
奠基典禮。從廈門到上郭村，路程約需一小時。途中路過福埔，
由菲華另一大班施至成興建的SM城市赫然出現眼前，其建築結
構、風格、輪廓、大小竟與菲律賓的一模一樣，儼然出自同一
「基因」的「複製品」。巍峨壯觀，予人為之驚歎！

菲律賓國父扶西·黎剎廣場塑像奠基典禮由晉江市市長施永
康主持。

施永康市長致詞時，強調大多數泉州人血液裏都流著像菲律
賓民族英雄──扶西·黎剎，具有開拓精神的優良血統，不畏艱
辛，開創未來，前仆後繼，建功立業。施市長貼切地指出泉州人
開拓特質的魅力。他說：「早在一千多年前，泉州即已與包括菲
律賓在內的東南亞國家，進行民間友好及貿易往來的親密關係，
許多泉州人移居菲律賓後，以開拓、勤儉的精神，胼手胝足，披
荊斬棘，為菲律賓的經濟、貿易等發展，做出卓越的貢獻。」

施市長認為，菲律賓總統伊實特拉伉儷專程光臨上郭主持黎
剎廣場塑像的奠基儀式，意義至為深遠，是全體上郭人的驕傲，
也是全體泉州人的光榮。

　　施市長表示，黎剎廣場的設立，將為中菲兩國親戚般的友好關係，跨入另一新的紀元。隨後，伊實特拉總統、施永康市長、福建省外事辦事處李慶州主任、中國駐菲大使傅瑩、菲華大班陳永栽等應邀主持動土儀式，鑼鼓喧天，盛況空前。

　　菲律賓晉江市黎剎紀念廣場籌備委員會成員及黎剎後裔百餘人紛紛組團專程蒞臨上郭，共同見證此一具有劃時代意義的重要慶典。

　　據悉，黎剎祖父柯南哥祖籍的考證工作，系源自於一位旅菲美國學者，在廿世紀初葉出版的著作，曾刊載天主教教堂所簽發的一件「洗禮說明書」。其內容記載扶西‧黎剎祖先的發源地為中國晉江上郭村。此書在菲律賓國家圖書館被發現後即流傳開來。經過多位菲中史學家及熱心人士的積極努力，多方奔走，終於促成此一意義非凡，且具創舉性方案的問世。

省長盛宴

　　福建省省長習近平晚間假座悅華酒店擺設盛宴，招待伊實特拉總統伉儷及隨員暨企業代表團全體團員。

　　習近平省長致詞時強調，中菲兩國是一衣帶水的鄰邦，民間交往源遠流長。廿多年來，兩國經貿等領域的往來與日俱增。

　　習省長表示，自從一九八三年四月，菲律賓宿務市及中國廈門市締結為姐妹市起，以至一九九五年，菲律賓總領事館在廈門的設立，成功地拉近兩國間的友好關係，亦為中菲友誼的萬古長青寫下光輝的一頁。

伊實特拉總統致詞時闡釋菲中兩國親密的友好關係,將隨著廿一世紀的來臨而更上一層樓。

總統指出,此次在北京與中國領導人的會晤,從經濟、貿易、文化、科技、農業、通訊等領域進行廣泛的討論,並達成多項協議。同時雙方還發表一項聯合聲明,賦予今後兩國在多項領域通力合作的基本精神。

對於領海的爭議,總統指出,爾後不管南海出現何種狀況,我們堅決以和平方式,通過外交對話,努力達成雙方均可以接受的解決途徑。

總統認為,菲律賓與福建省開拓經貿關係,有其特殊自然的一面。因為菲律賓大多數企業家的祖先系來自福建省,他們以共同熟悉、親切的語言及文化,凡事水到渠成,事半功倍,將雙方的緊密關係帶入另一個全新的境界。

載譽榮歸

宴會結束後,總統伉儷應邀與企業代表團團員合影留念。由於事前規劃不周,以致團體攝影的秩序大亂,許多未能與總統伉儷合照的代表們怨聲載道。發起此項活動的人士如能大公無私,顧及菲律賓代表團全體團員,事前作好溝通,讓一批代表能如願以償地與總統伉儷合照,則功德無量,同時亦不致於發生混亂的場面。

訪問團於十九日晚上八時從廈門高崎機場啟程,飛回馬尼拉,圓滿成功地完成陪同總統伉儷中國國事訪問的任務,載譽榮歸。

不是毒藥，近似毒藥
——漫談中醫假藥在菲律賓的影響和危害

　　中醫藥在菲律賓尚未取得合法地位，正當華社許多志士仁人為之四處奔走，努力奮鬥的關鍵時刻，中成藥假藥在菲律賓市場捲土重來，開始又一波波出擊，拋頭露面，招搖過市，給這艱難困苦而又意義深遠的重大舉動無疑潑了一瓢冷水，也是沉重一擊。為此要寫一篇文章，說明中成藥假藥在菲律賓的影響和危害。

題目的斟酌

　　題目用「不是毒藥，近似毒藥」，而不用「不是毒藥，勝似毒藥」，顯然是筆下留情，特意溫和一些，免得傷害了中藥經銷者的感情，也免得激怒了假藥販賣者的神經。

　　筆下留情，屬於感情問題，實在是一件不容易的事。「路見不平，拔刀相助」，說的就是這個意思。思想一衝動，感情上來了，那刀就不可能始終保持在刀鞘裏。寫文章的人既然把筆桿子拿起來了，他那份感情就很難掩飾住。況且，即使寫文章的人有情，而販賣假藥的人並不一定有情。若是販賣假藥的人稍微有那麼一點兒良心，稍微有那麼一點感情，假藥也不會上市了，寫文章的人也省卻了很多麻煩。

假藥危害極大，賣假藥的人實在可惡。雖不便說「假藥就等於毒藥」，但說「假藥近似於毒藥」，恐怕一點也不過分。為了說明這一點，下面就分別詳細敘述。

藥品的真假

在談假藥時，需要首先談一談藥品的真假。是真是假，不能一概而論，也不能說真的就是真的，假的就是假的，真的假不了，假的真不了。

不能一概而論，是因為藥品涉及到專利、審批、生產、銷售、診斷、服用等多個方面，每一個方面都有其特殊情況。就專利而言，有專利的人不一定生產出貨真價實的藥品，沒專利的人也不一定就不生產出貨真價實的藥品。但從法律角度來看，有專利的就是真藥，沒有專利的就是假藥。就審批而言，完全取決於掌管審批大權的那個官員的廉潔程度，他可能把真藥給卡住、而給假藥開綠燈。就生產而言，取決於原料的採購、藥品的配方、製作的過程、生產的環境等等，若是有一步搞差了，設計生產的是真藥，包裝出廠的卻是假藥。就銷售而言，經銷人也只能根據國家批號、生產廠家、生產日期、進貨渠道等來判斷，而這些方面、誰也不能擔保百分之百的是真藥。就診斷而言，即使做到了對症下藥，藥物還有一個量的問題。用量不夠，真藥也要承擔假藥的罪名。用量過大，會吃出毛病，罪名的程度恐怕還要超過假藥。就服用而言，是否遵照醫囑，也會混淆真藥與假藥的界限。

　　也不能說真的就是真的，假的就是假的，真的假不了，假的真不了。這裏要提出一個問題，憑什麼說是真的？現代市場充滿了偽劣假冒，以假亂真，真假難辨。憑廠家？廠家本身就造假，還可能是第一個造假。由於利潤驅動或原料緊缺，廠家偷工減料，以次充好，在所難免。在這種情況下生產出來的藥品就沒有原本標榜的那麼大的藥效，能說是真藥嗎？即使是真的，也摻了水，摻了多少水，只有廠家自己知道。

　　從菲律賓的實際情況來講，中醫既沒有得到法律承認，更不用說中藥了。從法律觀點出發，不分真的還是假的，所有中藥都是不合法的，販賣中藥本身就是違法行為。照此說來，把真藥看作為是假藥還算是輕的，重則追究法律責任，這是中藥經銷者都不願意見到的畫面。

　　綜上所述，中成藥假藥有多種生成渠道，而且有很多人想從這方面發財致富。要識別也有相當大的難度，試圖以化驗的手段來斷定中成藥的真假，那則是在鬧笑話。如果能以化驗的手段斷定中藥的真假，中藥也不稱為其中藥了，更談不上博大精深，中國之國寶了；中醫中藥早就流傳到國外，成為國際通用醫療手段了，製造中藥的工廠也遍佈全球；韓國人也不會搶注中醫為他們的文化遺產，說寫《本草綱目》的李時珍是韓國人了。

假藥的存在

　　假藥確實存在，就擺在櫃檯上，正在銷售。前不久，菲律賓國家調查局突然襲擊了一些中藥店。查出了不少問題。後來據國

調局的人說，本來無意去查假中藥，但是有人不斷舉報，竟然治療心臟病的中成藥還有假的，豈不是圖財害命，人命關天嗎？於是就去查了一下，查出有二十多家中藥店有假藥。但本人深信沒被查緝到的店鋪，并非沒假藥存在，而不幸被取締的，也不一定全賣都是假藥。

老實說，國家調查局人手不夠，未能全面徹底清查。如果動真格的，恐怕有很多的中藥店在劫難逃。他們也可以採取一種非常簡單的方法，還能把中成藥假藥一網打盡，徹底消滅，那就是根據菲律賓的法律，將中藥店統統關閉，一勞永逸。

近來，筆者與菲媒體記者餐敘時，聽到多位記者、電臺主播對中藥有不良反應。有的直截了當地說可能買了假藥上了當，有的則批評中藥功效其實不如預期的好，雖然價廉，但毫無療效。說明中成藥假藥已經在菲律賓構成了不好的影響，並有所傳聞，受到了人們的批評和警惕。

翻開報紙看一看，大大小小的假藥案件不斷曝光，駭人聽聞。今年一月三十一日，《聯合報》就有數條有關假藥的新聞，大字通欄標題的有《查獲假藥一百三十萬顆都是暢銷藥》《鏢客集團穿梭醫院賣黑心龜鹿膠騙萬人》，還有非常醒目的《假藥鏢客唱雙簧老翁被騙二十萬》《吃減肥偏方少婦罹腎癌》《久煮不爛原來是塑膠》等等，詳細揭露了一些假藥案件。

假藥的危害

　　許多人疾惡如仇，痛恨中成藥假藥在菲律賓的銷售，不是嫉妒藥店老闆賺了大錢，而僅僅是為了維護中醫中藥的名聲，讓寶貴的中醫藥科學能夠進入菲律賓，在當地生根開花，解除眾多患者的痛苦。

　　中成藥假藥在菲律賓的影響和危害有多種。首先是危害性命，譬如上面所說的治療心臟病的假藥，危害就特別嚴重。患有心臟病的人常在身上帶一粒「救心丸」，一旦心臟病發作，就把「救心丸」往嘴裏一放，危機有了緩解，生命就有挽救的希望。如果這粒「救心丸」是假的，當場就會在「滿懷希望和信心」中斃命。

　　其次，假藥耽誤治療。通常說來，對症下藥，藥到病除，但藥品必須是真的。如果碰上假藥，疾病不但不能好轉，反而惡化，還錯過了治療機會，延誤了治療時間，給患者帶來更大的痛苦。

　　再者，菲華工商總會多年來努力推動中醫在菲律賓的合法化，並把這一工作列為立會目標。現在出現了假中藥，就相當於這邊剛剛找到一點門路，那邊就把路子給堵死了；也相當於這邊正要燒水做飯，那邊就把鍋給砸了。如此下去，中醫在菲律賓的合法化怎麼進行下去？到猴年馬月才能實現呢？這裏需要問一下開店賣藥的老闆，「把假藥擺在自己的櫃檯上，你這個店還能開下去嗎？」

還有，中成藥假藥的銷售與氾濫，是在給中國的形象、中華文化的輝煌、華人的臉面潑污水，同時也破壞了菲中兩國之間的友好關係和兩國人民之間的深厚情誼，更損害了華人在菲律賓的地位和生存環境。

應有的對策

對付假藥的辦法也是有的，只要肯下功夫，沒有解決不了的問題。藥店老闆是解決問題的關鍵，要說如何禁止假藥，如何把關好進貨渠道，藥店老闆是行家，在此不用贅述。需要強調的是，藥店老闆要潔身自好，利欲不能熏心，利欲一熏心，心就變黑，黑心人賣不出真藥來。

顧客與患者是防範和禁止假藥的另一重要因素。如果他們保持高度的警惕性，不輕易上當受騙，碰到假藥就檢舉揭發，假藥的市場就越來越小，最終消失。

廣大民眾、商業團體、公益事業也有權力與義務維護醫藥市場的正常發育和運作，抵制假冒偽劣藥品。大家一同起來，配合行動，過街老鼠，人人喊打，老鼠就不敢過街了。

應該認真反思了
──對巴西市墨拉蘭商場火災肆虐的省思

　　火災向來是菲律賓的一大災難，與綁架並駕齊驅，兩者陰魂
不散，層出不窮，時刻威脅著人民的生命與財產。二〇〇八新年
的鐘聲剛剛敲響，火災就開始大規模地肆虐這個百業待舉的貧窮
國家。元月一日，一場大火襲擊了馬尼拉市一個破爛不堪的貧民
窟，數百個家庭一夕間流離失所，無家可歸。元月三日，巴西市
墨拉蘭商場又虐蒙一把無名火神光顧，從早上六時一直連續延燒
到下午三時半才被「驅逐」。後者損失想必慘重，才引起了社會
的強烈震蕩。

災情撲朔迷離

　　墨拉蘭商場大火發生之後，菲律賓主流社會和菲華社會的新
聞媒體都作了連篇累牘的後續報導。

　　一家華文報紙報導，墨拉蘭華人商場上演的十小時大火劇，
約百個店鋪多數由華人主有，財物損失料高達九千萬披索，華人
志願消防員把火勢一發不可收拾的悲情歸咎政府消防局。該報甚
且引用華人志願消防員的話說，如果消防局在大火不能受到控制

的時候就立即提升警報級別,墨拉蘭商場的災情所造成的損失完全可以減輕至最低程度。

另一家華文報紙發表社論評論說,大火無情,一夜之間能夠使人傾家蕩產,並且還會波及無辜,給別人造成巨大損失。因此,救火十萬火急,刻不容緩,每當遇到火災,必須第一時間進行搶救,絕不容許不法人員乘「火」打劫,利用救火大發橫財。六十年代的經驗教訓值得記取,不能容許當時的慘痛事件重演。該報引用商場人士的話說,由於某些政府消防員救火不力,導致救火的時間無端受到延誤,才造成如此慘重的損害。

文章透露,在接到警衛的救援電話後,附近的消防車縱然立即趕去「探究」災情,但是,首先到達的政府消防員卻沒有及時投入救火,表示要等待上方的命令方能行事。隨後趕到的華人志願消防員要啟動救火行動但遭到種種阻攔,不過,他們認為救火如救人,分秒必爭,不管他們的無理「取鬧」,立即搶先投入撲救工作。

說法不盡相同

一月七日上午,菲華商聯總會舉行新聞發佈會,明確指出,火災現場第三次拉警報是在第二次警報的兩個小時之後,如果早一點兒發出第三次警報,鄰近地區會有更多的政府及華人志願消防車趕往火場,大火就能容易被撲滅,不致於遭成全面嚴重的損失。為什麼政府消防局的火災現場指揮官遲遲不拉第三次警報?受害者、志願消防員與商總袞袞諸公異口同聲地

指責政府消防局在墨拉蘭商場大火中失職，臨場撲火不力，表現令人大失所望。

然而，內政部副部長科布斯卻在媒體公然「自誇」：「消防員首要而且最重要的責任就是滅火。事實上，起火時我正同地面指揮員談話。他對我說，可能很難挽救大樓，我的指示就是不能讓火苗蔓延到輕軌電車和附近的其它建築物。實際上，他們在這方面還是成功的。」

對於一些消防員在他們滅火之前向店主索取錢財的指控，科布斯辯駁說，根據最初的調查，那些索取錢財的不是消防員，而是那些附近的流氓。

此說令人憶起各地消防局人員，每年在納稅公司行號例行更新地方營業執照的臨檢過程中，不是專挑商家的各項芝麻粒小的瑕疵糾纏紛擾，就是費勁遊說推銷他們的滅火器材賺取外快，不服從者或隨意打點者，難逃被推託延誤發照的刁難折磨。多數華人在不得已的情景下只能花錢消災，息事寧人。這次災情近乎譎異式的自我解套說辭是否合理合情，真象可能永難見日。

對於墨拉蘭商場大火的撲滅工作，雙方可以各抒己見，各執一辭，但最終受到損害的只能是華人自己。面對突如其來，且財產慘重損失和嚴峻的社會環境，大家都應痛定思痛，認真反思一下。火災經常出現，大火年年發生，每次火災之後都有「三分熱度」的即興式反思。既然反思了，為什麼火災仍然反復重演呢？恐怕是反思還不夠認真，而且也沒有落實到行動上。

反思防火意識

就菲律賓的客觀情況而言，政府有關部門，尤其是消防部門，應該首先認真反思。火災一次又一次地接連不斷地發生，政府在消防方面做了哪些行之有效的工作？「消」是怎麼「消」的？「防」又是怎麼「防」的？通常的實際情況是，平時沒有「防」，到時又「消」不了。

菲律賓的火災絕大部分是由電源和煙花爆竹引起的。在電源使用方面，在煙花爆竹保存和施放方面，政府有關部門有沒有玩真的，來個「硬」性規定？倘若有，有沒有全面性的宣傳？宣傳是否直接達到家喻戶曉，深入人心？宣傳之後，是否有一套訂期檢查落實的機制？政府部門每年都固定向所有工商行號徵收消防稅，不能只光收錢而不落實最基本的為民服務工作。

個人和經商的廠家及零售，批發業者，也應該盡本份認真反思。這些商家企業往往儲存大量貨物，而且深怕被不肖份子覬覦萌生偷盜和搶劫歹念，就拚命安裝鐵門、鋼窗、鐵絲網、鐵欄杆，裏三道外三道層層戒備保護。一旦火災發生，裏面的人出不來，外面的人進不去，眼睜睜讓大火吞噬生命和財產。支持消防隊伍的建設，或乾脆自行購置消防設備，都是積極可取的作為。但真正解決問題的妙法無非是防患於未然，平時不吝於投資電源線路的更新與維護，謹慎留意各項易燃品的使用或儲存情形，時時刻刻警惕，把防火工作銘刻在心上。

近十年來包括菲華工商總會在內的及許許多多的華人商業團

體引進具特殊高性能的消防車，捐贈給全菲各地方政府的義舉善行時有所聞，捐贈人勢必也向政府受贈單位詳加說明該款消防車的各種優異用途及維修等技術轉移，更全力配合關心各消防隊員應俱備的基本技能。墨拉蘭商場大火的受害者就曾無奈地抱怨，政府的消防隊員眼睜睜看著屋裏冒煙卻不破門而入將火源及時撲滅，非等到火焰擴大竄升的時候才開始不知所以然的往地板上澆水。看來，他們的思維方式確實有待商榷。

反思消防機構

上世紀六十年代，馬尼拉華人區一場大火，燒毀幾條街段。為了避免類似慘劇再次發生，商總在時任中華民國駐菲大使杭故立武博士的倡導下，全面發起成立華人消防隊伍。從此以後，華人有了自己的義務消防隊，近半世紀以來遍及馬尼拉及全國各地的華人消防隊已多達兩百支。全菲各地有華人落腳生根的各個角落，只要火警一出現，華人消防隊員不分晝夜，不分遠近，就大陣仗迅速馳奔現場搶救，災情多半立即得以擺平，把生命財產的損失縮減到最小範圍，使得不論華人還是菲人的安身立命獲得更有力的保障。亦因此贏得全國朝野各界不約而同的齊聲頌揚，建立的極佳口碑，不言而喻。

馬尼拉市的交通擁擠而且混亂，火災發生時政府消防隊很難第一時間趕到現場。若一廂情願等待他們姍姍來遲時，火勢常已達到無法控制的程度，不是全部燒盡，片瓦不留的慘景浮現眼前，就是燒得面目全非，即使不致夷為平地，損失的財物價值肯

定不菲，尤有甚者，死於非命的無辜民眾為數難以估計。華人消防隊有就近的地利優勢，而且隊員們個個奮不顧身，英勇頑強，全心投入救援行動。對於華社的安全福祉，他們勞苦功高；對於主流社會的奉獻而建構華人的優良形象，他們無疑地功不可沒。可惜令人遺憾的是，由於領導高層的意見不和，部份華人消防隊成立不久後，或經歷數年後，往往就出現團隊分裂，分裂了又分裂，到目前為止，聯合性的大機構就有三個，還有一些自發獨立組織的。隨著社會的發展和科技的進步，多派別、多組織、多機構的現象所衍生的各種問題越來越突出，值得我們深思：

一是群龍無首，缺乏協調與合作。華人消防隊與華人消防隊間互不協調，華人消防隊與政府消防隊間更有鴻溝。甚至出現了嚴重矛盾，據說，六十年代的華人區大火時，曾經有一個政府消防隊員抵達火場不予救火，而是忙著搜索財寶，被華人逮個正著被當場打死，就是一例。

二是資源浪費，力量分散，發揮不出應有的整體作用。火災發生時，人員多、設備多，而且地方狹窄，亟需統一指揮，集中力量，可是各消防隊伍各顯神通，各自為政，誰也不肯聽誰的。

三是隊伍複雜，良莠不齊。設備需要維護及升級，人員需要定期培訓。現在君不見一個社區鄰近有好幾個華人消防隊組織，各自成立的目的也不盡相同，也有為了個人利益而組成的。一旦政府有嚴厲規範的法律出爐，要重新整合所有消防隊伍，恐怕一些不具標準的小型消防隊必然難以過關，是意料中的事。

先父莊澤江在世時曾參與義務消防工作凡卅載，亦曾任消防隊長多年，其隨身配備的無線通訊機二十四小時不眠不休開

著隨時」待命」候傳災訊，它亦從寸步不離先父身邊一刻。先父雖然已作古長眠十四年，華社消防界積習成俗的陋規簡章，或因時因地制宜，或因人因物更改，逾近半世紀以來是否反思過，如何及時向上提昇？優點固然傳承至今發光發熱，缺陷的依然我行我素，華人消防界得來不易的優良形象難免被打折扣，殊為憾事矣。

　　猶記得先父就曾多次語重心長地感嘆，我們華人的消防隊員年輕好勝，加之裝備的器具性能遠比別人的優良，更是傲氣十足，因此在火場上往往難以「屈就」配合政府消防隊作業，如不加以虛心檢討適時調整，長期下去，終會有被人誤解非議或遭別有用心的人伺機整肅的一日。

　　實際上，已有消息傳出，政府有關部門正在著手提議國會制訂法律，解決民間消防隊伍中存在的「問題」，這些「問題」可能是政府部門單方面認為的問題，但誰能與政府辯清「問題」的是非曲直呢？華人消防隊今後何去何從，全憑一紙法令定奪。到那時，華人消防隊以何種形式存在，有哪些隊伍和裝備能夠保留下來，不得而知。但有一點是肯定的，那就是華人消防隊的意願與行動將會受到限制或受人支配。到時候，政府部門遲遲發不出命令，或現場指揮不當，救火不力，那可是華人的又一悲劇。與其讓人隨意定奪，不如自行巧妙安排。因此，各華人消防隊應該從華社整體利益的大局出發，團結一心，坦誠相待，謀劃出共生共存、一同發展的長遠之計。

　　考慮到華社的福祉祥和，考慮到華人消防隊的永續發展，筆者籍拙文誠懇建議有關社團在居安思危的憂患意識的牽引下，

出面協調華人消防三大機構早日聯盟整合，抑或華社的各個消防
隊自行重新」洗牌」聯合起來，打造一支精良的消防隊伍，對外
完美呈現，與政府消防部門相輔相成，主動積極地密切配合，攜
手共進，並肩戰鬥。屆時，類似墨拉蘭商場兇猛無情的火神，必
會」畏縮」潛逃，從此無可循形地遠離我們，則全體華菲族群幸
甚也！

二○○八年一月八日撰於泉州悅華酒店

蹈踏歷史的腳印
——總統再臨華人區參加國慶升旗禮有感

依循往昔的慣例，華人族群於菲律賓獨立節前夕，必將隆重推出一系列的慶祝活動，來迎接普天同慶的佳節。

二十一世紀第一個獨立節的前夕，華人族群將因國家元首——亞羅育總統的二度蒞訪華人區而顯得格外興奮。

眾所周知，本國時下正面臨南方亞布叛亂集團挾持人質事件，經濟萎靡不振，景氣衰減及失業率居高不下等衝擊，此時此刻，亞羅育總統毅然決定重返華人區視察，為的是要親身體驗華人族群，如何以莊嚴隆重的升旗典禮，來表達熱愛國家，效忠國家的歷史性壯舉。

亞羅育總統自四月二十三日，應菲華工商總會理事長吳輝漢的誠邀，展開一次破冰之旅——歷史性的走訪華人區後，在二個月不到的時光，再度造訪華人區，為的是要躬臨見證另一樁歷史性的集會，即「向國旗致敬！」全體華人集體向國旗宣誓效忠儀式。

「向國旗致敬！」象徵著華人族群效忠國旗的至高赤忱！

「向國旗致敬！」呈現出華人族群熱愛國家的至誠情愫！

「向國旗致敬！」的大熔爐中，結合著：

——天真活潑的幼稚園生；

——稚氣舒展的小學生；

——表情隨和的中學生；

——容貌端莊的為人師長；

——穩健沈著的社團領袖，以至——

——神情幽雅的工商總諸主持人！

　　只見他們個個精神抖擻，意氣風發地全程融入此一在歷史長河中，他們曾經踩過不可磨滅的「歷史腳印」的盛會。

　　只見他們齊聲高歌雄壯激昂的「晨曦的大地」菲律賓國歌，隨後舉起右手，在亞羅育總統見證下，在國旗前震天價響的宣讀耳熟能詳的「PANATANG MAKABAYAN」「效忠國家」的大家樂文宣誓詞。

　　「向國旗致敬！」代表著華人族群，以才學卓越的智慧，以及堅忍不拔的意志，為我們可敬可愛國家——菲律賓的千秋大業奠立一塊神聖的巨大基石。

　　工商總理事長吳輝漢，以其豐富的創造力，再次為華人族群成功地上演一齣創舉性，且具有深遠意義的歷史性盛會。

　　留副理事長典輝大律師，為參與「向國旗致敬！」的策劃工作，亦付出不少心血，從活動主題的訂定，以致節目內容的編排，處處皆為留典輝大律師智慧的結晶，尤其是當此一籌劃工作進行時，由工商總帶首主催，留典輝大律師執筆撰寫草案的「簡化土生土長外僑入籍案」正逢在參議院院會進行三讀立法作業的關鍵時刻，留典輝大律師為投入兩邊工作而四處奔波，費盡心

力，可想而知。

再者，當籌備會研議有關「向國旗致敬！」升旗典禮的節目內容時，吳理事長屬意由留典輝大律師代表工商總致歡迎詞，奈何留典輝大律師經審慎考量，認為改由升旗典禮所在地的聖公會中學的主人代表致歡迎詞，較為理想，且名正言順，他人不宜為之。

留典輝大律師大公無私的豁達胸襟，一時傳為佳話，令人敬佩！

聖公會中學為迎接亞羅育總統歷史性的視察校園，可謂全校師生總動員，在校長陳璀瑩鍥而不捨的監督下，所準備的每一項目每一細節，均親自清點驗收，嚴格要求全校師生務必達到「零」缺失的境界。因為：

菲律賓歷任總統中，亞羅育總統是第一位蒞訪聖公會中學視察的國家元首；

同時，亞羅育總統走入聖公會中學，亦將出席見證華社有史以來第一次規模盛大的「向國旗致敬！」升旗典禮，具有雙重歷史意義。

兩項歷史性的活動，在同一時間，同一地點一同進行，是聖公會中學全體師生的光榮！亦是全體華人族群的最高榮譽！

聖公會中學於六月八日上午七時半在校園內舉行的總彩排，全校師生全副「武」裝進入「紅色警戒」的備「戰」狀態。中小學生，幼稚園生，軍訓生，童軍等在全體教師戰戰兢兢的帶領下，來個「模擬演習」總操練。

聖公會中學附近的華文學校，如中正學院，僑中學院，能

仁中學及尚一中學亦將選派五百名師生，屆時參加「向國旗致敬！」升旗典禮。

菲華工商總會首開風氣，兩度邀請亞羅育總統造訪華人區的兩個迴然不同性質的華人盛會，筆者有幸忝為大會司儀，全程引導與總統歷史性「心靈交會」的節目進程，深感與有榮焉！

菲律賓一零三周年獨立節前夕（即六月十一日上午七時半），在聖公會中學小學部校園大操場的「向國旗致敬！」升旗典禮，是華人族群集體宣誓效忠國家的自我表現，亦是自我提升的最佳機緣，請大家把握良機，踴躍出席，攜手共進，再次譜寫華人族群的光輝史頁！

二〇〇一年六月十日

絜根沃土根深葉茂
——第七屆菲中友誼日巡禮

　　六月，菲律賓與中國同處炎熱的夏天，但比不上菲中兩國人民之間友好情誼的熾熱。第七屆菲中友誼日來臨之際，菲華工商總會再次舉辦一系列的慶祝活動。民間水乳交融的廣泛交流，勝過官方冠冕堂皇的書面講詞。這是菲中友誼絜根沃土，根深葉茂的標誌。

菲中友誼再掀高潮

　　第七屆菲中友誼日來臨之前，節日的催生者——菲華工商總會早已做好了充分準備，而且一如既往有大量的造勢活動。6月7日一整天在華人鬧區岷倫洛大廣場的慶祝波瀾壯闊，高潮迭起，既有昔日慣有的傳統，又有別開生面的創新。

　　本年度的系列活動，延用筆者於慶祝首屆友誼日而創意規劃的慶祝模式，由菲律濱公立中小學校師生，華校師生，嶺南國術館，華人志願消防隊，馬尼拉市政府就業輔導處，菲勞工部，菲律濱技術訓練署，ABS-CBN/ DZMM二號電視台等，藉由一連串的遊行，熱歌勁舞，龍獅獻瑞，求才求職展，技術培訓營，救人滅火實地演示等足以激發群眾熱絡互動的方式熱鬧進行，真真

正正與基層民眾歡呼同樂，把菲中友誼孕育出芬芳美麗的千萬花朵，散遍全菲各個角落。

菲中友誼來之不易

　　人們常用「一衣帶水」形容兩國之間的友好關係。其實，兩國關係相處得好壞並不在於「一」衣帶水還是「兩」衣帶水。兩個民族的心理特徵與兩個國家的社會制度相差太遠了，「半」衣帶水也無濟於事。中國與日本是典型的一衣帶水，甲午中日戰爭在先，八年抗日戰爭在後，正是一衣帶水的方便，造成了日本對中國的血腥侵略和殘暴蹂躪，國家千瘡百孔，百姓生靈塗炭。後來雖然打垮了日本軍隊，但是日本的鬼子特性依然存在，而今強佔釣魚島，支持臺灣獨立，在東海油田搞摩擦，參拜靖國神社等等，都說明其侵略本性根本沒變。把侵華的戰爭賠償免得一乾二淨，也沒換來日本政府的一聲道歉。這一衣帶水帶來的傷害是實實在在的、銘心刻骨的，是否能夠帶來什麼友誼，還有待於時間的驗證。

　　也常有人以「近鄰」一詞標榜友誼，似乎「近鄰」與「友誼」是一對孿生兄弟，沒有「近鄰」就沒有「友誼」。其實，也不盡然。中印邊界之戰、中蘇珍寶島之戰、中越邊界之戰，都是在山水相連的邊境上發生的。如果不是近鄰，相距遠一點，相隔一個國家，這種戰爭是很難打起來的。聽到近鄰之「友誼」的時候，會覺得尷尬，心裏有說不出的滋味。

　　菲中兩國建交的時間是在卅三年前的一九七五年。也就是

說，在中華人民共和國一九四九年成立後第廿六年。廿六年整整一代人都過去了，新生下來的小孩子已經長大成人，中學畢業上了大學，大學也畢業參加工作四五年了，分佈在政治、經濟、軍事等各個領域，任職在國家機關、工商企業等各個部門，竟然沒人發現身邊有偌大一個國家，具有五千年的文明史，又以嶄新的面貌出現在世界的東方嗎？不會是「不識廬山真面目，只緣身在此山中」吧。老一代人從五十多歲逐漸進入了兩鬢蒼蒼的暮年，七八十歲的人兩腳蹣跚邁向墳墓的時候，居然還沒意識到十多億人民的泱泱大國，在世界上有很大的影響力嗎？在26年這麼長的一個歷史時期內一直無視中華人民共和國的存在，不予正式承認，不能與之建立友好關係，勢必有其根源。

有人說中菲之間的一衣帶水原本是大陸橋，遠古兩地的人民在這座橋上自由來往，相互走動，像到親戚家串門一樣，不存在上移民局「黑名單」，被海關扣押的笑話。後來這座橋消失了，可能是海水漲高了，把橋淹沒掉了，也可能是橋樑的基礎不牢固，下沉了。不管怎樣，兩地的人民有過來往，也通了婚，中國人的血脈延伸到了呂宋島。本是同根生，為何不認親呢？不認親也罷，為何不承認對方的存在，建立起友好往來的關係呢？從上述這些方面來看，中菲兩國建交，兩國人民之間的友誼確實來之不易，並不是地理上相距不遠，友誼就會自然生成。理所當然，值得珍視，珍視，再珍視。

菲中友誼基礎堅實

菲中兩國雖然政治制度不同，但是經濟上可以互補，這就決定了兩國加強友誼，促進合作的大趨勢。尤其是兩國的領導人站得高看得遠，發現了兩國世世代代友好相處的必要性和重要性之後，這種友誼就勢如破竹，飛躍發展。

一九七四年，菲律賓前總統馬科斯的夫人伊美黛第一次訪華時，中國主席毛澤東對她說，中國是陸地之國，菲律賓是千島之國，一個是土，一個是水，誰也離不開誰，從今天你訪華起我們就「水土成親」嘍。伊美黛夫人曾問中國總理周恩來，中國是泱泱大國，菲律賓是小國，為什麼這麼重視與菲律賓的關係，周恩來坦率地說，菲律賓是中國出海的必經通道，也是中國走向世界、世界接近中國的最好通道。

一九九六年，中國主席江澤民對菲律賓進行了國事訪問，兩國領導人就菲中建立面向廿一世紀的睦鄰互信合作關係達成共識。二〇〇〇年，兩國又簽訂《面向廿一世界雙邊合作框架的聯合聲明》為雙邊關係的進一步發展確定了原則和方向。

二〇〇〇年，菲律賓前總統埃斯特拉達在菲中商業論壇上說，菲律賓和中國是近鄰，兩國人民的友誼源遠流長。他還說，菲律賓和中國發展友好合作關係，是亞太地區保持和平與穩定的基礎。

二〇〇一年，菲律賓總統亞羅育訪華期間提出，菲方將致力於與中國發展健康、全面和長期的關係。她強調，菲中關係比任

何時候都更加重要，這不僅因為中國是世界上發展最快的經濟體，而且也因為中國是全球化中一個最重要的夥伴。同年，在菲華工商總會理事長吳輝漢的率先倡議，亞羅育總統又頒佈每年的菲中建交日六月九日為「菲中友誼日」。

二〇〇四年和二〇〇五年，亞羅育總統和胡錦濤主席成功地進行了互訪，就中菲關係的未來發展達成重要共識。雙方確定在二〇一〇年將中菲貿易額提升到三百億美元，並決定建立致力於和平與發展的戰略性合作關係。互訪推動了中菲關係進一步向前發展，正如兩國元首所稱，菲中兩國已經進入了夥伴關係的黃金時期。

二〇〇六年，亞羅育總統再度前往中國，訪問了廈門、晉江、南昌、桂林及南寧，與中國潛在投資者簽署多個諒解備忘錄。中國投資者對菲律賓的礦業、基礎建設、電力、住宅及物流業表現出了濃厚興趣。

菲中兩國議會近年來一直保持著密切交往，雙方都建立了友好小組。在國際議會組織中，菲律賓議會和中國全國人大也保持著良好的合作。菲中議會交往已成為兩國關係的重要組成部分，為增進雙方相互瞭解與信任、推動兩國關係健康穩定發展做出了積極貢獻。

兩國領導人都充分肯定了兩國關係的基礎，進而為關係的友好發展做出了不懈的努力，這就為兩國政府之間的合作與人民之間的友誼，奠定了堅實的基礎。

菲中友誼前景廣闊

中國和菲律賓是一衣帶水的友好鄰邦，兩國人民的友好往來有著悠久的歷史。早在十五世紀，中國明朝著名航海家鄭和遠下西洋，多次靠港菲律賓，傳播華夏文化，感受到菲律賓人民的熱情和友善，並由此拉開了兩國經貿交往的序幕。

建交卅三年來，在兩國政府和人民的共同努力下，菲中傳統友誼得到了繼承和發揚，兩國友好合作關係在各領域取得了令人矚目的快速發展。進入廿一世紀，特別是近年來，中菲經貿合作有了迅猛發展。二〇〇〇年，兩國雙邊貿易額還不足卅二億美元，到了二〇〇四年這一數字已超過一百卅三億美元，而二〇〇五年雙邊貿易額更是高達一百七十六億美元，過去三年兩國貿易以百分四十的速度快速增長，雙方的總合同投資額也接近七十億美元。中菲兩國農業合作更是如火如荼，蓬勃發展，中國的雜交水稻、雜交玉米、蔬菜等先後在菲島生根結果，而菲律賓的香蕉、芒果、椰子等熱帶水果也源源不斷湧入中國市場；兩國在農業機械、漁業等領域的合作也都有新的進展，農業合作已成為中菲經貿合作的典範。中方提供十億美元貸款建設的菲律賓鐵路、農村灌溉系統、漁碼頭等基建工程正在順利進行。兩國民間企業公司正在探討礦業合作項目，已簽署的協議涉及投資近十億美元。

菲、中、越三國石油公司還簽署聯合勘探南海石油協議，預示著中菲全面嶄新合作的良好開端，更加輝煌的成就即將取得。

兩國還簽署了《關於促進貿易和投資合作的諒解備忘錄》等11項
經貿合作文件。富華集團宣佈擬在菲投資近50億美元建設中國農
業技術轉移中心、糧食生產和加工基地。

　　菲中經貿合作具有相當大的互補性，中國的家用電器、輕
工、紡織產品，發電和輸、變電設備、蔬菜水果、糧食肉類等，
菲律賓的椰子產品、熱帶水果、海產品、礦產品等，都是雙方很
有發展潛力的貿易產品。菲國礦產資源豐富，但基礎設施滯後，
礦產資源開發、基礎設施建設、農業和漁業合作將成為雙方未來
合作的重點領域。

　　菲中貿易額近年來逐年遞增，在亞洲外貿形勢普遍嚴峻的
情況下，兩國貿易仍保持快速增長，顯示出了巨大的發展潛力。
同時，中菲農業合作也取得了顯著的成果。中國優質雜交良種水
稻在菲試種成功，並已開始大面積推廣。由中國援建的中菲農業
技術中心正在施工興建，建成後將向菲農民提供生產技術支持。
此外，中方還將著重在旅遊、漁業資源開發、菲國內基礎設施建
設，以及共同開拓信息產業等方面，與菲方展開更廣泛的合作。
種種跡象顯示，菲中經貿合作已然進入了發展的嶄新階段，也充
分體現了兩國友誼的大好前景。

　　　　　　　　　　　完稿於二〇〇八年六月八日寓所

拾荒者的夢魘
——隨工商總赴垃圾山施賑有感

　　印象中，菲律賓近年來接二連三相繼發生的天災人禍頻繁，諸如火山爆發，颱風肆虐，洪水氾濫，客輪海難，飛機失事等重大意外事件層出不窮，廣大民眾無疑的已日形拮据，捉襟見肘的生活壓力如雪上加霜。

　　巴耶達示垃圾山崩塌的新聞傳開後，我還懵然不知垃圾山的倒塌竟會演變成一樁舉世震驚，前所未聞的慘重浩劫。連日來在新聞媒體鍥而不捨的採訪追蹤，一幅幅怵目驚心，慘不忍睹的畫面，在攝影機拼命的捕捉下，活生生的出現在電視螢幕上，災場鬼哭狼嚎、哀鴻遍野、一片淒涼，盡收眼底，見者無不動容。

　　慘遭活埋的罹難者人數隨著日子的流逝而劇增，至目前為止，共有二百多具屍體已在垃圾堆中被挖出。至於災場周圍一千多名平日靠撿拾破爛維生的拾荒居民，已分別安置在公立學校與教堂等，作為臨時的收容中心。

　　此一人間悲劇所引發的軒然大波，雖然各有關單位於事後一窩蜂地湧進災場協助善後的亡羊補牢措施，也安撫不了民眾的戚忱與疑慮，更挽回不了罹難者寶貴的生命。

　　災場的搜救工作，受困於簡陋的工具及裝備，再加上天氣不良，以致痛失分秒必爭，稍縱即逝的黃金救援時機，使得三

番五次有搶救生還的機會，都可能任由無情的垃圾一一吞噬而含冤九泉。

遠在羅馬教庭的教宗若望保祿二世在致給巴耶達示災民的一封慰問函中，將這群在社會底層掙扎的拾荒者喻為「貧窮中的貧窮」族群，對他們的不幸遭遇深表同情。

當全國，甚至全球的新聞視線集中瞄準巴耶達示事件的播報時，對於死難者的遭遇固然表示同情，對於生還者以及幸未被埋沒的流離失所、無家可歸，我們也不容置身事外。

身為主流社會的主要工商團體之一，我們能不秉持「人饑已饑，人溺已溺」的救難精神，以及「取之社會，用之社會」的企業責任乎？寄予關懷的同時，是否亦能伸出援手，各盡自己的棉薄之力？

為此，工商總理事長吳輝漢於七月十五日主持「愛心捐獻」啟動式後，隨即召集相關人員，臨時舉行會議，共商對策。

與會者咸認為此一緊急救援方案刻不容緩，宜應立即著手籌辦。會中推派陳常務理事築時，及筆者當天早上即刻動身直奔巴耶達示災區，實地勘察並協調當地描籠涯（即社區管理組織）負責人，配合分發救濟品的籌備事宜。

勘察的工作於午後始完成，在回程的路上，我們隨即以電話通報吳理事長輝漢。他於接獲訊息後毫不猶豫地裁決，請秘書處採購救濟品一千份，以最快的方式直接送達災民手中。救濟品的內容包含：罐頭沙丁魚、罐頭碎肉、速食面、牛奶、橙汁粉等。

我們曾為了救濟品的包裝作業及現場分發救濟品的人手問題傷透腦筋，因為一千份種類甚多的救濟品要在一兩天內極為匆促

的時間內完成採購及包裝作業，畢竟是我們這夥「少年家」首次接手的任務。

同時，由於巴耶達示災區的環境衛生持續惡化，再加上本來就臭氣熏天、空氣的污染指數不斷上升，使得我們一度對於工商總會負責人深入災區的意願有所保留，擔心屆時如無人響應參加分發行列，豈不讓我倆唱雙簧？

事後，具體的事實，證明我們的百般顧慮是多餘的。

救濟品的包裝作業，我主動徵調我公司及工廠的員工十五人義務幫忙，吳理事長亦調派六名工人參加作業，包裝現場採用「流水作業」的生產線方式，一千份救濟品的包裝工作，出乎意料地在短短的一小時以內全部完成。

七月廿日上午七時不到，工商總諸常務理事，理事等十五人已先後抵達事前約定的計順市永久百貨購物商場「麥當勞」餐廳集合。用完早餐，大夥兒整裝待發，由董事兼福利主任施亨利領車，十多輛車的車隊浩浩蕩蕩駛入巴耶達示災區。大家不畏「污染」踴躍投入災區的救援行列，令人振奮不已。

車隊準時於九時抵達災場，被臨時安置在四個收容中心的災民早已手持工商總先前委託描籠涯人員代為分發的黃色票券，井然有序地排成兩隊，憑券領取救濟品。

分發過程比我們想像中的還要順利，不到一個小時的時間，全部救濟品的發放工作圓滿告罄。

巴耶達示垃圾場已被當局下令從此關閉，可是，大岷區每日平均製造的八千噸龐大的垃圾量，倘若不加速全盤規劃，不系統、有效率地制定一套標準完善的作業程序，倘若不徹底認真檢

討、厘清問題的癥結所在，策動改善，倘若不及時採取果斷措施，以期一勞永逸地解決懸宕多年的包袱，則即使另一座垃圾山的問世，由於禍根未除，另一齣草菅人命的悲劇可能隨時會再重復上演。主其事者能不戒慎恐懼嗎？

歲暮歌舞呈祥迎金龍
——工商總會慶祝春節晚會側寫

　　菲華工商總會於農曆除夕夜在王彬街與全體華人一齊鬥陣歡喜迎新春，特與岷市市政府及華人區發展委員會聯合推出一場帶有吉祥寓意的「飛龍騰空迎新年」團年晚會。

　　是晚七時不到，王彬街頭便人流如潮，全場席位與會場周邊圍觀者約五千個席位全告爆滿，旺盛的人氣啟動團年晚會，萬眾歡騰，喜氣洋洋的節日氣氛直線上揚，且持續發酵近三小時之久，誠為一場盛況空前、圓滿成功的晚會。

　　工商總剛剛就任的理事長吳輝漢致開幕詞時，眉開眼笑地簡述主持晚會的動機，並誠摯地向全體華人拜年。

　　工商總的靈魂人物——留副理事長典輝大律師應邀提出工作報告，透過巨幅熒屏播放彩色圖文，將工商總過去二年來，為國家、為華社努力打拼的結果，一一呈現在觀眾眼前。從經濟、治安、反毒、勞工、農業、歸化，以及文化、教育等各個工作領域，扎扎實實地交出一份亮麗耀眼的成績單，同時亦為華社勾勒出一幅美麗幸福的願景。馬尼拉市市長亞典沙致詞時首先以廣東話「恭喜發財」祝賀全體華人新春愉快。

　　市長強調華人區的重要性，他表示，沒有華人區，馬尼拉市不會是一座完整的大都會。

　　市長並以今年初市府稅收大幅增長百分之六十，華人區佔有高比率的實例引證，華人在岷市的多元建設中，扮演著相當重要的角色。

　　市長指出，我們何其有幸擁有兩個優質血統的市民，即菲人和華人。他們正在各自的工作崗位上勤奮地奉獻，為岷市的繁榮做出最大的努力。

　　市長讚揚工商總二年來的工作成效，並殷切地期盼有更大、更多、更好的活動及方案，以提升我們的生活質量。

　　市長特別推崇華人區十八個描籠涯單位，在蔡華平主席強而有力的領導下，與市府緊密地結合在一起，並順利地推展多項重建及美化的方案，廣受市民的肯定與支持。

　　團年晚會在嶺南國術研究社的「舞獅獻瑞」鑼鼓及鞭炮聲中揭開序幕。

　　接著由節目主持人，名歌手林鴻潔的一首激昂雄渾的「我們都是中國人」，道出了華夏世胄恢宏的祝福。

　　團年晚會的舞臺上，左右兩側懸掛十來具中國藝術燈飾。前端的一對由剪紙手藝製成的祥龍隨風飛舞，再配上五彩燈的襯托，裝點得喜氣洋洋的年景，尤其耀眼醒目。

　　團年晚會的整個會場景觀，新穎的造型，豔麗的色彩，再加上約五千多名熱情洋溢的觀眾，把整個王彬街頭烘托得光彩嬌豔，更增添濃郁的年節氣氛。

　　金蘭郎君社演奏的南音《魚沈雁杳》，激起人人的思鄉之情，久久無法自已。嘉南中學舞蹈團的「新春舞」，以剪刀剪斷低迷的景氣，讓人興奮不已。

培青合唱團的「恭喜發財」象徵好兆頭。「讓愛無所不在」反映在愛的除夕夜，令人心頭湧上一股暖意。

三民學校的「潑水舞」，多彩多姿的演出，令人鼓舞。

普賢中學合唱團的「當」，天真活潑，博得台下觀眾的喜愛。

中正學院學生楊青兒，楊佩芳及楊華淵的「遠山含笑」及「鳳陽花鼓」，年紀輕輕，竟能詮釋出動人心弦的旋律，實在難得。

文總藝宣隊的「鼓舞齊響慶太平」「苗嶺春暖」及「時代舞——壞孩子」，酷炫的舞技，讓會場沸騰。

幼獅合唱團的「愛拼才會贏」，「美就是心中有愛」，「MABUHAY KA PILIPINO」等，藉由優美的歌聲，輕盈的舞步，譜出炎黃子孫堅堅韌不拔的高尚情懷。

遊戲成真工作坊由僑界名人周遊亮主持，演技精湛，變幻無窮，令人歎為觀止。

武術協會丁瀚華，許一輝等的拳術，木蘭雙扇舞，展現中華文化博大精深的武術，令人稱奇。

年輕歌手謝熙培，蔡美珠的連串流行歌曲，節拍強勁，輕快，魅力十足。

僑中學院舞蹈團的民族舞蹈「蒙古迎賓舞」，無論在舞姿，服裝及音效等方面，均有精彩奪目的表現。

當菲國演藝界素有「演唱會之后」美譽的POPS FERNANDEZ出現在晚會舞臺時，台下立即傳來歌迷尖叫聲，POPS旋即以高亢的表演來回報歌迷的熱情。

晚會美中不足的是正當POPS以「安哥」聲中繼續演唱第三

首歌時，大會音響傳送系統頓時失靈，當機前後約十來分鐘，所幸全場觀眾對突如其來的狀況能體諒，耐心地原位不動地等候，俟音響恢復後POPS重新引領觀眾高唱，並懇邀全場觀眾一起跳舞，臺上台下似乎配合默契地打成一片，高潮疊起，一氣呵成。

團年晚會就在林鴻潔、謝熙培及蔡美珠等合唱「恭喜！恭喜！」及燃放煙火等節目完成後圓滿落幕。

欲哭無淚，欲訴無門
——驚悉又一華商慘遭殺害

　　二〇〇七年元月二十二日，某華報頭版頭條刊登了《一華商
昨在顏那拉慘遭槍殺》的一則觸目驚心的報導。新聞記述，二十
一日上午約八時，一名年青華商在前往岷里拉華人區顏那拉街青
年會打籃球途中被兩名不明歹徒開槍當場擊斃。該報同時發表一
篇題為《治安有惡化跡象》的社論。

　　據報刊的圖片所示，那條筆者曾經朝夕相處廿幾年的顏那拉
街坊，青年會大廈一偶的行人道上，一片血跡斑斑灑滿地上，慘
不忍睹的恐怖畫面躍然紙上，令人不寒而慄。

治安惡化值得警惕

　　記憶所及，近廿年來，菲律賓華人在各地被綁架、被撕票、
被槍擊、被殺害的類似噩耗時有所聞，不絕於耳，幾乎無日無
之。堂堂華夏之民族，泱泱大國之後裔，菲國經濟之支柱，命運
為何如此坎坷多舛，岌岌可危，經常不斷地遭人屠戮？每次都為
同族群的慘死傷心感傷，哭訴呼號，然而長此以往，無濟於事。
往生者不能瞑目，存活者不得安寧，慘淡經營的華商提心吊膽，
惶惶不可終日，只牽腸掛肚憂慮這波波災禍，隨時可能毫無預警

地降落在自己的頭上。偌大一個讓世人無比仰慕欽羨的唐山子民，落腳到千島之國這塊芬芳土地上紮根，茁壯成長之後，却叫天天不應，叫地地不靈。

早在數年前，先後幾位國家領導人曾一而再發表聲明說，菲律賓將加大打擊綁架團夥的力度。聲明中曾信誓旦旦向菲律賓人民，特別是華人社會保證，國家反綁架特遣部隊將毫不留情，亦不遺餘力地堅決全面毀滅綁架活動。串串雄偉抱負衍生各式各調的響亮諾言，聲聲言猶在耳邊不曾歇止迴盪，然而，此一草菅人命的悲劇何曾終結？

華人華裔靠誰保護

二〇〇六年九月，鑒於當時綁架和殺害華僑華人的案件未曾絕跡，反而有所增多的趨勢，中國駐菲使館又就此專門與菲國家警察總部舉行工作會談，要求菲方採取嚴厲果斷措施，加強有關地區的安全保護。雙方達成共識，決心共同努力遏止綁架活動。據菲國家警察總部反饋，菲警方已在中國城等華僑華人較密集的區域增強巡邏警力，並延長巡邏時間。有關當局也接獲命令，對拒捕頑抗的綁架嫌疑武裝分子格殺勿論，決不手軟。

然中國駐菲使館保護的範圍如僅侷限於保有中國國籍的華僑或所謂的新僑，轉入菲籍或土生土長的華人華裔又將如何安渡或逃避此一來勢洶湧的血淚浪潮？華社各領導團體袞袞諸公當以務實的態度，共同解答這個陳年因果錯綜複雜的問題？

經過這麼悠長的時間、這麼巨大的努力，綁架和殺害華人

的刑事犯罪不但沒能鏟除,反而有增無減,且愈演愈烈。據菲律賓風險顧問組織「太平洋策略與評估」公布的調查報告,菲國繼續蟬聯榮登亞洲地區的「綁架之都」寶座,綁架案件數量上升,只佔全國總人口約百分之二的華人華裔是綁匪青睞首選的目標。

　　香港《文匯報》也指出,綁架案數目不斷攀升,警方公布二〇〇五年的綁架案數字有四十四宗,但相信有大批受害者畏懼歹徒「秋後算帳」惹來二度禍害而沒敢報案,故實際數字可能是官方數字的二、三倍。安全分析員估計,當地平均每三天便有一宗綁架案發生。同時分析了原因:「在這個多民族緊密相連的社會,身價不凡的華人最能吸引綁匪,因為他們很少報請警方協助談判及追捕,而且很快就繳付贖金。華人掌控菲律賓約百分之六十至七十的經濟大權,一般被視為比本地人富有。」還補充說明,當地法律寬鬆、可供遊走灰色地帶的空間不小,加上貪污猖獗,以致法律未能有效執行都是罪魁禍首。

　　客觀地講,原因還不只這些。有社會的問題、政府的問題,也又華人社會的問題。華人社團的問題,還有華商企業的問題、華商本人的問題,大家有目共睹,有耳共聞,心知肚明,只是心照不宣,不便說出來。拿起筆桿寫文章的人又何必冒著生命危險一條一條地列舉出來,然後加以強烈譴責,嚴正聲討呢?大家心領神會,讀者也自然可以理解作者的苦衷。

勇於反省節約濟貧

　　有一位來過菲律賓的漢語教學志願老師曾寫文章敘述，菲律賓的華人每天過著花天酒地的奢侈生活，而無數窮困的菲人在死亡線上掙扎。他所看到的不盡全面，過花天酒地奢侈生活者確有其人，只不過為數畢竟不多。如深入了解基層華人的起居生態，不難發現絕大部分的華人確實過著簡樸保守的生活，還有為數不少的華人同樣貧困，君不見近年來華校學生人數大量流失，低收入華人家庭，不堪華校龐大學雜費而紛紛將子女轉入菲公立學校就讀，便是明證。不過，宏觀環境的貧富懸殊太大，恐怕是菲律賓搶劫、綁架、兇殺等案例無法斷絕的根本原因之一。

　　華人社團約兩千多個，凡是有點「派頭」的每年都要到五星級酒店搞慶典，擺上幾十桌，上百桌筵席，還要邀請政商名流要員前來出席或演講，助長聲勢。個人家庭也愛講排場，婚喪嫁娶、生辰福壽、喬遷落成、升官發財等大事小情都熱衷大事舖張，高朋滿座。到了這股欣喜衝昏頭腦的時候，有誰曾想過門口和墙外還有無數不少衣不遮體、食不果腹的待濟貧民。政府部門早就規定工人每天的工資不得少於三百五十比索，然而在聞名四方的各廉價批發商場，相當多的新舊華人雇主却每天只給工人八、九十比索養家餬口，更有甚者，動輒為芝麻小事當眾粗暴訓斥弱勢員工。此情此景，菲人都看在眼裏，聽到耳裏，懷恨心裏，影響所及，嚴重損傷整個華社的人文景觀。古訓說「不患貧而患不均」，值得華商深思。有必要時多做慈善事業，施捨一

點,濟貧救苦,以此改善自己與社會的良性互動關係,防止一齣
齣震驚人心的悲劇,無休止地一再重演,使這個已臻兩極分化的
社會趨於和諧平靜,共存共榮。

犯罪旺季迫在眉睫

目前,參眾兩院議員的期中選舉和地方政府首長的改選已
經臨近。根據以往的經驗,每逢選舉旺季,各派政治力量殊死角
逐,綁架和兇殺事件隨即興起高潮,介於政治鬥爭的部份商人首
當其衝,成為政治鬥爭的犧牲品。為此,奉勸華商謹言慎行,明
哲保身,避免陷於政治惡鬥的矛盾深淵。

不管是什麼原因造成的,華人今天已經成為隨時被攻擊、
被宰割的目標,想抓就抓,想捕就捕,說綁就綁,說殺就殺,猶
如人家砧板上的魚和肉。相比之下,收繳罰款與敲詐勒索還算是
客氣的。最令人痛心疾首的是,被害人常常陷入無能為力、孤立
無援的絕境;華商一個接著一個地被人綁架,然後又一個接著一
個地被人殺害,看到的人和聽到的人也沒有(抑或發不出)什麼
反應。為什麼竟然淪為如此麻木不仁?一則是無可奈何,二則是
司空見慣。別說殺別人,即時殺到自己頭上也同樣無計可施。
事到如今,別無他法,只好小心謹慎,時時警惕,處處防範自
身安全。

憂患意識明哲保身

首先不妨加強家中的防範。諸如家中門窗上鎖，開門前問清訪客身份；謹慎試選幫工、司機及警衛等雇用人員，雇用前務必向警方及國家調查局核查應徵者的背景情況；有關個人與家庭的信息不得隨意向外透露，不隨便引入外人；在對外聯繫過程中，避免透露自己的經濟狀況；生活上避免過於高調、奢華，以免引起綁匪側目；與左鄰右舍維持良好的鄰里關係，平時相互照應，關鍵時刻主動伸出援手相互幫助。

其次要加強外出防範。諸如晚間儘量行走在燈光充足或行人眾多的地方；對問路者視情況斟酌的禮貌應答，但保持安全距離；避免單獨前往偏僻地區。

再者要加強駕車防範。出發前，確保輪胎安全，燃油充足；將車停在有人看管的安全地帶；不要長時間單獨留在車中；值錢物品不要放在車內顯眼的位置。選擇白天加油，不要單獨在深夜加油；如汽車在不安全地區出現爆胎等問題，儘量將車開到安全地帶後再下車處理；如懷疑被跟蹤，將車開到警察局等安全部門附近，或經常自覺臨時改換行車路線；如疑似被綁匪駕車追趕，選擇與綁匪汽車相反的方向逃離，或加快油門快速奔馳（不再考慮是否撞到東西，只是勿撞傷路人）。晚間即使有司機駕駛陪伴，若遇有人故意或無意碰撞愛車，亦儘可能迴避不予下車追究，以免橫生枝節或束手就「擒」，反正嬌車已擁有保險公司當後盾，沒必要冒險執意討回公道。

最後，時刻反省在商場上長袖善舞時與包括員工，客戶，供貨商及同業間的互惠雙贏關係，加強人際間巧妙的互動藝術，提升情緒上的抗壓能力，切記：忍一時，風平浪靜；退一步，海闊天空的名言，以免因一時的氣憤及衝動而造成後悔莫及的情節搬上「眼」幕，而感嘆終身。

華商不斷被綁被殺，這或許可解讀為個人的厄運，家庭的不幸，華社的悲哀，社會的衰敗，國家的恥辱。筆者欲哭無淚，欲訴無門，只好借助平面無聲但願鏗鏘有力的方塊文字，盡情痛快抒發心頭之哀傷、憂愁、憤恨。同時嘗試憧憬於未來的美好願景。

二〇〇七年元月廿五日完稿

糧荒正向菲國襲來

　　前段時日，有專欄作家驚呼菲律賓大米價格暴漲，一夕之間，二十多元一公斤的大米消逝一盡，統統竄升為三十多元一公斤，質量還不如以前的好，連發黴的毒大米也在銷售之中。後來，又出現大量文章談論米荒，同時也在勸告大米商不要囤積，以免給國家、人民以及自己本身帶來災難。現在看來，米荒已經演繹成了糧荒，也不是「風雨欲來風滿樓」，而是「黑雲壓城城欲摧」的時候了。

米荒來朧去脈

　　去年六月底，全球大米庫存降至一九八四年以來的最低點。今年二月，聯合國糧農組織就已警告，三十六個國家今年將面臨食物短缺。

　　泰國米價的大幅攀升加劇了全球糧食價格上漲。泰國是全球第一大大米出口國。去年，泰國生產大米一千九百萬噸，其中九百多萬噸出口到世界各地。受越南、印度等國出口量減少的影響，今年一月泰國大米出口首次超過一百萬噸，二月和三月大米的出口也均保持在九十萬噸左右。四月五日，泰國副總理兼商業部長明旺、召集大米行業的代表舉行緊急會議，就目前國際市場大米價格屢創新高問題進行磋商。部分代表在會上要求政府、果

斷實行大米出口限制措施、以保護國內大米市場。當天，泰國米業公會、大米出口公會、大米包裝公會、碾米公會、泰國工業聯合會、泰國商會以及泰國農業及農業合作銀行等國營和私營機構的代表出席了會議。代表們就目前國際市場米價高漲、對泰國國內大米市場的影響做出審慎評估，並提出保障國內大米市場、和保障大米種植者權益的相關建議。

　　不少代表在會上建言，由於目前全球第二和第三大大米出口國越南和印度、分別頒佈大米出口限制規定，泰國大米出口價格、自今年以來已經翻轉上揚。但與此同時，泰國國內市場米價也隨之飆升，並且引發米源緊縮、優質大米減少，國內的通貨膨脹無可規避的加劇力道。

　　泰國大米出口公會的代表認為，泰國政府應向越南和印度看齊，也對大米出口加以限制，以防止在泰國本土上演米荒鬧劇。該公會還提出，政府應當通過政策宏觀調控，限定大米月均出口量不得超過六十五萬噸。

　　全球第二大稻米輸出國越南、曾爆發稻草飛蝨蟲災，而且越南政府較早時已經宣佈，由於該國得應付來自菲律賓的一百萬公噸的訂單協議，因此要在三月和四月間停止大米出口，導致各國米商的泰國米價上漲了約百分之三十。被視為市場指標的泰國產中級大米，上個月二十七日的價格已飆漲至每公噸七百六十美元，而去年年底的價格則為每公噸三百六十美元。亞洲米價今年以來、已棄守調漲一倍之多。

　　越南三月二十八日預告，今年大米的出口量將大減百分之二十二。印度也於當天宣佈、將出口大米的最低價格、由每噸

六百五十美元增至每噸一千美元。另外，柬埔寨和埃及亦相繼
於三月二十七日、公佈大米出口禁令。埃及國內的大米價格從
去年年底的每噸三百九十七美元，漲升到現在的批發價每噸超
過五百美元。

另外，國際資金的炒作也起到了推波助瀾的作用，去年，全
球投資農產品的金額大漲了百分之三十三。由於美元貶值和金融
市場動盪，國際資金把農產品價格哄抬到了一個非理性的高度。

米荒危及菲國

本國約八千五百萬人口，大米是百姓最重要的主食，是世界
上最主要的大米進口國之一。所需大米依賴從國外進口，每年需
要進口兩百萬噸以上，有百分之十需從越南和泰國等大米出口大
國購買。二○○七年，進口大米一百八十七萬噸。由於國內大米
需求增長，今年計劃進口二百二十萬噸以上。

菲律賓農業部說，中東和非洲的市場需求急劇上升，導致世
界兩大大米出口國泰國和越南的米價，在過去一個月內膨漲了百
分之二十五，達到每公噸五百美元。全國稻農理事會先前警告，
大米短缺可能導致米價從每公斤約六十美分，上升至每公斤一美
元。現在質量稍微好一點兒的大米、早已超越每公斤一美元。米
價暴漲已經在老百姓中、引起了陣陣恐慌。

國家糧食署提供的數據顯示，去年十二月，每噸稻米進口
價為四百○四美元，而現在則已升漲到七百美元左右。高昂的進
口價格和低廉的銷售價格、讓政府蒙受巨大的經濟損失、不言而

喻。據國家糧食署的估算,今年全年菲律賓進口大米所需的成本、將超過十五億美元。同時、國家糧食署為平抑國內糧價、所需支出的補貼、也將超過五億美元,這對本已背負高額財政赤字的本國政府而言、無疑是雪上加霜。

面對國際糧價飆升、以及可能出現的糧食短缺問題,政府一方面積極擴大進口、以確保國內的大米供應,另一方面採取價格補貼政策,為國內民眾提供價格相對低廉的大米,希望以此來緩解國內糧食價格上漲的壓力。目前,政府通過價格補貼的方式、向消費者提供平價大米,每個消費者每天可以到國家糧食署的銷售點、購買五公斤的大米,每公斤價格為十八點二五菲幣,而市場上流通的商品大米價格、則為三十菲幣以上。二者之間存在著相當大的價格差異,因此不少中等收入家庭、也開始與貧困家庭擠到一起爭購平價大米。

最近世界主要糧食生產國紛紛收緊出口,由於擔心越南限制大米出口對菲律賓產生巨大影響,總統阿羅約親自打電話向越南領導人求援。越南終於同意與菲律賓簽訂大米供應備忘錄,承諾未來三年、每年向菲律賓提供一百五十萬噸稻米。糧食官員還是放心不下,又向美國和柬埔寨等「非傳統」大米供應國發出求救信號,不斷探路、尋找新的開源契機。四月初,美國駐菲大使肯妮表示,無論菲律賓需要多少大米,美國都可以保證供應。不過每噸一千美元的價格卻讓菲律賓民眾「無福消受」。此一雪中送炭的「撫慰」式外交「辭令」、是否務實可行、有待考驗。

《洛杉磯時報》已經發出報導,由於米價猛漲,菲律賓廣大民眾猶如被推進萬丈深淵,貧民區的窮人為了獲取食物,竟然把

垃圾堆當作最主要的食物來源。

本國經濟學家也直截了當警告，有千百萬窮人正在饑餓中渡日、且日益加劇。政府不斷放話，在未來兩個月內有足夠的大米滿足國內的需求，但是稍後又不得不承認，已獲確保於七月份交貨的二百一十萬噸大米、如期進得了國庫與否、還是一個懸浮半空中大「謎」。

米荒中的米商

《洛杉磯時報》還報道，由於國際商品期貨市場中大米的價格、已經翻漲了兩倍多，為獲取更大的利潤，菲律賓的商人開始有意無意暗中推演「囤積居奇」的生財術。媒體記者調查認為，解決糧食問題的關鍵、不是能否在七月如願以償，獲得二百一十萬噸糧食訂單，而是如何有效抑制過分上漲的糧價。

面對大米商人們的囤積「策略」，造成本國大米價格不斷上揚，阿羅約總統表示，政府將逮捕和懲罰那夥違法囤積大米的人，採取必要的措施，抑制離譜「脫序」的糧價。

就在這個月，警方在搜查行動中、就發現了一個龐大的大米倉庫，並逮捕了十三個嫌疑人。但是批評者認為，囤積商品的商業文化、在菲律賓仍然是各行各業普遍存的經商之道，一時不易扭轉乾坤。況且以菲農的客觀處境而言，收穫的大米如不被米商不分季節，源源不斷大量收購，米農的有限資金，恐怕無法靈活週轉而陷於困境。在本國米農耕耘稻米的意願，因少利可圖而逐漸走下波的趨勢下，所謂的」囤積」現象定義，如不再深入了

解探索，及時對症下藥。不然，大米多舛的命運，今後不知將何去何從。

按國家糧食署提供的數據，現在每噸大米進口價、已升漲到七百美元左右，每公斤也不過二十九菲幣。然而米市的平均零售價每公斤至少三十五菲幣，米商們的利潤率超過百分之二十。如果米商們還不知足收斂，依然要耍」惜售」把戲，待價而沽，那則是冒天下之大不韙。民以食為天，膽敢」操弄」他們賴以為生的口糧，將會惹來塌天大禍。

米荒值得反思

當菲律賓米荒引起一片恐慌，人心惶惶的時候，在擁有十三億人口的中國，大米供應貨足價穩。以廣東為例，該地區經濟發達，生活水平高，物價相對高，市場上銷售的國產東北大米屬於上等優質品級，現在每市斤價格在一點三元左右入民幣，相當於每公斤約十六菲幣，比菲律賓的普通大米低約二十菲幣。最近除廣東省米價受香港搶購大米風潮影響，而有趨緊形勢以外，中國其它省份的國產價格多數平穩，有些產區甚至還出現微幅下調。這不得不讓人深思，一連發出諸多「為什麼」的串串問號。

國家糧食署發言人埃斯托佩瑞斯認為，糧食產量增長跟不上人口增長速度、是菲律賓糧食供應吃緊最主要的原因之一。近年來，菲律賓大米生產的增長率僅維持在百分之一點九的低水平，而每年的人口增長率卻高達百分之二點三六。

　　從根本上講，菲律賓糧食供應不足、應歸咎於「進口依賴型」農業和「出口導向型」農業並存的不尋常局面。一方面，農民大量種植煙草、咖啡等經濟作物，另一方面政府卻要依靠進口大米、來填飽老百姓的肚皮。由於政府的糧食安全戰略、不是建立在自給自足的基礎上，所以儘管本國擁有一千四百萬公頃的農業用地，但在過去半個世紀左右的時間，大米供應一直嚴重依賴進口。

　　進口和補貼政策、或許在短期內有助於穩定國內糧食價格，但要想一勞永逸、真正解決糧食短缺的問題，政府應該從兩方面著手：一是加大對農業基礎設施的投入，促進國內糧食產量的增長；二是實施有效的計劃生育政策、控制國內人口的快速成長。

　　菲律濱民眾今年飽受米價，油價，水電費不斷上漲折騰，隨着通貨膨脹蠢蠢欲動的壓力下，生活在貧窮線下的民眾，猶如水深火熱，叫苦連天。

　　曾幾何時，中國雜交水稻之父袁隆平曾多次應華人農經先驅林育慶誠邀，踏足這片沃土好水的國度實地勘察，並技術導行，大量投產，前期作業，成果纍纍，舉國上下，有目共睹。

　　袁氏對菲國農經的人力心力投入，無庸置疑，對菲國土壤鑑別，水利建設，技術轉移，產能提升，農政規劃等悠關農經長期發展等領域必有獨到見解。倘若政府慎重其事，認真虛心受教，並勒令全國各地官農，合心全力配合執行，今天舉世矚目的米荒頹勢秀，可能就不會如此倉皇失措，狼狽曝光。

　　糧荒正向菲國襲來，這是對政府的一次嚴峻考驗和挑戰。國家領導人應該戒慎恐懼、把解決貧困人口饑餓的問題、優先

提交政治議程研討，用強勢政策保證國家的糧食安全，才能平息眾怒。

二〇〇八年四月卅日完稿

錦繡宗風昭全宇
——記第三屆世界莊嚴宗親懇親會

　　正當千禧開元，龍年新春之際，旅菲錦繡莊氏宗親總會在菲律賓首都馬尼拉市隆重舉辦三大慶典：庚辰年春季祀祖大典，旅菲錦繡莊氏宗親總會成立七十周年紀念大會及第三屆世界莊嚴宗親懇親會。

　　來自全球各地，如新加坡、馬來西亞、印尼、泰國、中國北京、廣東、福建、香港、臺灣、臺北、彰化等地的錦繡兒女菁英代表五百余人應邀組成龐大代表團專程蒞菲與會，加上本國各基層組織及外省市分會代表三百余人，總共八百餘人歡聚一堂，緬懷先輩，敦親宏道，發揚祖德，共敘宗誼。

　　庚辰年春季祀祖大典及會員聯歡聚餐大會，於三月一日分別於午間及晚間假富麗堂皇、雄偉壯觀的多功能錦繡莊氏大廈舉行。

　　預定在七樓大會堂舉行的會員聯歡聚餐大會，由於參加人數眾多，會場展延至八樓大禮堂，上下聯線同樂，熱鬧非凡。

　　大會熱烈隆重、恢弘盛大的情景，令人歡欣雀躍。出席聯歡大會的族長、宗親異常踴躍，他們個個精神抖擻，容光煥發，扶老攜幼，絡繹於途，會場一百廿桌的席位，於八時不到即宣告客滿。

他們傳承祖風，一脈相承的高尚情素，令人肅然起敬！

第三屆世界莊嚴宗親懇親會，歡迎晚會於三月四日晚間，假座世紀海鮮酒樓舉行，晚會設宴七十余席，氣氛融洽和諧，場面溫馨感人。

歡迎晚會主席亦即錦繡莊氏宗親總會理事長莊金耀致詞，對應邀蒞菲參加三天慶典的海內外莊氏族長及宗親表示竭誠的歡迎。

中華全國歸國華僑聯合會前主席莊炎林，中國譜牒譜學研究會員修編《莊氏族譜》委員會會長莊佐京，香港莊嚴宗親總會法律顧問莊重慶，中國廣東上砂旅深圳鄉親總會會長莊光明及中國駐菲律賓大使館莊元元領事等貴賓，應邀發表精彩的演講。

歡迎晚會精心安排一系列既豐富又光彩的歌舞節目，以娛嘉賓，錦繡堂合唱團、婦女組及青年組聯袂演出，獲得好評如潮。

全場錦繡兒女以滿懷喜悅及感恩的心情，迎迓三大喜慶的來臨，無論本國的宗親，抑或海外的族長，個個意氣風發，熱血沸騰，自動自發，上臺獻唱，來自中國北京、廣東、福建、新加坡、馬來西亞、泰國、臺灣彰化等具有歌唱潛能，音樂才華的宗親，諸如莊炎林、莊奇能、莊文進、莊福從、莊景銓、莊毅勇、莊錦發、莊欽仰、莊學富、莊惠蘭（與本國代表莊永棠合唱），莊壬清等脆亮的歌聲，令人回味無窮，印象深刻。

由錦繡堂合唱團獻演的一首「錦繡頌」，是旅菲錦繡莊氏宗親總會的會歌，是一首足以代表菲律賓全體錦繡兒女傳達：「家聲龍興，祖德千秋，族譽丕振，源遠流長」的強烈心聲。

婦女組表演的山地舞曲「娜奴娃情歌」，由於舞步多采多

姿，節奏澎湃洶湧，營造出一幅喜氣洋洋、熱潮滾滾的情景，高
潮疊起。

青年組「青春的禮贊」，一共推出二首曲目──「飛向未
來」「ISANG MUNDO ISANG AWIT」（菲律賓情歌），載歌
載舞。

一群才華橫溢、熱愛藝術的錦繡青年，幾個月來緊鑼密鼓，
風雨無阻地排練，在僑界享負盛名、造詣頗深的音樂老師顏欣欣
小姐的細心澆灌，努力培養，已將青年組塑造成一支藝術尖兵，
所呈現在觀眾眼前的節目，可謂入木臻至三分，爐火行將純青。

雖然他們缺乏舞臺經驗，有的甚至是初次亮相，加上囿於排
練時間等客觀因素。

然而他們始終抱著一顆熱熾的心、一份執著的心，把喜悅、
天真、無邪、活潑的誠摯情感，流露無遺。

他們的一舉一動，一言一笑，一唱一和，一跳一舞，都經過
一番苦心的錘煉。

他們竭盡所能，互相切磋，不分彼此，合作無間，實實在
在，認認真真地奉獻出他們的心血與汗水。

雖然他們各自性格不同，背景亦異。

然而他們都是從中華文化大洪爐中冶煉出來的錦繡兒女！

為此，我們應該多多給予他們愛的鼓勵及愛的掌聲，只因他
們熱情奔放，求好心切，不畏艱辛，齊心進取的全程參與排練及
演出的可貴精神，令人欽敬！

標誌著世界莊氏宗親大團結三年一度的盛會──世界莊嚴宗
親懇親會，是由分佈在新加坡莊氏總會慶祝成立五十周年慶典大

會上，基於推動世界莊嚴宗親的團結合作，增進相互間的瞭解及互動，促進宗親間的宗誼，謀求宗親間的福祉等宗旨而組成的聯誼性質組織，第一屆則由泰國莊嚴宗親總會承辦，圓滿成功。但願全體錦繡兒女，以共同熟悉的語言，手牽手，心連心，迎接千禧龍年一個美好的開端。

亦共同祝福散居全球各地的錦繡兒女們，身心愉快，事業發達，宗基永固，世代相傳。

讓錦繡宗風，譽昭全宇！

自古風流歸志士，從來事業屬良賢
——細說參與中正校友會職員競選的心思

本周日又逢母校——菲律賓中正學院校友會兩年一次職員競選的高峰期。承蒙郭樹桓、許威順兩位學長懇邀，盛情難卻，成為投身選戰的一員。本人心潮澎湃，熱血沸騰，感慨萬千。心中有千言萬語，彙成一句話：自古風流歸志士，天下興亡肩頭重任；從來事業屬良賢，胸中韜略筆底風雲。並把這句話引用在競選傳單、海報及布條上，以表心迹。

風流，風采特異、業績突出之意。自一九三九年，王故校長泉笙，鮑故校長事天博士及諸熱心教育僑領，為培育華人華裔青年，儲備建國人才，交流東西文化及增進中菲友誼，共同創立中正中學之日起，母校盡展特異風采。無論是戰後在廢墟中重建校園，抑或是後來與日俱進地開拓發展，都是志同道合的仁人志士努力奮鬥的心血結晶。

常言道「天下興亡，匹夫有責」，追究其興亡之原因，莫不出於教育之興亡。教育興，國家則興；教育亡，國家則亡。母校教育的興盛，直接為國家建設增磚添瓦，也為中華文化在海外的傳承起到了重要的促進作用。致力於中正學院的永續發展與進步，依然是每一位中正校友義不容辭的重責大任。

古今中外有史以來，輝煌騰達的事業也只有德才兼備的人

才能實現。從中正學院大門走出去的人也不乏雄才大略、運籌帷幄、決勝千里，或妙筆生花，文采飛揚。這些人既是中正人的楷模，也是建設中正、發展中正的生力軍。

參與母校本屆校友會的競選，本人首先感到的是無比榮耀。眾所周知，菲律濱中正學院是菲國華人所創立的唯一高等學府，有大學和研究所，還有中學、小學和幼兒園，其龐大規模名列華校之首，聞名遐邇，蜚聲海外。由於校董會、校當局、校友會的不懈努力，母校的地位也日漸提升。

作為一名中正學院畢業的中正人，作為一名校友會新屆委員的競選人，回顧母校走過的輝煌歷程，目睹母校的興旺發達，自然倍加欣喜，驕傲與自豪，溢於言表。

其次，對有緣參加新屆校友會職員競選一事，也覺得意義深遠，與有榮焉。從約五十六位候選人中只選出四十五位名額，這是一種激烈的競爭，也是維繫一個社會組織繼續生存和向上發展的有效機制。一個組織的領導層，如果不通過競爭性選舉，那個團隊必定缺乏活力，缺乏生氣，工作起來也不會有效率，更不可能做出什麼傲人成績來。選舉是民主機制的運作，是集體智慧的結晶。沒有能力的人不易被選中，被選中的人也不敢漫不經心，做一天和尚撞一天鐘，否則或大失所望，辜負民心，落個碌碌無為的庸俗之輩。

對參與競選的個人來說，無論是當選的，還是落選的，從頭至尾都是面臨一種挑戰。這種挑戰對個人的成長是非常有益的。首先，增加了向前挺進的勇氣，增強了奪取勝利的自信。其次，考驗了智慧，磨煉了意志，爆開了創意。開創任何一種事業都需

要足夠的勇氣、信心、智慧、意志和創意。參與這次競選，不啻獲得一次鍛煉成長的機會。在體育競賽中，有「貴在參與」的說法。冠軍只有一個，不可能所有參與的人都能奪取冠軍，那為什麼有那麼多的選手還要積極參與呢？而且一次又一次毫不氣餒的連續參加呢？其背後蘊藏的重大意義，不言而喻。

走筆至此，王故校長泉笙的高大形象再次浮現在眼前，他就是勇氣、信心、智慧、意志和創意的化身。也正是在他這種偉大情愫的感染之下，多年前在馬尼拉召開之菲律濱惠安公會第9屆全球惠安社團聯誼會時，本人參與籌劃，作為歡迎晚會的節目主持人。在大會程序沒有預先計劃安排的情況下，靈機一動，發起頌揚鄉賢惠安名人——王故校長泉笙畢生貢獻華文教育的豐功偉績，巧妙地引用黃珍玲學長所撰寫，紀念王故校長逝世四十周年的朗誦詩歌，由本人與留金枝學長聯袂登臺大聲朗誦。讓出席的世界各地惠安人逾五百人，大開眼界，清楚地見識了惠安縣曾於十九世紀四十年代，默默地孕育了一位國際級的偉大教育家，不只光耀惠安，也榮耀菲華社會，更炫耀了母校中正學院。如果本人當初沒有這股勇氣、信心、智慧、意志，腦袋也不會激盪出此番創意，此一別具意義的表揚創舉便難以實現。

所以在這次參選中，本人在短短的一周內，大費周章地準備諸如海報、傳單、條幅，趕制印有候選人「莊杰森」斗大編號「53」的背心，撥打電話猛發手機簡訊「催票」，猶如一名即將投入選戰的政治候選人般的選前「暖身」大陣仗。尤有甚者，還挑燈夜戰撰寫、設計個人小檔案的八頁中英對照彩色文宣品，大大地挑戰自己的記憶，把過去二十多年來在華社文教、青運、工

商等團體所努力烙印的片片足跡，一一詳述，還將源源不斷地靈思化作此篇拙文，以具體的行動向眾人表達個人對此次參選所懷抱的敬業精神。

在這次參選中，自己大膽設定兩項對母校期許的美好願景：

一、採用「向下紮根，向上發展」可行務實策略，不斷協助母校提高華文教學水平，形塑一批批品學兼優的中正高材生，打造母校中正學院成為全球馳名之海外華文教育重鎮的龍頭。

二、善用中正人龐大的有形無形資源，以現代化企業法寶——藍海策略，全力推動各項有益母校及本會成長茁壯的創意方案，進而提升全體中正人對母校中正學院及本校友會之向心力，帶動全菲及全球華人對本校友會的認同支持，早日建構本會成為全球海外華人校友會組織中，陣容壯大，資源豐沛，協助推動母校突飛猛進，發展績效最傑出最成功的校友團隊。

倘若有幸入圍，本人將秉持虛懷求教的精神，藉由永無止境的求知欲望繼續貢獻所學及經驗，協助母校早日實現其亮麗宏偉的願景，是所至盼。

最後，預祝本屆校友會代表大會圓滿成功！同時懇請諸位先進後來學長屆時不忘投給「53」號一票，讓本人如願以償，得以順利投入回饋母校的神聖行列。謹此祝福我全體中正人身心愉悅，事業發達，心想事成，步步高陞！

二○○七年十一月廿二日

借孩子的巧手，畫菲中之友誼
——記菲中學生聯合壁畫比賽

在孩子的眼中，世界永遠是多姿多彩的；在他們的心裏，友誼如水晶般晶瑩剔透、純潔無瑕。如果讓孩子們拿起畫筆，畫出他們心中的友誼，那麼這幅畫卷，想必一定會綻放出美妙的光芒，而這種光芒，是任何成人世界的作品都無法掩蓋的。

菲中慶友誼，童心最無暇

二〇〇二年的一月二十四日，正值新年伊始，萬象更新之際，在菲律濱，這是一年中天氣最為清爽宜人的時候；而在中國，也正是孕育新生、萬物萌發的早春之時。如同這美好的季節一樣，源遠流長的菲中友誼也迎來了一個新的春天，在這一天，菲律濱總統亞羅育頒佈法令，並躬臨菲華工商總會第三次會員大會開幕典禮上，致詞時鄭重宣佈，以每年六月九日菲中兩國建交紀念日，作為慶祝菲中友誼日的吉祥日，並於當年正式落實慶祝第一屆菲中友誼日。

回溯歷史，從早期華人「下南洋」開始，在幾代人的時空隧道，從不平等到相互尊重，從打壓限制到相互幫助、互惠互利，菲中兩族間的友誼，經歷了一段漫長曲折的發展歷程。我們的歷

代先賢默自品嘗著異國他鄉的辛酸苦辣，用自己勤勞的雙手和樸實的性向積累起豐厚的身家。當手握辛辛苦苦得來的財富時，深諳世態炎涼的他們卻沒有為富不仁，而是以寬廣的胸懷、高瞻遠矚的目光提出「回饋社會」和「紮根融合」的理念並身體力行，在這種先進理念的指引下，旅菲華人不僅贏得了菲律濱兄弟的好感和尊重，更引起了菲國一部分有識之士的重視，兩族間的合作日益加深，華人在社會中的聲望和地位得以不斷提高。比起那段歷史，我們這一代人是何其幸運啊！再看看剛剛誕生的菲中友誼日，如同一座歷史的豐碑，不禁深深感慨她凝聚了太多人的奉獻，怎一句「來之不易」了得。

為慶祝這一兩族人民共同的盛典，筆者本人和菲華工商總會的諸位同仁集思廣益，精心設計規劃了一系列豐富多彩、又貼近基層民眾的慶祝活動，包括華校學生和菲律濱公校學生聯合遊行、交換國旗及美食，兩族文藝節目匯演和焰火表演，以及一些伴隨舉行的公益活動，比如現場人才招聘會，華人志願消防隊」打火」演示等等。在每一年的友誼日慶典過程中，經典的活動被保留下來，可也不能過於一成不變，要不斷推陳出新，採用具新鮮感、又不失通俗的方式，來表達菲中兩族人民心中對友誼的禮讚。如何使慶典更為豐富完美，筆者曾經為此一方案長考，苦思可行策略。

孩子是未來的主人，從某種意義上說，他們是我們唯一的財富，世界是屬於他們的，菲中友誼的未來，也毋庸置疑，將由他們的手中發揚光大。慶祝、傳承菲中友誼，就要讓孩子們實際參與，親身體驗，藉耳濡目染，深植於他們的幼嫩心靈。在菲中友

誼的慶典儀式中，菲律濱公校和華校學生聯合遊行，相互交換國旗及美食的慶祝方式，就不失為一個成功的典範，每當聲勢浩大的菲中兩族學生隊伍，在象徵華人地標的岷倫洛大廣場勝利「會師」、學生代表交換國旗及美食的時候，現場總能爆發出年輕人發自內心的歡呼聲，他們對友誼的感受是如此真情，如此強烈，凡親眼目睹的人，無不為之深感激動振奮。

那麼，如何才能繼續在青少年、尤其是兒童間，通過具有吸引力的活動來撒播友誼之花？

在孩子的眼中，世界永遠是多姿多彩的；在他們的心扉深處，友誼如水晶般晶瑩剔透、純潔無瑕。若能讓孩子們拿起畫筆，畫出他們心中的友誼，難道不是中菲友誼之路上一幅最純真、最美麗、最感人的畫卷嗎？來一場菲中學生聯合壁畫比賽，不僅給了孩子們一個表達內心世界、展現藝術才華的機會，美化街道牆壁，提昇都市人文素質，還能渲染友誼日的歡樂氣氛，又可以達到長期宣揚友誼的效能，何樂而不為呢？

欣得八方支持，畫卷暢然舒展

這一具有創意的提案很快就得到工商總董事會的批准，二〇〇四年菲中友誼日前，相關的準備工作，已緊鑼密鼓相繼展開。

舉辦這樣的活動自然需要多方面的支援與配合，令筆者喜慰的是，在籌備過程中，工商總會的諸位同仁、馬尼拉教育局、各華校和菲律濱公校的領導和老師，以及社會各界的朋友，都對這

一活動投入了極大的熱情和支持——吳滄義捐獻比賽用之所有刷子及塑膠水桶；A-PLUS漆廠東主何作利捐獻比賽所用之油漆；筆者捐獻卡通城產品四百份及塑膠調色盤四百個；副理事長蔡仁範及董事施恭旗分別捐獻BESUTO及上好佳（OISHI）零食產品等，以實際行動鼓勵所有參賽學生。

此外，岷市教育局局長紀約尼示博士，邀集岷市三十二家公立中學及七十間公立小學的校長進行磋商，向他們詳解比賽辦法之細則，並聽取他們的意見。

為了首屆菲中學生聯合壁畫比賽的順利舉辦，為了菲中友誼千萬花朵的遍地盛開，一雙雙熾熱的援手從四面八方伸展，我們隨時都能感受到每個參與人，身上不斷燃燒的那股熱情。

在壁畫比賽進行中，筆者再次深深感悟，華人和菲律濱人這兩個生性文雅善良的族群，在南洋中千島之國上，經歷了幾代人的休戚與共之後，兩族之間的友誼是如此真切鮮亮，這樣彌足珍貴的友誼，都足以讓人羨慕不已。

經過討論，最後決定比賽分中學和小學兩個組，小學組共二十八個隊，每隊由四名學生組成，其中華生和菲律濱學生各佔兩人，比賽地點設在黎畢拉（G. Del Pilar）小學；中學組共二十四個隊，每個隊的構成與小學組相同，比賽地點在扶西‧亞描仙道示（Jose Abad Santos）中學及拉哈‧蘇裏曼（Rajah Soliman）中學，參賽學生總數超過兩百人。筆者和工商總同仁吳治平理事有幸榮任主持比賽的重任。

第一屆菲中學生聯合壁畫比賽，於二〇〇四年六月二十日，即第三屆菲中友誼日慶典期間，如期展開了。在兩個比賽地點，

學生們揮舞手中的畫筆，原本了無生氣的圍牆頓時變得色彩斑斕，一幅幅描寫菲中友誼的畫卷舒展開來。

中菲友誼，躍然「壁」上

菲中學生聯合壁畫比賽到目前為止總共舉辦了四屆，其中在許自欽先生和李滄洲先生任工商總會理事長期間各舉辦了兩屆，參賽學生人數總計將近千人，纍計創作作品約兩百幅，比賽不僅參賽隊伍龐大、創作作品眾多，而且在歷屆比賽當中，都湧現出了一批優秀的學生壁畫珍品。走在孩子們創作的壁畫邊，彷彿走進了他們心中的小世界，讓人感到目不暇接，驚喜不斷。至今仍有不少傑出的作品讓筆者記憶猶新。

比如有一幅作品，背景是一座天主教教堂和一座佛堂，前面站著的是一個三口之家，父親是一身中國人的打扮，而畫面中的母親是典型的菲律濱人，而小畫家自己則站在父母中間，是這個宗教融合之家的未來，寥寥幾筆，就描繪出家庭成員之間和諧幸福的景象，也勾勒出菲中兩族人民在宗教文化上求同存異，融合融洽的一角。有的小作者把筆觸留給了自己身邊的朋友，一個穿著中國傳統服飾的小男孩和一個菲律濱當地小男孩背靠著背構成畫面的中軸線，兩個人在同一片星空下，卻面對著兩個不同的景象，中國孩子身處的背景是中國城的景象，而另一邊卻是菲律濱人的城市，兩種不同文化背景下形成的城市，被小作者描繪的惟妙惟肖，同樣是夜晚寧靜的河流，繁華的道路，卻可以從人物穿戴和建築物的風格上一眼就看出中菲兩族文化的區別，整幅作品

似乎是兩個不同的畫面，卻又巧妙地融為一體，其構思之精妙，
用筆之成熟，實在讓筆者嘆為觀止。

雖然這些年輕的學生還不完全懂得什麼叫多元化，可是，他
們在作品中各不相同的構思視角，五花八門的表達方式，卻恰恰
準確地體現出了菲中兩族人民在社會各個層面的融合、交流和友
誼，除了上述兩幅作品體現的家庭紐帶關係、同學之間的友誼，
宗教文化樣和外，小作者們還非常敏銳地抓住了一些社會元素。

有一組小作者就描繪了華人組織的醫療義診、華人志願消防隊
救火的情景，這幅作品的畫面由中央部分和周圍部分組成，周圍
部分是幾幅圖畫呈放射狀排列，分別通過華人志願消防隊、中西
醫義診、共同勞動和美麗城市等幾個視角讚美了兩族人民共同建
築美好家園景象，而畫面的中央部分是一個人，許多手臂把這人
擁抱起來，最讓人叫絕的是他的打扮：他頭上戴的是一頂中國式
的帽子，而領子的形狀甚似菲律濱國旗上金色太陽的八條射線，
把中菲兩族的文化符號完美地結合於一身，讓人一目了然，而擁
抱著他的手臂，給人以一種團結、合作、力量和溫暖的感覺，筆
者當時就感歎一聲：畫中這個人的名字，就應該叫「友誼」吧。

從畫中的世界躍回到現實，回首望去，從第一屆菲中學生
聯合壁畫比賽舉辦到現在已經一晃幾年，四屆比賽都取得了圓滿
成功，為我們留下的，是一幅幅友誼的長卷。有時開車經過，從
車窗中遠遠望著這些畫，有時獨自步行，重新站到孩子們的作品
前，每當那時那刻，總是讓人情不自禁的想要說一聲：祝福中菲
友誼萬古長青。

菲律濱的貧窮指數

　　菲律濱人的貧窮指數，可以從以下的街景一偶，略知一、二：每當十字路口的紅燈亮起，四方突然跑出一群兒童，一蝸蜂撲向每一暫停行駛的車輛；或伸出小手要錢；或拿出一塊髒得發黑的抹布，拭擦車窗；或以一小桶皂水（是否清潔不得而知）潑灑車子前方的擋風玻璃；或手持幾串茉莉花兜售；更絕的是，好幾位年約五、六歲的兒童，分別手抱着約三、四個月大的嬰兒，重心極不平衡地顛簸亂竄。似此以小孩手抱小孩路上行乞，令人怵目驚心的另類現象，討人憐惜之餘，感觸良多。

　　眼前的每個兒童，有一個共同點，即全身黑皮膚上黏滿髒兮兮的不明污穢，衣衫破舊不堪，赤腳沿途跑跳。這些兒童「演出」的畫面，便是這個社會，生育機制的大傑作。

　　菲律濱是全世界擁有天主教徒最多的國家之一。佔幾近人口百分之八十強的比率，毫無疑問，菲律濱人心地善良，體貼溫順，從小就深受天主教教義的薰陶，對畏懼天父，明辨是非，遠離罪惡，樂於助人的美德，根深蒂固，且終身服從。可能因為這一先天性的特質，加上公民教育長期以來不普及，生活困苦，民不聊生，順從、依附教會的指令，更加堅定。政府為拯救此一日形惡化的人口膨脹問題時，曾大力推廣生育計劃方案，遲遲得不到各方正面的支持，胎死腹中，令人惋惜。

　　教會一向對人民的精神寄托，以及道德觀念的維護、提升，

無庸置疑，起了一定的帶動作用。唯一令人質疑的，莫過於強烈
反對生育計劃的宣導及立法工作。倘若政府的社會福利制度，可
以有效保護生活在貧窮線下，數以千萬計的兒童；倘若教會可以
充份動用其龐大的有形無形資源，有計劃，有系統地收養，並教
育貧窮戶的兒童，對於強勢阻撓生育計劃的推行，至少不會惹來
廣大的民怨。

　　本身為一名虔誠天主教徒的亞奎諾總統，自就任以來，戮
力一心以如何提升人民的生活品質，及減低國家的貧窮指數，
為最優先的施政方斜。因而一再堅決排除萬難，嘗試再度全力
推廣，此一曾在十多年前，已屢遭阻擋的「家庭生育」計劃。奈
何教會的反應變本加厲，無所不用其極，在全國各主流平面、電
子媒體，排山倒海似的推出各階級的反抗文宣，以勢在必行的架
勢，力挽狂瀾，攔截此一攸關民生興衰計劃的上路。在未獲當
局的正面回應時，居然肆無忌憚地祭出開除「教籍」的懲處，
令輿論譁然。

　　身為一國元首，豈可忍受此一政教不分，荒腔走板的不當言
論。當舉世富貴人家窮到只剩下錢，而菲律賓的窮苦人家，卻是
窮得只擁有一群瘦骨嶙峋的兒童。然而，無可三餐溫飽的兒童，
無法上學的兒童，無家可歸的兒童，無快樂童年的兒童，在與任
何事物都「無」緣沾染的情境下，再多的兒童，再多的生命，又
有何意義？尤其對建設國家而言，又有何裨益？

　　生育計劃的全方位推行，無辜生命的及時拯救，已刻不容
緩矣。

【工商行】

追求專業與創新的企業家
——工商總成立中小企業中心並舉辦中小企業周系列活動的潛思

經濟奇迹的幕後功臣

中小企業在日本、臺灣、香港及南韓的成功事例，已為世人所矚目，尤其臺灣過去四十年來所創造的「經濟奇蹟」，其背後所仰賴的動力何嘗不是成千上萬的中小企業體，各自胼手胝足努力經營的成功經驗？

猶記得一九八○年家父第一次帶余去臺灣時，親眼目睹並體驗偏遠地區如彰化縣、台中縣等地的企業活力畫面。在每一個小鎮小里的每家每戶，便是一群群生產力旺盛，且因每家全體成員齊心協力打拼出高生產效益，使生產成本低廉，以致競爭力超強，讓「MADE IN TAIWAN」標誌跨越各行各業，奇蹟地飄洋過海，在全球各有陽光的地方便觸目可及。這就是推廣中小企業活生生的教材，亦是中小企業體在經濟建設過程中引以為豪的事實。

技術轉移的無限商機

自從中國改革開放以來，臺灣及香港的投資商一窩蜂地擁進大陸創業，誠然大多數企業已晉升為大、中型企業，但牢記企業草創時的血淚經歷，繼續其「創業第二春」，加上中國政府深諳中小企業在經濟建設中所扮演的重要角色，為吸取台灣的資金，經驗及技術，大開方便之門，給予的諸多優惠措施，讓台商確實無憂無慮地賺進大把鈔票而樂此不疲，絡繹不絕。

中國引進台商、港商，毋庸置疑地獲得「經濟奇蹟」「技術轉移」的契機、商機無可限量。再說，台商、港商投資的事業，其經營模式將不可避免地被翻版模仿，讓在中國境內同族同文的同胞們再次合演「經濟奇蹟」續集。

余的台商朋友就曾啼笑皆非地講述他的特殊遭遇。他於十年前在中國祖籍地覓地設廠生產，雇用百餘位大陸員工，不到五年時光，他一手培訓的高級幹部竟然辭掉工作，在原工廠附近另起爐灶與其割喉競爭，搶去他大半的客戶，使他蒙受不少金錢損失。這一事件只是冰山一角，同樣的故事可能還會被一再翻版上場。果真如此，中小企業的數字將必直線上揚，中國在國際間將享譽的何止是「經濟奇蹟」？而是昇華至世界公認的「世界工廠」！

不管是臺灣的「經濟奇蹟」，抑或是中國的「世界工廠」，皆為炎黃子孫的共同榮耀，我們豈不樂觀其成？。

以上數段絮絮叨叨贅言，僅以證實中小企業確實在宏觀經濟

的背後，蘊藏著一股銳不可擋的豐沛力量，絕不可小覷。

中小企業的推廣契機

　　服務具有市場潛力的中小企業，協助政府發展經濟，原為工商總會立會宗旨之一。早在六年前余加入工商總之際，推展中小企業的方案從不曾間斷地一再研議，熱情高漲。可就是未曾有人以具體行動兼務實態度帶頭進行。直至二年前余寵蒙許自欽理事長委任工商委員會主任時，中小企業的服務系列活動才如雨後春筍般地相繼登臺亮相，諸如「如何永續經營企業」「中小企業入門」等系列免費講習會，「中小企業企劃案講座及競賽」「第一屆馬尼拉微型企業論壇」「知識產權及反盜版講座」，贊助名校亞典耀大學華生會舉辦「學生試驗企業展」，協助籌備總統府企業顧問扶西、瑪利、君習商推動之「大家一起來經商」（GO NEGOSYO）展覽會及會議等，在在皆不同凡響地一次又一次地交出亮麗的成績單，直接受惠華菲人士高達二千餘人，可謂不鳴則已，一鳴驚人也。

　　為此，余曾異想天開地構思嘗試向政府申請於工商總會所內設立工商部中小企業中心，以進一步的行動向主流社會及華社，宣示工商總投身服務及推廣中小企業的工作行列之決心及意志。在獲得許理事長自欽的充分授權下，余開始一段投石問路和工程，舉凡上網搜索資料，與政府各相關部門主管的大小會議，奔赴政府及民間金融機構請益等，皆一絲不苟，親自上陣探索。經過一番努力後，終獲得工商部主管中小企業業務之副部長亞美

莉‧亞倫素的首肯，並允諾竭力予以促成。

首座中小企業中心問世

　　據工商部中小企業處處長黎亞諾事後的轉述，工商部對於民間商業團體自動自發，提出申請設立原為政府架構下應辦理之服務單位，並無條件願意負擔一切日常經費，此誠為一創例。政府困於預算拮据，加上有人自願上門，分擔工作，何樂而不為，因而在部務彙報上無異議通過此案，並由副部長亞倫素與工商總理事長許自欽簽定合作協議書定案。

　　工商總所設立的工商部中小企業中心，自此便被喻為本國第一座由工商部授權民間團體承辦的中小企業中心，亦是華社有史以來創設的首座中小企業中心，意義深遠，為在菲的全體華人爭光匪淺。

　　為籌備一場風風光光的開幕啟用慶典，著實令余煞費苦心，絞盡腦汁。依余之舊習，當以「一不做二不休」式的原則為處事座右銘，因而倍感壓力，戰戰兢兢地迎接一場前所未有的挑戰。

　　工商部為加強宣導中小企業之推廣，明確規定每年七月的第三周為「中小企業發展周」（SMALL AND MEDIUM ENTERPRISE DEVELOPMENT WEEK），由全國各地同步慶祝，工商總因而擇定第三周的第一天，即七月十七日當天上午九時舉行開幕式，恭請工商部副部長亞倫素及總統企業顧問君習商偕同工商總理事長李滄洲及名譽理事長許自欽共同主持。

排七天活動一氣呵成

為使中小企業周及中小企業中心揭幕啟用式更加隆重突出，余一氣呵成，排定一周浩浩蕩蕩的系列活動，專案分類為：中小企業中心開張儀式、馬尼拉創意發明展開幕禮、與計順市、加洛干市及描仁瑞拉市等三大城市合辦「求才求職展」、經商講習會、生計講習會、中小企業企劃案講習會及競賽等六大類別共計卅個項目。

馬尼拉創意發明展緣自於馬尼拉市第一夫人亞典沙，本身熱衷於創新發明，身邊早已收集不少作品，並不時鼓勵市婦女組織勇於創新或改造原有的發明物，使一般看似平常的微小物品，得以提升其附加價值。此舉亦為創業的另一模式，值得推廣。創意發明展除展出一些曾經獲獎的作品外，亦特別展出亞典沙夫人的傑作。為此，她答應前來主持剪綵禮。

為替中小企業解決求才問題，使他們不必花費昂貴的廣告開支，便可尋覓適合的人才。同時據勞工部的資料顯示，企業通過求才求職展現場招募，甄試各級員工已逐漸成為現今趨勢，許多求職應徵者可能是因為財力所限，幾乎極少閱報求職，倒是互動性頗強的求才求職展招來的人氣較旺，且招募率節節上升，因而成了中小企業不可或缺的重要尋才媒介。為此，工商總排定三城市三場求才求職展，渴望勞資雙方各取所需，營造雙贏、皆大歡喜的局面。

企業充電備產業升級

中小企業周的活動自然少不了教人如何經商，或如何產業升級，或如何提升競爭力。此一系列講習會有別於往昔工商總舉辦的連貫性講習會，即十六場的企業講習會，沒有連接性，亦沒有要求參加講習者務必場場出席聽講（只規定各項經商或生計講習會，至少需參加三場，方可獲得出席證書一紙）。此事對於主辦單位而言勿寧是一項高難度的挑戰，因為參加聽講的流動性大，無法保證場場維持一定的聽眾數量，因此余連周來不敢掉以輕心，要挖空心思如何訂制本次活動的「行銷」策略，儼然一派「運籌帷幄」之勢，將它當作自己的企業一般經營。

企業講習會共動員了政府及民間單位計有：工商部、勞工部、馬尼拉市政府、菲職訓中心、中小企業融資公司、菲律賓行銷協會、菲律賓加盟協會、菲各大專院校華生會聯合會及跨國企業宏碁電腦等派遣高級人員分別講解企業及財務規劃，如何開始經商，網上商務交易，生產線之國際標準，企業加盟的力量，如何創設描籠涯微型企業，中小企業生產力提升，瞭解勞工新法則，中小企業的行銷策略，中小企業的產品如何設計包裝，中小企業如何運用高科技電子通訊提升業績，如何擬定中小企業企劃案等攸關中小企業發展之重要課題。最後一場講習會結束後，工商總將正式宣佈啟動第二屆中小企劃案競賽，並公佈競賽規則。壓軸好戲為成功經驗之分享，余誠邀菲行銷協會前任會長，亦即聞名遐邇之網絡搜尋器YEHEY.COM創辦人，年方廿八之青年企

業家道那・林及以菲食品為主的連鎖店BINALOT（打包外帶之意）創辦人羅美・範等，分別講述其成功經營理念，供有志從商者借鑒看齊。此一講座具有啟發及鼓舞新建或現有企業家之作用，勢必獲得不少聽眾。

生計訓練可現學現賣

菲貿易職訓所獨家擔綱的生計講習會包括時尚飾品、人造花、用紙造花、草藥香皂、手機維修及電子消費卡代理技術講解及示範。同時為因應電話客服中心的大量人才需求，職訓所特別安排在現場接受有志投考客服中心職務者參加電腦測試，成績立即分曉，及格者由職訓所出具證書，即刻分配到工作。不及格但維持在可塑造水平者將獲得政府補助五千元禮券，可用於菲律賓女子大學作為註冊費，參加為時一百小時之語言訓練課程，結業後保證被高薪雇用。此一好處多多的消息一經傳出，立即獲得為數不少的人士爭先恐後預留席位。

企盼人人成為企業家

總之，工商總此次針對中小企業因地制宜的系列活動，旨在喚醒各界人士全力配合政府提倡的創業精神，使現有企業有充電學習的機會，以利產業升級；對於新興企業則輔導經商的必修課題及成功秘訣；對於有志從者則需按部就班從頭起步，努力吸

取各個企業環節所需的養分，再加以融會貫通，以致最後階段中小企業企劃案的擬訂，請專業人士在財務、生產、包裝、行銷、投資回報率等方面作審慎評估，可行後才可正式上路，成為一名名符其實的企業人。言及於此，倘若一批批參與此系列方案的人士果真上路從商，並認真踏實，由小做大，工商總所投入的人力、財力、精力才不致於白白浪費。同時，對於來之不易，彌足珍貴的華人首座中小企業中心才有更多更廣的服務對象。工商總敬請大家捧捧場吧！

與貧苦兒童分享拆開禮物的喜悅
——工商總啟動耶誕節傳遞愛心列車側寫

　　隨著耶誕鈴聲一波波高潮迭起地響徹地球村各個角落的當兒，擁有近六仟萬名天主教徒的千島之國——菲律賓，早已沈浸在歡樂喜慶的氛圍裏。依傳統習俗，這對無論平日縮衣節食，勤儉自持，抑或現賺現花，逛街血拚消費成癮，或超支靠借貸渡日，樂天知命的菲律濱人而言，每逢耶誕喜慶氣息壓境前夕，必會全家動員，大事張羅一番，且以十分虔誠的心情與全體國人，共同迎接此全球被尊崇為至高神聖的宗教節慶。

　　互送禮物賀節，或相聚與老少分享互開大小禮物的驚喜，是國人身處這一快樂場景，不管個人經濟條件如何起伏或縮水，都絕不可或缺的開心佳節。因此，終日為生活忙碌奔波於社會的各個不同階層的男女老幼，對於耶誕節的熱切期待，是多麼的溫馨自然，多麼的刺激興奮！

　　工商總理事長許自欽，為與廣大的菲律濱基層民眾分享耶誕節的喜悅氣氛，十二月廿一日尚在台北風塵僕僕的緊湊行程，且不忘以越洋電話吩咐筆者，全力配合主流社會各媒体及相關單位的邀約，將一批批精美巧麗的耶誕禮品分贈予孤苦無依、流離失所，或常年在貧民窟苟延殘喘、掙扎喘息的貧苦兒童，讓他們亦能在此一普天同慶，萬眾歡騰的舉世佳節，歡欣鼓舞領接來自華

人社會的溫馨關懷，而展露難得一見的笑容。

為使此一意義深遠的愛心播種活動，在僅有兩天的時間內，得以立即且加快步伐展開限時性的籌備工作，工商總特與筆者經營領軍的卡通城及莊澤江文教基金會聯名辦理，由莊澤江基金會出資，捐獻時下兒童喜愛的流行卡通品牌用品，旋由內子黃金媛召喚十名員工加班趕包，分裝成貳仟伍佰份禮袋，送交各有關單位代為分發。

十二月廿三日上午九時，首批的一仟份禮品、由筆者親自送至馬尼拉市安地保羅街（Antipolo St.）與奧洛葛沓街（Oroqueta St.）街口，由好友馬尼拉市第三區眾議員麥爾·羅西示賢伉儷（Congressman & Mrs. Miles Roces）泊其三名稚齡子女及筆者共同分發。居住附近的一千名兒童由描籠涯社區主席及職員的熱誠協助及呵護下，在交通管制的街口路段，個個興高彩烈地手持彩色票券，紛紛循規蹈矩，一一排隊，耐心等候領取早已滿心期待的禮物。霎時，天真活潑，善解人意的小天使們，偶爾亦會在長龍隊伍中，隨著冷風飄來陣陣的耶誕歌聲而翩翩起舞，維妙維肖的舞姿，襯托著嘹亮悅耳的歌聲，讓人看得目不暇接。週遭頓時呈現一片喜氣洋洋，甜絲絲笑容不輟且秩序井然的街道露天派對，誠然別有一番風情，令人忘情陶醉其間。

「將愛心傳送給貧苦兒童」耶誕節拆開禮品的喜悅列車，第二站於十二月廿三日下午一時開至全國最大電子媒體集團ABS-CBN二號電視台，在國人耳熟能詳、家曉戶喻的「Wowowee」午間綜藝節目製播現場進行分贈儀式。

筆者由工商總聘任委員高一鼎、莊侃莊，家母莊黃雪英，

舍妹莊友仁、莊蓉蓉及女兒秋忻，么兒秋彥等陪同，應邀進入棚內將另一千份愛心禮袋轉交由「Wowowee」節目主持人，亦即名藝人維利・黎比利亞美（Mr. Willy Revillame）代為分發來自南、北呂宋各地孤兒院一千名孤兒。主持人感恩之餘，當場公開向工商總表示衷心感謝。ABS-CBN電子媒體體系為歡慶一年一度的耶誕佳節，特選擇在收視率常年居高不下的午間綜藝節目製播場地外，即在伊示葛拉街寬廣道路，不計成本加蓋一座音響燈光俱佳的大型舞台，並架設兒童園遊會，限額招待一千名遠道而來的孤兒佳賓。

渾身散發佳節歡樂氣息的名節目主持人維利，在全場觀眾的尖叫喝采聲中出現舞台，環視當日人氣旺盛的現場奇景，他百感交集於棚內棚外兩邊穿梭聯線，賣力演出。節目全程透過無遠弗屆的衛星系統全球同步轉播，一會兒勁歌熱舞，一會兒有獎問答比賽，逗得有幸被挑中入圍參與「鬥智」比賽，草根性極為濃厚的基層民眾樂不可支，幸運得獎民眾更為一疊疊現鈔，瞬間猶似從天上掉下，滾滾湧進腰包而狂歡不已，連帶把現場逾萬人，及全球電視機螢幕前難以估計之觀眾群的沸騰情緒，挑動至最高點。

當天活動會場外，仍聚滿了大批無法入場卻想遙遙爭睹偶像豐采的追星族。其間不乏聞風而至的貧窮群眾，亟盼能將其幼小子女擠入參加免費的園遊會，在鐵欄杆前苦苦哀求，奈何被奉命行事的警衛們拒於欄外而不得其門而入。看著他們個個死心塌地，不肯離去，猶似守候奇蹟出現似的無助神情，令人為之鼻酸。

　　應邀前來參加的千名孤兒佳賓，除可在現場親身體驗及近距離觀賞實況轉播的形形色色的電視節目，而大開眼界外，亦可免費享用多家著名企業提供之多種食品及飲料，更可以選坐諸如雲霄飛車等電動遊戲，嘗盡一番前所未有，且趣意盎然，超級過癮的另類耶誕同樂會，不亦樂乎？

　　此情此景，腦海驟然浮現國家近來的種種不安所衍生的經濟蕭條景象，連耶誕佳節此一傳統銷售旺季亦無以倖免。許多大型百貨公司或大賣場，即使卯足全力，絞盡腦汁，破天荒地競相推出各項吸引力超強超酷的促銷活動，（耶誕節原為百業一年中的銷售旺季，大賣場從未曾在此一關鍵季節，有過如此非比尋常的割喉，或折扣濺價等優惠顧客的大手筆促銷舉措）亦敵不過消費大眾或因緊縮腰帶，或青睞眷戀來自中國，舖天蓋地，來勢洶湧，萬萬不及本地生產成本的所謂「跳樓」超便宜次等貨，而陷入銷售業績一片慘跌的衝擊，影響所及，整體看似起死回生的宏觀經濟，必將隨著這波消費低迷的浪潮，而無可迴避地將再度面臨一場空前嚴峻的挑戰，面對烏雲密佈的經濟淡景，人人勢必憂心忡忡。

　　五味雜陳的零亂思緒，不知不覺地擅自闖入另一幕幕思維場景——工商總理事長許自欽自二〇〇四年上任以來，為落實服務主流及華人社會，以紮根基層深耕社區為工作指南，平時除積極展開各項方案，諸如捐獻百座鄉村愛心水井；慶祝菲中友誼日推出具有創舉性及突破性的中西醫聯合義診贈藥，馬尼拉市區公私立中、小學生壁畫比賽及融合菲中傳統及新潮服飾展示會等；慶祝菲國國慶「全國中學生英文愛國寫作比賽」及為發動人人效忠

國旗，而分贈各大城市市政府大型國旗等活動，徹始徹終，一絲不苟，以務實穩健的步伐，一步一腳印，從從容容實現其服務國家社會的凌雲壯志，深獲菲中政要和民間各界之讚賞及肯定。

近來又為響應工商部籲請民間大企業投入協助中、小、微型企業開拓商機之號召而推廣之「Big Brother, Small Brother」方案，一鼓作氣連續推出一系列鼓吹創業理念，及協助有志從商的各個階層人士及社會新鮮人，及早有系統著手規劃中小微企業創業的入門「暖身運動」，諸如：為期四天的如何創業講習會，中小微企業創業企劃案講習會，優秀創業企劃案選拔賽，認識智識產權講座等等，皆獲得主流及華人社會的重視及支持。各主流電子及平面媒體更是大篇幅報導，尤以二號電視台記者將採訪中小企業講習會閉幕典禮的盛況，及與許理事長自欽的訪談片段，在隔日晚間新聞播報後的黃金時段，竟以罕見的長達三分鐘的時間，以專題報導的形式處理最為醒目。他們咸認在國家多事之秋的非常時期，工商總尚能挺身而出，登高一呼，以第一個華人商業團體，毅然帶頭協助政府及民間採取刺激經濟之種種措施，以實際且高效率的具體行動支援政府推行振興國家的經濟政策，逐將此一立意非凡的事蹟廣為宣揚，以便激勵其它民間社團效法，步其後塵，踴躍加入重建國家經濟框架，提升國人生活水平之工作行列。

適值一年一度的耶誕佳節，許理事長自欽為殷切關懷長年生活在社會底層的貧苦兒童，期望適時伸出溫暖的援手，特與筆者為紀念已故慈父而設之莊澤江文教基金會，及卡通城禮品連鎖店企業公司心手相連，一同出發，將此一足以溫暖心房，傳遞博愛

的耶誕禮物，送交有關單位，代為轉贈一群群令人憐惜之貧苦兒童，讓這些比一般孩子更需要社會格外關懷的幼小族群，也能在耶誕老人臨城前、歡喜擁抱來自華人社會的一份溫馨禮物，而展露燦爛的笑容。

工商總「耶誕節愛心禮品贈送列車」的最後一班，於十二月廿七日下午一時駛抵最後一站，亦即ABS-CBN電子媒體集團所屬的DZMM無線電台。許理事長自欽及筆者相約聯袂前往主持，旋將五百份精美耶誕禮袋轉交給每日下午一時播出「即刻行動」（Aksyon Ngayon）節目名主播葛·沓西爾（Ms. Kaye Dacer），由她代為分發予旗下兒童福利方案的受惠兒童。

此一代表華人社會在耶誕佳節，廣向基層民眾誠心獻出溫情與愛心的活動，就此圓滿劃下句點。但願來年將有更多有識之士再接再厲，把觸角擴大延伸，讓貧苦兒童在收授及拆開耶誕禮物時發出的串串甜美笑聲，得以永續傳遍有情人間！

完稿於二〇〇五年十二月卅日凌晨二時

百尺竿頭更進一步
——祝賀工商總成立十周年暨第五屆全國會員大會召開

　　菲華工商總會自一九九八年一月六日成立至今，已經整整十年了。十年來，工商總走過了一段光輝的歷程，創造了一件件不朽的業績，現在已成為菲律賓重要華商團體之一。

隆重問世

　　工商總首屆職員開華社團體就職儀式之先河，在菲律賓總統府宣誓就職，由拉莫斯總統監誓。儀式熱烈隆重，宏偉壯觀，引起了媒體與社會的強烈轟動，足見本會地位之顯赫，責任之重大。

　　成立伊始，由菲律賓各地華人工商金融界著名人士組成的菲華工商總會就明確規定了立會的宗旨：服務華人社會，促進菲律賓發展，維護華人權益，增進族群融合。在這一宗旨的指導下，各屆領導班子竭誠為華社服務，努力為國家建設做貢獻，成就斐然，有口皆碑。尤其是本會的幾位主要領導人，更是各有建樹，功不可沒。

竭力奉獻

創業初期，步履艱難，然而工商總領導層有著強勁的凝聚力，把全體會員緊密地團結在一起，渡過一個艱難的時刻。當時的菲律賓剛剛遭受亞洲金融風暴的襲擊，為促進本國工商業及經濟的復興，工商總做出了不懈的努力，並取得了顯著的成績。

面對菲律賓的經濟困境，全體職會員慷慨解囊，無私奉獻。捐贈鄉村校舍一百座；捐贈國警戒毒醫療中心；發動捐血運動；開展為貧童施送營養食品活動；捐贈馬尼拉市政府大型消防車一套三輛，設備先進，配套齊全；捐贈全新美國英語教材、書籍給全菲各公、私立學校及華校；捐贈給政府警車數十輛及通訊設備數十套；捐贈給貧困社區愛心水井百餘口；捐贈給學校電腦數十台；每年獨立節來臨之前都要向大馬尼拉地區各市政府捐贈大型國旗數百面。這些捐贈對國家的局部振興起到了極大的鼓舞和作用。

促進合作

工商總領導人多次陪同菲律賓共和國總統訪問中國，促進了兩國政府間的相互合作，加深了兩國人民的友好往來。在陪同伊實特拉總統訪華期間，工商總會特地拜訪中國農業部陳耀邦部長，促成了兩國農業領域的友好合作。自此，中國政府為積極協

助菲律賓開發農業,除農業技術合作之外,還將農業機械的推廣
列為工作重點,並為提高工作效率,決定選派一位專員常駐菲律
賓,就近進行有關協調,聯繫及推廣業務。

在陪同亞羅育總統訪華期間,工商總與中國全國工商聯達成
共識,共同簽署了雙方合作協議。這是兩國工商界之間的第一個
合作協議,雙方工商人士於焉正式揭開友好合作的序幕。

工商總會還經常組團訪問中國和東南亞各地,參加各項招商
引資活動,拜會世界各地商會。這些活動不僅促成了菲律賓華商
到海外的投資,而且也把外資引入菲律賓,創造互利互惠、合作
雙贏的新局面。

加深友誼

為了增進菲中兩國人民之間的友誼,工商總諸領導人不斷積
極遊說政府高層建立菲中友誼日。直到工商總第三次全國會員大
會在總統府召開時,終於獲得了亞羅育總統的正式頒佈,每年的
六月九日為菲中友誼日。此一重大突破為菲中友誼的發展譜寫了
燦爛光輝的新篇章。此後,每年六月九日,工商總會都要組織一
系列聲勢浩大的慶祝活動,將菲中人民,特別是青少年學生,彙
聚一起,或載歌載舞,或文化交流,同歡共慶。

工商總一手促成馬尼拉與北京市府代表團互訪,最終締結
為姊妹城市。華人區的「菲中友誼橋」和「馬尼拉北京橋」的建
立,是工商總為菲中友誼增磚添瓦的又一具體重大標誌。

由工商總與馬尼拉市華人區發展署、馬尼拉市教育局聯合主

辦的菲中友誼壁畫比賽，每年屆時登場。大馬尼拉地區公、私立
學校及華校四百餘名華菲中、小學生歡聚一堂，通過一雙雙靈活
的手臂及創意十足的心靈，細心巧妙地繪製出一幅幅生動的友誼
畫面，點綴了菲中友誼五彩繽紛的廣闊天地。

揚威華社

　　二○○一年四月廿三日，應工商總的邀請，菲律賓總統亞羅
育前往華人區進行視察和訪問，並與華社各界團體首長約五百人
餐敘。在菲律賓歷史上，這是第一位總統訪問華人區，偉大的歷
史事件。這也是全體華人的驕傲，亦是全體華人的光榮。

　　亞羅育總統在餐會中致詞時，提及她先生的華裔祖先在菲律
賓奮鬥的經過，表示她也是華人社區的一分子。她的父親已故總
統馬卡帕加爾曾在華人區附近執業律師，她將追隨父親的腳步，
一樣尊重華人族群，她的政府誓言要為華人社區多做服務。

　　此後不到兩個月，即獨立節的前夕，應工商總誠邀，亞羅
育總統再度造訪華人區，親臨全體華人集體向國旗宣誓效忠的儀
式。在亞羅育總統的見證下，華人齊聲高歌雄壯激昂的菲律賓國
歌「晨曦的大地」，隨後舉起右手，在國旗前震天價響的宣讀耳
熟能詳的「PANATANG MAKABAYAN」「效忠國家」的菲文宣
誓詞。

　　工商總以其豐富的創造力，再次為華人族群成功地上演一齣
頗有創舉性，且具深遠意義的歷史盛會。

利國利民

　　為支持政府經濟政策和計劃，工商總竭盡所能，推行如組織貿易考察團、支持零售業對外開放，鼓勵華人稅民如實繳稅等活動，充當民間與政府溝通的管道，配合政府當局化解許多社會問題。菲華工商總會經常透過通訊、傳單和華報新聞通告傳遞各種商機信息，為會員及華社廣大民眾謀取利益，同時，還定期與各相關團體對話，聆聽提出的問題並提出改善方案。

　　工商總還發起或參與其他各種利國利民的活動。向工商部戮力爭取設立全國第一座民間承辦的中小企中心，定期舉辦免費的企業講習會及生計培訓班，以具體的行動協助政府推廣及輔導中小企業；大幅改善華社與政府的良性互動，促成土生土長僑民簡易入籍法的頒佈；經常性拜會政府各部門，與國警探討解決治安問題；從事反毒禁毒宣傳活動，組織中西義診和免費贈送中西藥品，讓中醫師空前性地在公開場合懸壺把脈，配合馬尼拉市立醫院為甲狀腺、白內障患者施行免費手術，到各公私立學校噴灑預防登格熱殺菌劑；與馬尼拉市舉辦全國第一個微型企業論壇、與菲律賓國立大學等十所大專院校聯合舉辦企業企劃案編寫競賽、全國中學生英語散文競賽；贊助流動電腦教學；評選十大傑出華人消防隊員等等，皆是本會年復一年，不曾間斷的社福工作。

寄予厚望

　　工商總擁有範圍廣大的會員群，其中包含菲華商貿、製造、營建、金融及其他各個行業的佼佼者，人才濟濟，智慧超群。自成立以來，秉承服務華人社會，促進菲律賓發展，維護華人權益的宗旨，為爭取旅菲華僑華人的正當權益、為服務菲律賓社會等方面做出了令人稱羨的亮麗業績，為推動中國和平統一大業也做出許多有益的工作，並發揮重大影響力。在工商總成立十周年暨第五屆全國會員代表大會召開之際，我們希望新一屆領導班子繼往開來，推陳出新，精誠團結，勇往直前，百尺竿頭，更進一步，為菲華社會的永續發展，為菲律賓的國力振興做出更大、更多、更新的貢獻。

用心與行動擁抱群眾
——記工商總新屆職員就職禮

　　千禧年過春節，賦予人一種既新穎又古老的感覺，新穎的是日新月異的年代，古老的是五千多年綿延不絕的傳統節日。古今交集，不免令人有新想法及新作風的沖勁，讓人在新的一年有一個嶄新的起步。

　　兩年前懷著滿腔熱血，一心一意地努力施展「服務華社，奉獻國家」的宏偉抱負的菲華工商總會，在千禧年祥龍迎春的世紀交替之際，以嶄新的風貌與全新的行動，轟轟烈烈地推出一連串的活動，猶如滾滾洪流，波濤洶湧，奔騰萬里，朝氣蓬勃，生生不息，令全體華人躍然心動。

　　工商總元月廿日至廿二日的會員大會，開幕典禮一改往例且開風氣之先在總統府隆重登場，恭請伊實特拉總統躬臨演講，內政部長亞弗洛‧林、財政部長巴洛及文官長沙莫拉等政府首長，以貴賓身份列席指導，盛況空前，令人矚目。

　　爾後在岷里拉大飯店百齡廳緊鑼密鼓，馬拉松式地一一進行預備會議、主席團會議、章程會議、分組討論、選舉、閉幕典禮等。大岷區及外省市華社各界精英代表三百余人歡聚一堂，集思廣益，檢討過去，策勵來茲，在僅有兩天的緊湊時間裏，有效且務實地訂定多項工作方針，一百廿七位陣容龐大、實力雄厚理事

亦循民主的投票方式順利出爐，可謂收穫豐碩，生機無限。緊接著於農曆除夕夜在王彬街頭主持的「飛龍騰空迎新年」的團年晚會，從會場景觀，舞臺佈置，節目內容，演員陣容，觀眾人數等等，無不令人耳目一新。

二月十六日晚上，工商總新屆職員就職典禮，假座世紀海鮮餐廳隆重舉行，菲律賓共和國總統伊實特拉應邀擔任大會監誓人及主講人。

首屆理事長楊彼得在致開幕詞時，將工商總成立兩周年來，在各個工作領域中取得的豐碩傲人成果，完全歸功於總統的愛護與支持，以及全體同仁的犧牲奉獻，通力合作，因而博得華、菲廣大群眾的肯定及認同。

嶺南國術館新添購的二百廿八尺長千禧金龍，亦恭請總統主持點眼暨掛彩儀式，此一象徵大吉大利的吉祥物，為總統及第一家庭討個好兆頭。

旋由工商總活動力旺盛、親和力充沛的新任理事長吳輝漢介紹大會主講人——伊實特拉總統。總統在長達廿分鐘的感性講話中，對工商總成立以來，緊密地與他的政府結合在一起，手攜手，心連心，成功地創造無數協助國家建設的有力方案，而感到萬分欣慰。

令總統銘刻於懷，念念不忘的事莫過於工商總是第一個率先表態擁護支持他執政的民間團體。

總統殷切地呼籲全體華人，縱使處在一些荊天棘地、坎坷不平的治國道路上，亦要勇往直前，積極追隨政府，成為政府堅強的工作夥伴。

總統鼓勵大家不要因為「疑慮」及「批評」浪潮的襲擊，而灰心氣餒，更不要由此分心阻礙大家嚮往氣質優良的好公民的承諾。

總統坦承，他也絕不容許自己所追求效率優異的好政府的決心有所動搖。

儘管工商總諸領導人宵衣旰食，無怨無悔地為國家建設付出無比巨大的代價，來自民間偏激無情的言論，非難還是接踵而來。為此，總統哀歎地安撫大家：「不要輕易被它們所壓制。」

因為，總統深信，氣質優良的好公民與效率優異的好政府，必將獲得美好的未來。

總統的經濟智囊團預測千禧龍年將為國家帶來繁榮的景氣，為此，總統提醒大家，無論是火龍還是水龍，大龍或小龍，有龍或無龍，大家萬不可疏忽懈怠原有的主動、進取、努力及打拼的堅定意志，以實現大家夢寐以求的願景。

總統特別表揚工商總努力完成的幾項活動方案，諸如：

「群眾藥房」：醫藥服務方案由第一夫人蕾尹・伊實特拉博士領軍，工商總的全力支持，人力及物力的動員及配合，獲得第一夫人的鼓勵。

「菲中農技合作」：工商總會訪華期間，順利促成中國農業部長陳耀邦來菲訪問，且獲農技合作與援助協議。

「勞資仲裁」：為營造良好的經貿環境，與勞工部簽訂協議，規定以不必解雇員工的仲裁方式，以雙贏的策略平息勞資糾紛。

「稅捐特赦」：通過多种管道，探討可行辦法，以彌補諸如「匿稅」與「貪污」等所衍生的問題。

積極組團到中國、馬來西亞、及新加坡等國進行考察訪問，爭取外商來菲投資，藉以促進菲律賓與鄰邦間之友好關係。

協助複設歸化委員會，為懸宕未決的入籍申請案多方奔走，遊說，盡力爭取多項優惠措施，以造福華社。

「打擊罪惡」：密切配合當局的罪惡打擊專員，召集多邊諮商會議，提供策略性的資訊，制訂防範措施。

「鄉村校舍」：謹向總統呈獻鄉村校舍一百座，以改善偏遠鄉村的教育設施。

「巡邏警車」：此次會員大會開幕典禮時，特向總統及內政部林部長呈獻全新巡邏警車卅輛，以協助改善治安，消弭罪惡。

「開放零售」：為迎接全球貿易自由化，也呼籲總統調整憲法中的經濟條文，多次與前任工商部長，現任財長巴洛建言協商，而正式向總統提議「向外國人開放零售業」的具體措施。

「緊急救難」：自動自發投入救災救難行列，並曾捐獻鉅款充作總統緊急救災基金，並不時分發救濟品予災民。

「反毒品運動」：工商總捐獻鉅款興建反毒大樓，以作為宣導及教育學生遠離毒品的培訓營。

此外，規模龐大的「不要毒品」遊行隊伍及在各華文學校主辦的「反毒講習會」，以實際行動向毒品宣戰。

「分贈書籍」：已有八百餘所公、私立學校獲得贈書，嘉惠逾百萬莘莘學子。

「捐贈消防車」：通過工商總的居中協調，臺北市政府捐贈

四輛配備現代化雲梯等多功能的消防車予岷市市政府,以提升岷里拉市政府的消防技術。

我們華社將以工商總擁有此份亮麗奪目的「成績單」,而感到慶倖、自豪。但是,我們亦將期待更多、更好、更大的活動面世。為此,我們誠心祝福工商總全體執事大員,再接再厲,承先啟後,以最快速、最務實的步伐,用心與行動擁抱群眾!

二〇〇〇年二月寓所

沉舟側畔千帆過中小企業又逢春

——寫在二〇〇七年中小企業週前夕

　　菲華各社團投入服務菲律濱主流社會，取得顯著成績且聲名遠播四海的方案，莫過於俗稱之「三大寶」，即捐獻農村校舍，醫療義診，消防救火隊。由於種種犧牲奉獻的愛心組合，確實牽動嘉惠全國各地民眾的日常生活至深且鉅，數十年如一日，早已深獲菲律濱人高度肯定並予掌聲不絕。

　　菲華工商總會三年來積極推動之中小企業服務的運作，領導層倘進一步集思廣益，妥善管理，認真規劃並一一付諸行動，假以時日亦不難攀登「第四寶」雅座而令世人稱頌。

　　為何毫不猶豫大膽作出如此論述？

　　菲國經濟向來隨政局起舞時好時壞，原應由政府主導的中小企業服務網，限於財力人力，三、四十年來幾乎無能發揮效益，若由華人民間團體伸出援手協辦，帶首大力倡導，憑著華人華裔在中小企業相關學術領域的優異成就，及中小企業的成功實戰經營模式，就地傳輸並播撒中小企業種子的願景，無疑輕車熟路，何樂而不為呢？

　　有人或許潛意識認為，中小企業服務範疇中最受普遍歡迎的融資項目，是一項遙不可及的艱巨工程，因而避之唯恐不及。

　　殊不知中小企業的服務範圍，絕非僅是融資服務一項，就

世界經濟強國日本為例，附屬於其工商部的中小企業處，依法管轄統籌全日九所中小企業大學。美國政府投資在中小企業培訓的預算，遠比花在融資項目的金額高。中小企業的教育、培訓、諮詢、輔導工作之重要性，可見一斑。

如僅僅為不能隨心所欲施展融資工作，而放棄為整個中小企業服務的契機，誠屬可惜可憾！

工商總中小企業中心，在華社現階段的發展，無庸置疑已走入實踐舉世聞名的「藍海策略」中，「創造新市場新產品」，「告別流血割喉的紅海策略，以事半功倍之能量，成功突破激烈競爭所衍生的難解瓶頸」。

政府由於財政拮据從未全面有效實施企業融資，加上部份菲人確曾有欠債不還，貪圖便宜的陋習文化，影響所及便可想而知。亞羅育政府幾位具高瞻遠矚之財經舵手，近年來如夢初醒般重整旗鼓，大刀闊斧，全心推動中小微企業不遺餘力，端出的地方小額創業融資方案紛紛上場，立竿難以即時見影，其整體效益尚待深入評估。

有人或許亦會顧慮，推行中小企業方案如未獲政府預算補助，孤軍奮戰下必成自身財務的「無底洞」？

中小企業中心現階段急需推展的，是如何鼓勵人人（包含華人及菲人）從事創業，輔導他們在轉型中應配備的相關資訊及知識。君不見許多有志者在收費不菲的各類講習會堂外望門興嘆，無辜地被剝奪知的權利而與企業解緣。

倘若中小企業中心繼續有系統，有規劃的推出從「企業入門」、「企業計劃案」、「財務規劃」、「產品研發」、「市場

考察」、「營銷策略」、「通路佈線」、「人力培訓」、「管理系統化」、「營運電子化」以至「後勤補給」等環環相扣的流程作業之相關知識著手，延聘績優講師免費授課，讓更多人親近企業散發的光環。

舉辦講座或諮詢師輔導所需的經費，畢竟不會多得令人喘不過氣。同時，如可巧妙善用其它創意模式作為行銷策略，亦可節省不少金錢開支。

工商總為配合菲工商部一年一度的中小企業週活動，排定一週十二場中小企業講座及生計培訓課五場，邀請政府、學術、企業三界等精英專題講座，對已上路運行的新企業，成長茁壯中的企業及策劃催生中的企業皆有莫大助益，請大家在瞬息萬變，日新月異的E時代，勿錯失「再充電」良機，以保全企業青春旺盛！

「非法革職」是菲勞工法則中懲處最重的刑責，許多人有意無意犯規而淊入泥淖。財務損失事小，冗長的訴訟程序所造成的精神折磨難以想像。

政府為鼓勵人人創業，對微小中型企業訂有一套獎勵指引。其中對於素有偏袒勞工權益的勞工基本法則稍有調整讓步，讓有志於途者在步入企業關口時，得以從容靈活顧用員工而不致於拖累財務。

人才是舉世公認的企業之寶。如何徵招人才，培訓人才，留住人才等「搶人」作戰是當今企業不容小覷的要務。

企業內部的人力構造如何？員工間的人際關係如何？企業與員工攜手打拚的互動指數高低？面對辦公室員工頻繁的去留，身

為主管或業主該如何是好？足以影響企業興衰。

全球企業通過空中網際網路營銷，一年交易所締造的天文數字業績，其無遠弗界的商機實在令人心儀嚮往。

工商總「企業經營」的又一趟知識列車即將準時啟動（2007年7月16日），無論是為永續經營，抑或為開創一片藍天，抑或為事業版圖擴張，抑或為期許明天會更好等，擁有不少美麗願景的乘客們，請趕快免費上車入座！

二○○七年七月十四日

救市寄望消費者

——工商總舉辦金融講座為經濟把脈有感
二之一

維護向錢看的動力

當金融海嘯正以排山倒海之勢、前所未有之力無情地席捲全球各地之際，全球各地爆發失業率節節高升的淒涼景象。人人不分種族，不分階級，無不為自己手頭的資金或儲蓄會大幅縮水憂心忡忡，為畢生所有的全部積蓄甚至可能在一夕間被蒸發掉而人心惶惶。對於任何可以增進對時下的各種金融資訊的了解，皆抱持熱切的期待，大家企望「向錢看」的動力，能不斷地持續向上提昇。

菲華工商總會，聯合以菲律濱中正學院校友會為首的菲律濱十四所華校校友會組織，基於此一需求現象，而萌發了舉辦一場金融與經濟展望的專題講座的念頭。

瑞士第一大銀行UBS瑞士銀行，特派遣旗下國際財富管理專家，亞太區首席投資策略師浦永灝，專程從香港抵菲主持「當今全球金融與經濟展望」專題講座，為全球及菲律濱的經濟動向，悉心戮力把脈，提供一些具有價值性的參考資訊，以供華人對今

後的財務規劃能有更完善、更有利的作為。

　　二月廿八日的金融講座，全場首次採用華語為媒介，從廣大聽眾眼神探求「民隱」，即可窺豹他們內心深處，有一股急於滿足切身利益的衝勁，正在熾烈火熱的燃燒著。

　　工商總理事長蔡漢業，中正校友會會長許威順分別致歡迎詞及開幕詞。在筆者言簡意賅地介紹主講人後，祖籍江蘇、且曾派駐馬尼拉擔任亞洲開發銀行，當高級顧問要職長達三年的傅永灝，開始其海闊天空、滔滔不絕的精闢講演。由於傅先生在正經嚴肅的話題中，不忘隨時穿插幽默灰諧言詞，逗得聽眾無不洗耳恭聽，似乎不敢怠忽「職守」，以致達到出神入化的境界。

菲國經濟安然無恙

　　提及美元今年的走勢，傅先生毫不諱言地指出，美國聯儲會因以大量印製鈔票應急，在可預期的未來，勢必難逃大貶厄運。

　　菲國於牛年會否被經濟危機的「頑菌」氣流感染，而陷入苦境？以專家高度、客觀的專業觀點分析，並沒有預估到異常惡劣或險峻的情勢。菲國依賴出口向來就不大，只要擁有「英雄」名銜的外勞大軍匯回美元的數額不變，再加上明年大選在即，一般人基於經濟繁榮與蕭條的交替循環（Boom and Bust Cycle）的原理推測，大危機的信號應不致於強棒出擊、攻城掠地。

　　縱使菲國股票下跌幅度不大，但在亞太地區眾投資者眼裏，並非優先點購的藍股，原因莫非菲股的身價超估，讓人高不可攀，敬而遠之？

　　對菲國的經濟現況，溫文儒雅的傅先生似乎較為保守，沒啥
負面評析，只建議政府對基礎建設、鼓勵外資、引進資金、擴大
內需等環節，加強力度，竭盡全力，大可將經濟海嘯可能爆發的
殺傷力，削減至最低範圍內。

重整信心刺激消費

　　經濟海嘯所打造的百業蕭條困景，人人看緊荷包，節衣縮
食，讓「通貨緊縮」（Deflation）趁虛而入、大肆作威，嚴重阻
撓消費能量，不利經濟發展。倘若要呼請人人共體時艱，鼓勵消
費，刺激買氣，帶動經濟復甦，荷包銀彈又該從何而來？似此一
錯綜複雜、周而復始的因果循環，猶如雞與蛋的孰先孰後紛爭，
確實不易釐定「疆界」。

　　經濟的演化，自古以來，竟是如此詭計多端，讓人丈二金
剛摸不著頭緒。錢多難以興奮，錢少不必難過，是福是禍，兩極
化各有利幣的飄浮滾動，皆不適宜健康有序的經濟建設。儲蓄倘
若過高，資金勢必閒置滯留，利率隨之萎縮歸零，影響所及，消
費疲弱，通貨緊縮，投資驟降，景氣低迷，融資銀行趁勢大幅縮
緊銀根，企業信貸無辜受累，營運被迫停頓、或歇業，中下游工
業的生產線連鎖性遭殃，失業率往上飆升，最後逼得就業族群，
個個陷入萬劫不復的悲慘深淵。凡此種種，皆為燙手山芋的經濟
災難。追根究底，箇中經絡，盤根錯節，且環環相扣，實不足為
多數凡人通曉的陌生現象……。為政者豈可不繃緊神經、戒慎恐
懼；為民者豈不怨聲載道、咬緊牙關、灰心喪志「哀」渡一段苦

不堪言的日子。

以台灣的電子貴族產品DRAM為例，由於它是一種半導體記憶體，應用在各現代電子寵物異常廣泛，諸如手機，電腦，隨身聽，電玩等全球的需求量近年來暴增數倍，使得台灣躍居全球第一生產基地，是現今台灣電子出口業界，最為搶手亮麗的材料品。為了一場全球經濟風暴鋪天蓋地而來的肆虐，DRAM諸家企業龍頭的總計約四千億銀行貸款，慘遭債權銀行毫不留情的收縮銀根，而化為空前搖搖欲墜、岌岌可危的可悲夢魘。

只要鼓勵大家適度花錢消費，暫時不要理會「節儉的矛盾」真諦，提昇市場信心，讓「通貨緊縮」這股暗潮，早日遠離市場，周邊景氣即不致黯然無光。深知：不景氣終有翻轉之日，只有不爭氣的人，才會被淒涼的景氣淘汰出局！

台灣近來發放全民消費券的非常權宜措施，即是推動「鼓勵消費，刺激消費」的藍海策略。

一條條統計曲線，藉由電子多媒體，反射在前方左右兩大螢幕的反覆交錯印證，加上佐以有條不紊的邏輯及定律，聽眾得以清楚瞭解，現今全球金融的恐怖生態。這位擁有倫敦經濟學院，統計學碩士顯赫名銜的主講人，更對一場不可預卜的未來，大膽嘗試預測，並展望一片美麗的願景，終將在隧道尾端發出光焰四射的萬道光芒。

傳承有賴善營者
——工商總舉辦金融講座為經濟把脈有感
二之二

嘗試自我創造機會

現在很多優秀的大學生畢業後即失業，因而紛紛抱怨這個時代對年輕人不公平。台灣電腦業龍頭宏碁電腦創始人施振榮則勉勵年輕人，社會環境都是老天爺安排好的，不要浪費青春去埋怨，正面思考才是唯一的出路。

施振榮表示，當年他創業的戰友，幾乎就是鄉下窮孩子的大集合，但他們沒有負面思考的權利，「何必跟自己過意不去？」現在找不到工作，可以再學學英文，把自己的要求降低，簡單過生活，不會永遠找不到工作。

對想要創業的年輕人，施振榮建議，要建立個人的品牌與風格，定位，讓這品牌能對別人有貢獻，有價值，「這個名就不再是虛的，而是實的。」

誠然，大時代的青年，可以自己創造機會與舞台，選擇自行創業，風險雖然比較大，但即使失敗，也可視為邁向成功的歷程。

經驗傳承難覓知音

筆者曾構思舉辦一場屬於青年人的成功經驗傳承論壇，廣邀菲華中小企業的成功企業家，向青年人傳授成功經驗及心歷路程，藉以激勵華裔青年向上提昇。

我們界定的成功企業，不一定要是大班級的企業，只要擁有一個成功的經營模式或策略，那怕是微、小型企業，皆是分享與傳授的範圍。

奈何一向故步自封成性的部分華商，對「成功」的定義及意涵另有一番解讀，想像力豐富得併發出許多負面高見，杞人憂天，顧慮重重，因而扭曲誤解，並阻撓一項值得大力提倡的企業教育方案，讓華裔青年錯失一場足可啟迪企業再造、抑或鼓勵創業的絕妙良機。

在華人社團尋覓不著知音相伴，喚起共鳴，筆者靈機閃動，乾脆在菲人社團倡導，將此一國外盛行多年的企業圓桌論壇模式，推介給主流社會借鏡試辦。

工商總四年前在許理事長自欽任內，先後舉辦多項企業方案，諸如中小企業講習會、生計訓練營、中小企業方案書寫競賽、馬尼拉描籠涅中、小、微型企業論壇，乃至於榮獲菲工商部授權，成立首座由民間團體發起經營的「中小企業中心」。

一連串的中小企業方案登場後，獲得華社不少的掌聲鼓勵，工商總內部也有微詞指教。筆者自行構思、策劃、執行的中小企業諸方案，在人力物力極度匱乏的客觀環境下，時時自我期許，

任勞任怨，無不戰戰兢兢，完成每一階段所交付的任務，對於一些建設性的意見，皆當成正面忠言，自我鞭策。

有人置疑筆者不斷教導、鼓勵更多菲人從商，無異給華商增加更多的競爭對手，我從不為此一狹義怪論所動搖；對於未能專為華青規劃，中小企業相關方案的建言，我從未放棄任何構思的機遇，苦思對策。

平實而言，華人子弟擁有經商天時、地利、人和的絕佳條件，學習資源遠比菲人充裕多元，豈只略勝一籌。對於一些免費講習會，生計訓練等，根本難以獵取他們的芳心。唯一可能派上用場的企業個別諮詢及輔導，又礙於人力不足等種種「顧慮」而暫予擱置。

成功企業面授機宜

去年參訪美國舊金山中小企業中心時，與美國官員交談中，再度提及企業家的成功經驗傳承一節，突然閃入筆者腦海，廿年前在台灣投石問路，一場企業取經之旅的陳年往事。

中華民國青年創業協會曾在一九八七年舉辦一場「台灣成功經驗經營研討會」，由僑委會邀請海外四十名男女青年參加，筆者及侃莊兄聯袂赴台與會，除聆聽學者專家的經商秘訣，吸取經營實戰策略，並在一次圓桌論壇，近距離接近當代幾位成功企業家，除目睹他們滿身成功基因的風采，並充分領略締造「經濟奇蹟」的諸成功營銷理念的實用性。

筆者何其有幸，得天獨厚與台灣電腦之父──宏碁集團創

辦人施振榮，有一席面對面交談的機緣。在近一小時的交流互動中，獲益匪淺。其它成功企業家，包括一群甫自起步不久，但所製產品已成功登錄市場，嶄露頭角的諸青年企業家。他們各自營運模式的一點一滴，及經營理念的先知先見，對筆者日後馳騁商場，尤其自創品牌之役，更注入了一股活水泉源，至今享用不盡。

當年的幾位成功企業家，毫不猶豫的透過面授機宜的方式，傳授其成功經驗，所憑藉的思維邏輯，莫非是希望在自己功成名就後，得以鼓勵更多青年人步其後塵，前仆後繼，努力開拓一片更寬廣的事業版圖。

相信他們絕未畏懼後生，更不憂心競爭，反而以此為鞭策動力，自我激勵，自我改造，自我加壓，進而自我提昇，朝向更高更遠的目標邁進。

傳承經驗重現生機

由二號電視台系名電台主播卡爾、巴沓里博士領軍的「Entrepinoy Movement」，完全認同筆者「經驗傳承」的思維及理念。在獲得一群大學商業系的教授全力支援下，第一屆菲人商業行動——學生學習營如期於三月七日盛大舉行，來自全菲各地廿餘所大學的一千五百名學生聚集一堂，共同探索創業之路的訣竅，並見識成功企業的經營理念及策略。

Hapee牙膏，Robby Rabbit兒童服飾，Welcome超市，My Philippines服飾，Tolentino舞蹈中心，Carica草藥保健品，

Plumboy宅上水電維修等中、小、微企業體,在歷經消費市場的嚴酷洗禮,成功驗證其營運、營銷等一套模式後,即將其賴以奪冠的理念及策略,坦然公諸於世,除可藉由攤在陽光下再繼續接受各方考驗外,同時可讓有志創業的新進青年人啟示觀摩,更可作為觸發他們靈思靈感的催生推手,一舉數得,功德無量矣。

筆者原無意應允主辦單位的邀約,登台分享廿年前自創品牌Robby Rabbit,一路走來的心路歷程,以免瓜田李下,遭人誤解倡導此案的個人動機。奈何巴里杳博士盛情難卻,並曉以大義,要我以身作則帶頭發動,況且主流社會對於此樁好事,萬萬不會像謹慎保守的華社,處處被「政治把戲」充斥,且牢牢套住而瞻前顧後、裹足不前,無形中平白錯失,一項服務人群的優質文化和先機灼見。

筆者就廿年前,赴台灣獲取企業靈思、企業充電的成果,及日後一步一腳印,忠誠實踐所聞所學,將一個無人聞問的自創品牌,帶至今日家戶喻曉,膾炙人口的兒童服飾領先品牌的成長故事,侃侃而談。台上的亮麗成果,台下的經營瓶頸,背後蘊藏的辛酸挫折,潛伏的危機等,皆是後進者亟欲探討、借鑑及學習的創業要點。

勇於築夢敢於圓夢

主持人在節目結束前,丟給所有主講人一個問題,「如果今天是你的人生末日,你將遺留給後代子女什麼樣的企業金言?」

筆者毫不猶豫地，勉勵所有在場的青年，要勇於築夢，勤於逐夢，敢於圓夢。

第一屆學生企業論壇中，另一項創意構思，為現場臨時徵召台下十位學生上台，在不清楚要被指示做什麼事的前提下，他們爭先恐後、踴躍參與。

挑戰性的好戲，乃是要他們利用一分鍾的時間，道出他們心目中最想要從事的，與環保相關的新穎事業。

主持人再度邀請諸主講人上台，為每一急智方案講評，並給予分數，敲定排行榜。

這種讓商業系高年級學生在畢業前夕，競技腦力，刺激思路的另類作法，不失為鼓勵青年人步入創業生涯的另一捷徑，值得各方重視，並予大力推動。

二〇〇九年三月廿一日於寓所

一汪井水，潤澤眾生
——記工商總「愛心水井」激起的鄉土漣漪

　　想必不論是在中國還是在菲律濱的影視文化作品裏，這樣
的鏡頭都不會讓人陌生：在某個貧民區中，街道骯髒，房屋破
舊，一群人圍著一個公用水龍頭取水，好不容易接到兩桶水，還
要拎好遠一段路，一腳深一腳淺地送回家去……可是這點水一家
老小得省著喝不說，做飯、洗涮等等都要想盡辦法節約，真可謂
省「喝」儉用，這種沒有水的日子，是一般文明社會的人想像不
到、接受不了的嚴酷畫面。可是就算是再節約，取回來的那點水
還是不夠一家人半天使用，於是不久，又要再重回，踏上漫長的
取水「征程」：排隊、人擠人、費勁地往回走，周而復始，日復
一日，年復一年……

河流密佈，雨水充沛
窮人照樣沒水用

　　菲律濱是一個美麗的熱帶國家，濕熱多雨，年平均降雨量
兩千到三千毫米不等，每年七月到十一月的颱風季節更是帶來充
沛的雨水。另外菲律濱的河流、湖泊分佈廣泛，如此得天獨厚的
地理條件，應該能為菲國人民提供取之不盡，用之不絕的活水源

泉，所以單從水資源而言，菲律濱的自然條件，絕對稱得上「豐富」二字。倘若在發達國家，這樣的地域早就被賦予「魚米之鄉」、「水上明珠」之類的美名了。

但我們菲律濱的實際情況究竟是怎樣的呢？舉目四顧，殘酷的現實立即閃現眼前：由於國家三十年來在經濟和發展上的腳步，似乎原地不動，長期萎靡墮落，使這片原本應該是人間仙境的好山好水，出現一堆堆似乎解決不完的問題。尤其是在用水這個民生基本問題上，對廣大窮苦民眾而言，猶如無以迴避地，默默承受著社會「賞賜」給的嚴刑峻罰般的命運。

如果追究造成這種現狀的原因，大致可找出以下幾點癥結：其一、國家赤貧人口成長過多且快，這些一窮二白的社會邊緣人很難像普通市民一樣，能按時繳付水費，於是就算是家裏裝有一個水龍頭，恐怕一早等到晚也流不出一滴水。其二、農村基礎設施簡陋，如果說馬尼拉城市的窮人是水管流不出水來，那偏遠地區的窮人就真的連水管掛在那裏都搞不清楚了，所以他們只能依靠從自然界取水。其三，水污染越來越嚴重，許多處於城鄉地帶的赤貧人口，原本也可以藉由清澈晶瑩的河流，獲取生活用水，可是城市日益失控的環境污染，卻把窮人的這一丁點權利，也剝奪得一乾二淨，有些貧民窟就支架在河流兩岸，可是天天陪著猶如在炎烈太陽下窒礙難行的污臭水，也只能望「河」興嘆了。

其實，菲律濱的赤貧人口在用水問題上，浮出檯面另一幅奇景為：馬尼拉大城市的街道上，每逢傾盆大雨，有不少天真可愛的孩子，光著身子出現馬路上嬉水兼洗雨水澡、抑或在路邊的水

坑裏肆意打滾；有多少窮困地區的學校裏，其莘莘學子整天在口乾舌燥的情形下讀書？又有多少已經揭不開鍋的家庭，因為缺乏乾淨的飲用水而忍受著寄生蟲和病痛的煎熬……。這一幕幕大城市的另類景觀，就這樣全年無休地輪番重複上演。在城市跳躍繁華的節奏裏，似乎早已見怪不怪，不足為奇了！

如果有水，他們就可以讓孩子們在家裏用乾淨的水洗澡、穿上乾淨的衣服，從小就培養一顆自尊心；如果有水，可以讓學生們安心無虞地讀書、為美好的將來打穩基礎；如果有水，可以讓無數貧窮的家庭少一分憂愁，多一份歡樂。

這樣對水的美好憧憬，如此對水的強烈渴望，我們在極其有限的人力財力下，又將如何才能讓他們卑微的夢想成真？

腦力激盪，確立方案
「愛心水井」呼欲出

「一定要想盡辦法讓這些窮苦人家用上乾淨的水！」筆者懷著此顆執著的心願，一有時間就努力思考這個問題。可是要用什麼樣的方法來解決這個問題呢？呼籲政府製訂新政策，恐怕收效微乎其微；或者是向自來水公司陳情，適當協助偏遠地區裝鋪水管；或者向企業界曉以大義，籌募善款促成之……等等。一連串可能淪為一廂情願的想法，有的曲高和寡，難以實現；有的工程浩繁，造價成本高昂；有的則很難發揮長期的效率。啊！要想伸出愛心援手，真正幫助廣大的貧窮人口，且一勞永逸解決民生用水問題，決不是一件容易的差事。

　　經過長時間的反覆思索與向前輩請益取經，筆者決定將建造手動水井，列為鄉村供水方案的首選。為何選擇手動水井？首先考慮到的是水源問題。要想在全國範圍內開展供水方案，最快也是最佳的水源選擇就是地下水，較之河流水受地域限制多、引水難度大、污染程度高等種種不利因素，可行性頗高，且能夠在短時間內發揮效用。

　　倘選對位置，地下水不僅潔淨可取，而且分佈面也更加廣泛。從經濟角度衡量，也更加實惠可行，菲幣三萬元就可以打通一口水井，這就意味著用同樣的資金，可以幫助更多偏遠地區，窮鄉僻壤的老百姓解決飲水、用水的難題。

　　幾次的腦力激盪集會後，筆者很快就將這一方案的企劃案，提交時任菲華工商總會理事長許自欽，許理事長同意提交董事會審議。經過董事會審慎的評估、比較、論證，此一方案得以順利成為慶祝第三屆菲中友誼日的試點活動項目之一。

　　為此筆者進一步絞盡腦汁，力求為該方案取一個既簡練鮮明，又貼近民眾的名字。草擬了幾個菲、英文名稱選項，後來選用菲文「POSO MULA SA PUSO」。「POSO」指水井，而「PUSO」為心扉之意，直譯為「從心底發出的水井」，用菲文朗讀，前後兩字連接唸起來，不僅有諧音之美，意境亦溫馨感人。華文就以「愛心水井」訂案。

　　二○○四年六月十六日，這一天對那些過著缺水生活的城鄉貧民、那萬般忍著口渴刻苦讀書的偏遠地區學子們而言，是實實在在值得銘記和歡慶的一天，因為在該日舉行的工商總第四屆第五次理事會、暨第三次常務理事聯席會議上，時任理事長許自

欽，鄭重拍板並向大會宣佈，為慶祝第三屆菲中友誼日而試點推動的「愛心水井」方案，將正式啟動上路。

在許理事長自欽登高一呼，倡捐百座水井後，工商總的同仁們紛紛慷慨解囊，似乎怕自己行動慢一點，就會讓那些正等候用水的人們，多苦熬一天；也在同一段時間內，似乎每一位同仁，都感到自己被一雙雙渴望清水的眼睛注視著，自掏腰包捐款的善心與熱火朝天般的熱情，如同爭相幫助自己的親人一樣。置身在這種氣氛中，不禁讓人想起中國北宋思想家范仲淹在《岳陽樓記》中的一句千古名言：「先天下之憂而憂，後天下之樂而樂。」這番火熱景象，讓人感動不已。不費多時，興建百餘座「愛心水井」的資金便全部到位，一場轟轟烈烈的愛心行動，已經蓄勢待發。

積極籌備，悉心管理
「愛心水井」落萬戶

首座「愛心水井」的踢開儀式，為求簡單又不失隆重，筆者建議由全國最大電視台ABSCBN屬下DZMM無線電台「即刻行動」（AKSYON NGAYON）節目主持人，名播音員葛‧達聶兒（KAYE DACER）作現場轉播，將在計順市巴雅達示垃圾山一個貧窮村莊捐贈首座水井的全場實況，透過衛星網絡，向全菲以至全球菲人社區進行播報，此一來自華人心扉的愛心獻禮，立刻引起了全國朝野矚目。

「忽如一夜春風來」，從大岷區到南線甲美地市，從北部的

邦邦牙省到中部的美骨地區，千島國大地上，一座座刻印有工商總會徽及會名的「愛心水井」如願問世。讓甘甜的井水，流進了千家萬戶；讓菲華社會對菲律濱大社會的串串愛心關懷，湧入了基層百姓的心窩裏。

　　把時間推回到二〇〇七年的某一天，時任工商總理事長的李滄洲，親臨武拉干省仙扶西市移交，工商總在此捐建的三口水井。此座城市經建條件稍差，有一所公立學校，由於自來水供應不穩定，校內幾千名師生長期忍受著缺水的痛苦。於是，在由「描籠涯」社區區長陪同下，向公立學校移交「愛心水井」的儀式上，成群結隊的學生團團圍住李理事長，向他表達由衷的謝意，發自內心燦爛的笑容，在他們的臉上一一綻放……。

　　這感人肺腑的一幕，當然不僅僅出現在仙扶西市。每當在某一社區，成功地幫助了一小部分貧苦百姓後，我們內心開始暗自嘀咕著：還有多少間設備破舊不堪的學校，有多少衣衫不整的師生，多少為日日無水而煩惱掙扎的清寒家庭，在苦苦地引頸期待著像這樣一天的到來。

　　如何才能有效地延伸擴展愛心的觸角，讓更多的窮愁人家直接受惠？工商總的同仁們未曾停止思索。在各地興建「愛心水井」的過程中，我們嘗試著與不同的專案承包商進行合作，目的就是為了要「貨比三家」，這樣做的好處顯而易見：負責專案監督的同仁發現，一些承建商若能採用新進的技術，在保證品質的基礎上撙節用料，降低成本，一個原本需要斥資三萬元菲幣的水井，在這些具高技能的承建商手中，有的地理位置，只需要兩萬元，就可以落實建造。

　　既然要投身奉獻福利事業，就要無條件地加把勁兒全心投入，「愛心水井」方案的品質，就絕不得有絲毫瑕疵。也唯有如此，節省的經費，才能夠真正做到，為更多人服務，否則就要蒙受良心的譴責。為了保證水井方案的優等品質，也為讓兩萬元修築的水井，與三萬元打造的水井一樣持久耐用、水質一樣潔淨可靠，就要在施工規劃上採用科學方法，層層把關監督，決不能任由包工及施工者出現偷工減料之情事，盡心追求「零缺陷」的品質。承辦人承受的額外壓力與責任，不言而喻。

　　為要延續推廣此一造福人群的義舉，讓它成為「活力工商」的一項「旗艦」方案之一。工商總的同仁們為「愛心水井」方案，制定了更加嚴格的責任制度，每一位負責監督水井建設的各地區同仁，無論在會中的職務高低，都必須自始至終付出更多的時間和精力，更加謹慎地追蹤並掌握水井工程的各項進度，實現優質的服務文化。

　　每當全國各地同仁們接獲理事會的任務「指示」後，他們為不辜負其他同仁自方案開展以來所投入的一片心血，也為對當地的社區有一個稱心完美的獻禮，無不使出渾身解數，全心投入，全力以赴。

　　在這個善行結緣的旅程中，我們更貼近群眾，更瞭解群眾，用心打造著足以讓群眾心動不已的「愛心水井」，這種由奉獻所帶來的獨有感受，深深烙印在我們每一個人的心靈深處。每當一群群衣衫襤褸，瘦骨嶙峋的男女老少，在完成試水的瞬間，不約而同地流露出滿懷感恩的笑容時，同仁們先前所付出的一切代價，也都化為一股股刻骨銘心的喜悅。

　　凡此種種，只有身歷其境者，方感受得到其中所形成的甜美滋味。最為可貴的，莫過於所有的同仁們，不因地理位置，技術盲點等主客觀難題而氣餒退避，無不如期交出一份份振奮人心的響亮「業績」，在此謹向這一批批幕後英雄們，獻上最虔誠的敬意！

　　正所謂不鳴則已，一鳴驚人。在同仁們的攜手同心，努力打拼下，「愛心水井」方案在全國各地以高質量、高速度順利推行，取得輝煌亮麗的成就。來自朝野、媒體、民間團體等四面八方的好評，如潮水一般湧來。菲律濱總統亞羅育閣下，在由商總主持的菲華各界團體聯合慶祝第五屆菲中友誼日的大型餐會中，特別頒贈感謝狀，以表揚工商總的的創意善行。

　　清冽的甘泉流進千家萬戶，映出了一張張歡樂無比的笑顏，可這背後凝結著多少人的無私奉獻？負責督建水井工作的同仁們為數眾多，他們的芳名不便在此一一列出，正是這一群默默無聞，腳踏實地，只問耕耘，不計收穫的伙伴們，所奉獻的五顆心，即愛心、真心、用心、耐心、決心，才讓我們的「愛心水井」，真正成為名副其實的愛心水井。

　　工商總的立會宗旨為：「融合於菲律濱主流社會，增進國家經濟建設，竭盡國民應有的本份……」。工商總同仁們在「愛心水井」方案的開展及推廣的漫漫長路中，正是務實地循著此一願景，一步一腳印向前走，加上內心無時無刻惦記著，「取之於社會，用之於社會」的回饋理念，作為博愛的精神指標，大步跨出堅定的每一步伐，留下串串永難磨滅的足跡。

　　如果把社會服務的文化比喻成一頂璀璨的花冠，「愛心水井」方案無庸置疑，是花冠上的一顆明珠。

　　　　　　完稿於二〇〇八年十一月五日廈門高崎機場

開創新篇屢建佳績
——亞羅育總統歷史性訪問華人區

　　一個時代的歷史，是由一群英雄與無數幕後英雄，以血、淚、汗同心協力譜寫的。

　　不管是國家命運的顛簸起伏，抑或是社會結構的解體與重建，抑或是經濟的停滯與蓬勃，抑或是人間的悲歡離合，只要有他們不屈不撓地拼搏，堅毅不拔地奮鬥，毫無保留地奉獻，以及無怨無悔地犧牲，一幀幀流傳萬世、永垂不朽的歷史鏡頭，是不難抓取拍攝的。

　　華社的任何一個社團，其領導人若欲投身華社的服務行列，只要擁有下列特質：誠心誠意、刻苦耐勞、慷慨解囊、犧牲奉獻等，再加上凡事以華社整體的福祉及發展優先考量，腳踏實地，一步一個腳印的苦心經營，一樁樁開拓創新、規模空前、精彩絕倫的重大活動，亦是不難完成實現的。

　　就是這麼一個服務理念的強烈驅使，讓菲華工商總會理事長吳輝漢不因時空的流轉變化而有所動搖。相反，他的腳步在這段日子裏不曾停歇，時時刻刻，心心念念，無不為華社的繁榮及安定，或四處請命，或打通人脈，絞盡腦汁，殫精竭力……

　　工商總理事長吳輝漢於四月二十三日成功地促成菲律賓共和國第十四任總統娥惹・馬加巴雅・亞羅育到華人區進行歷史性的

視察活動，便是一個意義重大的具體事蹟。

吳輝漢不僅成功地為全體華人譜寫了一部亮麗耀眼的歷史，亦為自己在菲華社會近代史上，留下光輝燦爛的一頁。

亞羅育總統首訪華人區的行程，原來早在聖周前的四月十一日，總統府幕僚單位即已完成規劃。遠在日本大阪的吳輝漢（率領菲華龐大代表團出席第十三屆亞洲華人聯誼會）接獲訊息後，即縮短在日本的行程，提前於四月十日風塵僕僕趕返菲律賓，以便開始著手籌備迎接總統的各項工作。

吳輝漢自二〇〇〇年元月執掌工商總以來，所創造的空前業績，且全壘打式的「破紀錄」創舉，至少有三樁：

菲律賓總統亞羅育應吳輝漢邀請，首肯「破天荒」光臨華人區，作一次歷史性的正式視察，打破菲律賓共和國歷任總統的紀錄。此為其一。

亞羅育總統首訪華人區，菲華工商總會舉行盛大公宴，邀請華社各階層團體，包括工商業、新聞媒體、宗親會、同鄉會、華文學校、體育、台商、婦女、文藝、義務消防、文化、青年等團體正副首長五百餘人，與總統在華人區餐敘，並聆聽總統充滿感性的談話。此一歷史性的鏡頭，為菲律賓共和國歷任總統第一個直接與華社首長接觸溝通，採用的良性互動模式。此為其二。

在工商總主持的歡迎亞羅育總統首訪華人區的公宴大會上，菲華商聯總會理事長蔡清潔及中華總商會名譽理事長李逢梧等應邀出席觀禮，並受特別禮遇安排就座於主席臺，與工商總理事長吳輝漢並肩而坐。菲華三大工商團體領導人同時出現在同一場合的歷史性畫面，亦為菲華社會有史以來的首例。此為其三。

　　至於工商總其他重大方案，有些雖然「高攀」不上「打破紀錄」的層次，然而，由於其層面之廣泛，意義之深遠，無疑亦可「晉升」列為「前瞻性、創舉性」的位階，此等位階的重大方案不勝枚舉，謹就筆者記憶所及，略舉一二如下：

一、主催「簡化土生土長外僑入籍案」。此案已獲得眾院三讀通過。參議院的審查作業尚待完成，呈報總統簽署後即可正式生效。由於適逢參議院休會期間，俟新屆參議院開議後方能繼續運作。若無意外，此一法案如願以償地獲得通過，即可正式成為共和國法律。此一具有空前性、創意性、前瞻性及全面性的重大法案勢必震撼人心，再度打破華社歷年來，為華人催生立法工作的紀錄。

二、安排國家警察首長國警總監敏多沙將軍蒞訪華人區，在華人區餐廳舉行一場「警民對話」座談會，直接與華社各界團體首長和代表，進行一場誠摯的對話。敏多沙將軍當場宣佈在全國各主要警局設立「商人專櫃」，專責受理華商的投訴事件，並委任留典輝大律師為華人區的聯絡官，負責協調聯繫華人與警局之間的各項業務。毋庸置疑，此舉為長期籠罩在綁架風陰影之下的華人族群，吃了一顆安心丸。

三、回應菲律賓紅十字總會，展開兩次「捐血一袋，救人一命」捐血運動，將華人族群的愛心，以實際行動傳送到南方戰區，為保疆衛土而受傷沙場的國軍將士打氣加油。

四、農曆春節在華人區王彬街頭舉辦盛大「飛龍騰空迎新
　　年」歌舞晚會，吸引華人、菲人觀眾近五千人圍觀欣
　　賞，其人氣之旺盛，節目之精彩，可謂無「會」可出
　　其右。

五、工商總組團訪問中國，成功地促成中國農業部長陳耀邦
　　及菲律賓農業部長洪雅拉互訪，為中菲兩國的農業合作
　　與援助協定催生。

六、協調臺北市政府捐贈四輛配備現代化雲梯多功能的消防
　　車，轉送予馬尼拉市政府，以充實馬尼拉市政府的消防
　　設備。

　筆者以歷史見證人的視野，細述工商總諸領導人在華社奮鬥
的經歷與成就。

　謹此期待：

　工商總諸領導人再接再厲，更上一層樓，永遠走在創意的
前列；

　全體華人以華人的智慧與勤勞，在二十一世紀開拓一個快
樂、祥和、繁榮、興旺的天地！

尋覓農業出路的生態之旅

菲律賓政府為加入世界貿易組織（WTO）而響應承諾的「經濟全球化」所衍生的自由貿易、關稅減免等領域開放優惠條例的貫徹實施，已是不可避免的基本趨勢。然而，此一政策的全面執行，再加上區域經濟強大的競爭壓力，愈發衝擊削弱原已萎靡不振、持續低迷的農業發展動力。本國龐大的農業系統必將面臨轉型農業空前的挑戰與嚴酷的考驗。

菲律賓當今最大的企業集團仙未訖集團董事長許寰戈伉儷為繼續追求農業發展升級的美好願景，不僅全心投入向下紮根、向前發展等多元配套建設，更不惜動用大量人力、財力、物力及腦力，將可充分運用的資源投向連續性強、邊際效益大、生產力價值高的重點投資，以期為即將瀕臨崩盤、奄奄一息的傳統產業，揭開因力挽狂瀾，振衰起蔽而開拓「再創生機」骨幹工程的序幕。

許寰戈伉儷為力促更多華商參與農業升級的打拼行列，特委請留典輝大律師邀約工商總成員組團參觀其妙手打造的大型農場，以實地參訪觀摩的具體行動，為農業升級的宏觀抱負，展示其為發揮社會示範效果的堅定意志而再向前跨出一大步。

工商總理事長胡炳南於接獲訊息後，立即指派執行副理事長留典輝大律師著手組團事宜，並發動所屬職會員踴躍參加。

以留典輝大律師伉儷，副理事長蔡漢業伉儷，副理事長許自

欽伉儷，副理事長黃卿賀為首的菲華工商總會農業考察團，一行三十七人，於二月二十一日啟程，展開為期三天兩夜的大自然生態之旅。

來到素有「微笑之都」美譽的描戈律市，離市區七十多公里處的郊區，便是盛名遠播的巴爾比娜農場（HACIENDA BALBINA）的所在地。當千里迢迢，翩翩而至的成群遊人興高采烈，真真切切的踏上這片農場土地時，亦是大家努力親近感覺一個與大自然融為一體的農莊生命的開始。

只見許多人除瞪大眼睛，不由自主地「哇」、「哇」讚歎幾聲外，個個腦海中莫不迅速掃描激蕩一下，拼命探索呈現眼前占地八千公頃，一望無垠的綠色大草原是如何自發性為地方農民用心尋覓農業出路的神秘風采。

本國的農業改造有沒有明天，走訪一趟巴爾比娜農場，從誘人垂涎的亞熱帶水果、香氣濃郁的花卉園區、牛羊騷動狂奔跑的畜牧場、可供欣賞多樣式蘭花伸展的形態之美的蘭花養植場、高科技水利自動灌溉系統，以至百餘種價廉物美的農產品加工品等串聯構築的歡樂農家景觀，為菲律賓農業轉型期脫胎換骨的無窮潛力及持續成長拾回亮麗燦爛的企機。

與工商總一同受邀組團赴描市的團體尚有菲律賓許氏宗親總會。該會由理事長許文德，名譽理事長許自欽（亦為工商總副理事長），執行副理事長許自燦，副理事長許瑞德領軍，一行六十人全程參與，除引頸企盼以近距離目睹許寰戈的獨特魅力外，同時亦為擁有一位世界級的傑出企業家，政治家的旅長深感與有榮焉而歡呼自豪。

農場主人許寰戈伉儷於三輛遊覽車相繼抵達宴會會場即滿臉笑容迎接遠道而來的朋友及族親。蜂擁而至的客人對盛情迎迓的主人則紛紛以合照留念回敬。各式各樣的攝影機頭上的鎂光燈頓時伴隨熙來攘往的移動人潮及開懷笑聲中不停閃爍跳躍，儼然形成一幀追星族追逐族擁偶像名星的有趣畫面。

許寰戈伉儷決定放下身段，無拘無束地應允滿足賓客近百人次輪流上陣爭奪一幅可能重塑歷史空間，彌足珍貴的鏡頭。此一踏實親民的貼心作風一時傳為佳話。

宴會進行時，留典輝大律師，許自欽副座，何作利先生及筆者均先後應邀致詞。主軸內容圍繞在肯定、讚揚主人──許寰戈先生帶領菲律賓首屈一指的仙未訖集團所取得的傲人成就。

自許氏複出入主仙未訖集團以來，在其苦心經營、運籌帷幄的強勢領導下，仙未訖集團推行了史無前例的體制改革，克服了重重的風暴與危機，維持相當可觀的成長率。

近兩年來在全球景氣低迷的情勢下，影響所及，仙未訖集團尚能一枝獨秀。從外資引進，企業收購，企業改造，以至海外投資的大幅擴張等一系列可創歷史高峰的重大投資方案相繼登場，均出自經營之神──許寰戈先生的經濟奇才所蘊育出的智慧結晶。就以去年的業績而言，仙未訖集團締造了稅後淨值菲幣六十六億元鉅額的輝煌紀錄，成為菲律賓經濟發展的火車頭。

當飽覽大好風光，亦飽嘗美味佳肴，更飽聞評價對天下事對國家事發自內心激昂慷慨的真情表白後，便是此趟大自然生態之旅，即將圓滿謝幕的「打烊」時刻。大夥兒鬧烘烘告別主人並互相道珍重後便魚貫登上遊覽車。

　　回程的路上，不知打從什麼時候開始，站在車上前幾排導遊
解說的茵例裏先生，意猶未盡，像蜻蜓點水般地「掠過」一段又
一段想必是巴爾比娜農場一路走來、繁華興衰、可歌可泣的奮鬥
回顧史。一些美好的滋味和餘韻，在其投入專注的眼神中教人動
容。於是屬於這片農場的輪廓，逐漸在眾人腦海成型。

　　巴爾比娜農場四野的美景委實令人屏氣凝神。一排排綠意盎
然的果樹，一塊塊燦爛金黃的麥田，以及一些似是尚未播種的肥
沃的土地，其中點綴著村落、農莊，宛如拼湊的地毯，錦綢織就
的大地，時而被若隱若現的雲霧擁抱，氣勢雄渾。詩情畫意，自
然盡在其中，令人心胸為之開闊，連日來因奔波旅途而產生的疲
憊倦容隨之消散無遺，來訪的遊人依舊徜徉在綿綿不絕的大地，
品嘗着大自然的真滋味！

插上企業的翅膀
——文總青年節【青年與企業論壇】演講詞

　　三月廿九日，在中國的歷史長河中，是一群群熱血青年，為崇高理想及遠大抱負，自動自發以血肉身軀當賭注，向鄙視人民、草菅人命的無能政權，發出震天動地的「起義」挑戰。此一為爭取民主自由、形成一段可歌可泣的悲壯戰役史，七十二位青年不惜拋頭顱、灑熱血，慷慨就義，為國捐軀。

　　正是由於此一暮鼓晨鍾的響徹雲霄，神州大地的「滿清」招牌，逐漸藉多米諾骨牌效應似的，被一股由國父孫中山先生領軍的國民革命軍，摧毀的消失無蹤。亞洲第一個民主共和國——中華民國於焉誕生。

　　此一群熱血青年的義舉，被國民政府明令褒揚，並以「黃花崗七十二烈士」名義在廣州東郊紅花崗立碑，並把紅花崗改名為黃花崗，永垂紀念。

追隨黃花崗精神

　　現代菲華青年慶祝三二九青年節，首項思想任務即要追隨並效法，黃花崗七十二烈士的高尚情愫，而要「複製」承襲諸烈士的英勇事蹟，最簡單、務實、又可行的作法，莫過於加入社團的

志工服務行列。

所謂「志工」，顧名思義，即志願工作之意也。志工透過各種服務人群的渠道，表現出愛的奉獻。志工的範圍非常廣泛，尤其在經濟陷入困境的菲律濱弱勢族群中，更需要眾多志工的投入。只要我們細心觀察周遭的一切人與事，那一領域出現缺口，或亟需關懷，就是我們伸出愛心援手的視窗。「有愛最美」，是人人自我向上提昇的驅動力。

把中華文化優秀的人文氣質，融入我們的日常作息，也是菲華青年應具備的重要能量。企業的繽紛世界，何嘗不也需要中華文化的養份滋潤？綜觀古今中外的諸成功企業家，那一位不深受中華文化精髓的直接或間接的影響，加以薰陶？

中國至聖先師——孔子學說的「大同篇」，其中「取之於社會，用之於社會」，「施比受更有福……」，大同博愛的精神……等等，皆為現代企業家不可不認同的企業社會責任（Corporate Social Responsibility）。

滿懷希望創新路

正當人人飽嘗全球經濟海嘯衝擊所帶來的苦哈日子，許多青年人為迎面而來的「畢業即失業」浪潮，紛紛抱怨時代對他們極為不公平的待遇。奉勸各位，我們沒有負面思考的權利，與其整天抱怨訴苦，不如起而行，為自己創造機會，以青年人豐富的創新思維，全心投入，嘗試向企業的奧妙世界敲門。聞名全球的蘋果電腦（Apple），雅虎搜索引擎（Yahoo）等的成功故事，不都

緣自於一群滿懷希望的青年人的創新點子？

　　所謂：「萬事起頭難」，請不要害怕短暫的挫敗，殊不知只有在失敗的不斷磨練中，我們的心志才得以茁壯成長，也才能按步就班爬上成功之路。國父孫中山先生帶領的革命事業，歷經九次的慘烈失敗，犧牲無數寶貴性命，才得以成功地推翻滿清政府，創建中華民國，確實是一個在失敗中崛起的典型例子。

　　中國文字「危機」，即是由「危」字及「機」字的巧妙組合，如果懂得在「危」與「機」之間兩極化的境界，取得平衡點，同時轉危為安，危機就可以便成難以想像的無窮「商機」。

　　在許多成功企業家的眼裏，危機可帶來更多的商機，只要我們不斷自我充實，自我鞭策，自我提升，隨時儲勢待發，瞬息間的良機一到，我們便可展翅起飛，飛向寬廣無垠的天空。

　　菲律濱首屈一指的企業大班陳永栽，要不是在菲律濱航空公司頻臨破產的最緊要關頭，堅持守護，展現出無人可企及、百屈不撓的高度毅力，菲航那有今天起死回生，並轉虧為盈的亮麗業績？

　　菲律濱另一萬眾矚目的企業大班施至成，在一九八三年因自由鬥士、反對派領袖亞奎諾返國時被暗殺，所形成的政治黑暗期，仍力排眾議，毅然決然投資巨款，在奎順市市郊一大片荒廢土地，大興土木，建造當時最大的購物商場。

　　施至成當初要是經不起各方輿論譁然的考驗，要不是有超人的慧眼，及非比尋常的勇氣，今天的施至成，恐怕不是今天令全球推崇的施至成。

　　當初一念之間的動向，取決施至成企業王國永續經營的命

脈。就是因為這座黃金商場的成功運行，帶動SM百貨公司日後
大幅擴展其零售業版圖，以至於幾近壟斷零售業，而成為菲國當
今所向無敵的零售業巨人。

　　正由於SM商場成功的徹底改造，菲律濱各階層人民的生活
方式得以升級轉型、甚至昇華。不論消費，休閒，交際，時尚
等，皆具革命性的蛻變。如今分佈於全國各地約卅五座大型SM
購物廣場，儼然成為菲國經濟興衰的重要指標。

　　也正是因SM的成功現象，讓施至成的企業觸角，無
限延伸至銀行業（Bancode Oro），房地產（SM Land, SM
Residences），旅遊業（Tagaytay Highlands, Hamillo Coast）等。
相信當年年少的施至成，從故鄉中國晉江隻身來菲，面對滄海桑
田的現實拚博中，夜間築夢時，也沒敢奢想如此雄偉無比的夢
想，如今已然夢想成真，且大大超越那初夢的境界。

美好前景靠夢想

　　當我受邀向一批參加全國學生企業研習營（Entrepinoy
Student Camp）約二千餘名大學生演講時，主持人隨後提出的一
個問題：假若今天是你人生的最後一天，你將向我們的後裔交
待什麼話？這一突如其來的考驗，確實令我震懾一下。回神過
後，我不假思索地回以：「勇於築夢，勤於逐夢，敢於圓夢」。
（「dare TO DREAM and have the courage TO PURSUE, and the
guts TO FULFILL that dream）。

　　做夢是免費的，也不會因此負債，更不需為此負任何責

任。在座的各位朋友，誰沒有想過要刻意做夢。那怕是白日夢，也無妨！

只要是夢，一定是最美的，也充滿幸福的。

可是光做夢，而不去追逐夢（付諸行動），讓夢想成真，未免太可惜了。到了即將實現夢想的時刻，若遇到挫折（Frustration），或瓶頸（Bottle Neck），千萬不可退縮，不可失志，一定要抱著破斧沉舟的精神，「不到成功絕不停止」，或「只許成功、不許失敗」等果敢毅力，堅持到底，加上綜合搭配勤奮、節儉、機警等儒家教條的勵志元素，即將收成的成功果實，才真正甜美！

在我兼任由菲律濱工商部，及工商總聯合經營的中小企業服務中心主任一職，職責所在，還是三句不離本行的一句老話：「請大家以投入商業行列，為人生規劃的首要選項」。

適值競爭激烈的商海中，各位可能要提問，現階段該從事那一行業較有「錢」景？平心而論，有潛力，有市場的行業比比皆是，只是如何挑選，才不會陷入「入錯行」的泥淖，誠然是一門嚴肅的課題，需要斟酌評估，從長計議。

「藍海策略」新理念

廿一世紀的國際行銷學界（Marketing），曾大力鼓吹「藍海策略」（Blue Ocean Strategy）。企望藉由此一新興理念，引領全球企業邁向另一嶄新的境界。

何謂「藍海策略」？為什麼引用藍色海、而非黃色海？有

激烈的商業競爭，便會出現競相削價的「割喉競爭」（「Cut Throat Competition」）現象，一旦「割喉」當道，焉有不流血見血的淒慘景象？市場一片撕殺流血後，是否要匯成一片汪洋紅海？

「藍海策略」即是宣導企業，不要再淪落為無謂的流血競爭。「藍海策略」的原理非常簡單，就是全面擺脫「競爭」，讓此一具有毀滅性的「競爭」怪獸，因無用武之地而消聲匿跡（「simply make COMPETITION IRRELEVANT」）。

要避開「競爭」，就要善用具商業道德標準的智慧型策略，消除競爭對手，如何擋住競爭對手，讓他知難而退，無所適從？（此句中引用的《消除》及《擋住》，當然不包含用惡烈或不道德手段，扼殺或破害競爭對手的生存空間）讓我們的事業一帆風順，且步步高升，便是探討思索的精義所在。

「藍海策略」就是要我們突破傳統的老舊思維，大步走出原有的刻板框框（Think Out of the Box），才能呼吸到更新鮮的企業氧氣。

有了新鮮的氧氣，腦袋便可以激盪出更多與眾不同的創新思維，開創一項前所未有的市場，進而拚發出一件無可匹敵的全新產品（或服務行業）。

我參加工商總會的志工服務行列，始終抱持如此的策略行事，所策劃展開的多項藍海方案，諸如：「向毒品說不！」華校巡迴講座及海報製作比賽、「愛心水井」鄉村供水方案、菲中學生聯手繪製的「街道壁畫比賽」、中小企業免費講習會暨生計培訓班、創設工商總中小企業中心、「華人文化探索」推廣華人文

化方案、「點亮未來」資助菲律濱優秀大學生獎學金等等。愈是有人舉辦過的活動，我愈是不想步其後塵，加以複製推行，這就是將當今走紅的行銷策略——「藍海策略」，帶進社團活動的成功典例，唯有如此才能建構優質的服務文化，同時營造出和諧良性的競爭環境。

提及「藍海策略」，不難令人想起菲律濱的幾件成功行銷案例。眾所皆知，瓶裝飲水的盛行，大大的改變市場飲料品的競爭生態，因而進入戰國時代，所引發的激烈競爭，不言可喻。一瓶礦泉水的淨利已一路大幅降至幾毛錢的窘境，若不尋求突破，逆境求生，此一行業終將殞世，是遲早的事。

吳奕輝集團參考日本企業對抗不景氣的先例，將飲水轉換成茶水的作法，改造瓶裝水的銷路瓶頸。值得玩味的是，「C2」品牌的瓶裝茶水，為加強適應向來稀少喝茶的菲律濱人市場，將綠茶再添加各種水果調味料，諸如蘋果、檸檬、桃子等，所形成一股新鮮可口的味道，在推出初期即被搶購一空，蔚為奇觀。「藍海策略」的威力果然不可小覷。

「C2」的行銷策略，當然不僅僅採用令人驚訝的創意組合，在各大多元媒體大力推廣茶文化的健身廣告，也一一湊效。影響所及，連幾個著名碳酸性的可樂飲料品牌，也蒙受「C2」另類現象的衝擊，而呈現銷售業績大波下滑的空前頹勢。

可是當人類的環保意識逐漸成熟時，瓶裝飲料採用的塑膠材料PET，因其石化副產品的屬性，不僅有禍害環境之虞，人體健康是否也連帶受牽累，有待醫學界進一步考查。業界宜應洞察先機，未雨綢繆，及早研發另一替代包裝的材質，以維繫飲料市場

的永續命脈。

我並沒有收受吳奕輝集團的任何利益，只是當論及「藍海策略」的行銷手段，他們集團屬下的「太陽電訊」（Sun Celular），不禁又令人樂於提出探討。「太陽」電訊欲在已呈飽和狀態的電訊市場，如何與兩大幾乎壟斷市場的「聰敏」（Smart）及「地球」（Globe）等勁敵較量，猶似站在兩大巨人肩膀上，搶食電訊市場大餅，也是一項挑戰人類智慧極限的行銷大案。

「太陽」電訊大膽推出「無限次使用」策略（Unlimited Text/ Call），不出所料，即被人均所得逐年縮水的廣大中、低階市場青睞，短期內直線竄升的業績，閃亮得令業界巨人咬牙切齒地措手不及。

吳奕輝集團另一令人津津樂道的創新手法，乃是宿務太平洋航空（Cebu Pacific）一元機票的促銷策略，也是讓業界防不勝防的成功實例。

傳統市場上只有販售女性專用的各種護膚產品，廠商為開拓市場，研發一系列屬於男性的美容暨護膚產品，經由多元媒體的造勢宣導，此一新興市場已在眾多競相爭寵的商品中，脫穎而出，且已穩紮愛美男性族群。此為「藍海策略」中，開創市場另一個典型的成功例子。據日本電視報導，已有服裝廠商採取前衛性的產品開發，他們將推出男性胸罩。此一目前視為不可思議的產品，透過廣告商的大力鼓吹，假以時日亦將成為男性的生活必備品。

我去年在東京目睹一項革命性的健康檢查販賣機。生活步伐

陷入高度快速，且繃緊神經的日本人，對於例行性的驗血檢查苦無時間進行，催生健康檢查販賣機後，將完美地解決此一困擾，勢必受到市場的歡迎，而擴大其經營範疇。

提及行銷，在網際網路瘋狂發酵的年代，年青族群大可利用免費的網路資源搞行銷，以節省大筆開銷又不減行銷效益。幾個頗負盛名的網站為：YM，Multiply，FaceBook，Twitter等。企業規模無論大小，皆因目標鎖定年青網路族群，而紛紛以部落格，留言，論壇等圖文攻勢推銷產品，是e時代不可或缺的行銷利器。

終身學習的真諦

用現代語言解說「活到老、學到老」的真諦，就是「終身學習」（Life time Continuous Learning）。

孔子的苦心教誨，經得起跨世紀人類演化各時期的嚴峻考驗，在廿一世紀資訊爆炸的年代，同樣將「活到老、學到老」的教條，放諸四海皆通，是企業升級的不二法門。

愈是攀登高峰的企業家，愈是需要奉行「學無止境」的信念。在一日千里，日新月異的電子歲月中，不斷汲取新知識，新資訊，充滿雄心壯志的大有為企業家，才得以趕上時代的腳步，也才得以精準掌握時代的脈絡。

「不恥下問」：孔子以「至聖」之尊，尚能放下身段請教老子，就是虛懷若谷，謙謙君子的待人處世典範。

企業老板若因居高不下，自覺高尚，對於企業相關業務，

妄自尊大，不肯虛心討教於專業經理或員工，肯定將錯失學習良機，同時對於決策品質，一定產生負面效應。

「三人行必有我師」：孔子認為，與我們每日為伍生活的所有周遭人群，都是我們日常大小事務的良師益友，我們要懂得如何充分運用，以增強我們的智慧，進而提昇我們的生活品質。

以我個人為例，由於長期依賴司機開車，以致毫無方向感。每次出門上路，司機便是我的路上老師，除開車伺候，也指引方向，讓我順利應付並完成各項工作時程。

又如敝公司無論碰到何種與電子、電力有關的疑難雜症，與我長相左右，一位僅有小學學歷的電工，隨時提供相關的諮詢及解決之道。

羅比白兔的誕生

一九八七年，我與好友莊侃莊應邀出席由僑委會及青年創業協會主辦的「台灣企業成功經驗研討會」。研討會的主要意旨，即宣揚並分享台灣企業的成功經驗，大會除安排一系列免費講習會，並舉行兩場心得交流座談會，邀請幾位成功企業家，面對面與出席學員談心。

我何其有幸，得以近距離領略宏碁（Acer）電腦創辦人施振榮的風采，面授機宜的同時，也感受到他為人謙恭的行止，及腦筋永無停止轉動的特性。他將宏碁（Acer）電腦的成功故事簡要的講述一番，並強調自創品牌的重要性，尤其即將面臨的貿易全

球化（Globalization）的熱身戰，倘若製造業還是停留在為他人品牌代工生產的階段，而不思改造，企業的生命將枯燥無味，何來生機可言，更遑論永續發展。

就是為了這句關鍵詞——「自創品牌」，返菲後我鼓足勇氣，與擅長繪畫設計的內人，研商如何創造屬於自己的品牌。經過我倆無數次的腦力激盪，最後併發出一隻可愛的小白兔卡通造型——「羅比白兔」（Robby Rabbit）。

成功企業家的熱心回饋精神，藉由分享經驗，面授機宜，提拔後進等，功德無量也，值得世人推崇讚揚。

感謝中華民國僑務委員會服務海外華人的優質政策，可惜不知何故，此一深獲佳評的企業教育方案，辦完一、二屆後即打烊停辦多年，希望藉此機會向李傳通代表報告，建請李代表向僑委會反映建言，儘快恢復辦理，以嘉惠更多華人華裔。

化危機為大轉機

孔子大同篇的「扭轉乾坤」，亦蘊含有此一相同理念。今年為農曆己丑年，但願我們能藉由壯牛勤牛，來扭轉乾坤，將目前全球紛紛擾擾的金融危機，大力轉化為明年虎虎生威的商機！

在未投入自創品牌行列前，我與內人即開始經營，具有卡通造型品牌的文具品。當時盛行的制度為，凡是進口或代理世界著名卡通造型品牌的文具等貨品，皆需繳納數目不小的美元權利金，同時需嚴守品牌主有公司設定的各項「不平等」條款。在替他人品牌努力開發市場後，倘若一不小心犯規，或未

遵守合約行事，便有合約被片面終止的厄運，所蒙受的經濟及精神損失，難以估計。

感謝上蒼賜予我們諸多限制，激發我們在緊要關頭，選擇走自己的路。就這樣適時搭上「自創品牌」的逐夢列車，經過廿年的市場洗禮及驗證，「羅比白兔」（Robby Rabbit）如今已然成為SM百貨公司兒童服飾部門的一大支柱品牌，其銷售業績不亞於諸國際知名品牌。

另外一項在逆境中求生機，化危機為轉機的成功案例，為「快樂」牙膏（Hapee Toothpaste）。原為美國著名品牌牙膏代工生產的施東方，因一項無預警的改換罐裝材質策略的突發狀況，逼使施東方走上自創品牌之路。爾今「快樂」牙膏的銷售量，也可媲美另兩大老品牌。

我的好友王家鵬、吳治平、莊漢香等最近引薦中國開發的「力帆」品牌汽車，進軍菲國市場，我認為這也是一項突破性的創舉。

中國汽車業新進品牌——「力帆」品牌引進菲國的案例，也是我樂於再三推崇的議題。菲律濱的汽車市場，向來被日本豐田，三菱、本田等三大品牌強勢瓜分，連韓國製的另兩大品牌，歷經十餘載的孤軍奮戰，紮根推銷，其市佔有率也難有明顯提昇，遑論新進的中國造汽車品牌。

綜觀「力帆」幕後的諸推手，其勇於突破市場生態，勇於承擔難卜的風險，逆勢操作及勇於在危機四伏的險惡環境中，採取樹立旗幟，耕耘品牌，塑造企業形象等行銷策略。凡此種種，都是現今成功企業家，血液中不可或缺的重要基因，力帆確實值得

大家看齊仿效。

今天大陣仗前來青年節慶祝大會採訪的「菲中台」（am@-IBC），也是研究企業經營學的重要參考案例。先前已有好幾個華文電視節目的相繼「榮退」，就是受到大環境的不利條件所影響。好友姚麗英等不畏困難，勇於挑戰，在競爭激烈的主流媒體中，獨挑宣揚中華文化的使命，兼具報導華人社會的動態，精神可嘉，值得我們支持鼓勵。

兩個公司幕後的兩組成功推手，顯而易見，各自擁有一個願景（one vision），一個夢想（one dream），及一個亮麗的未來（promising future）。

我當然相信他們在規劃此一企業方案時，一定曾經仔細研討過整體方案的利幣得失，對SWOT標榜的重要元素——優勢（Strength），弱勢（Weakness），機遇（Opportunity）及危機（Threat）等也作過全盤的評估及推演。此讓我想起趁機鼓吹，我一再推廣的企業企劃案（Business Plan Writing）的撰寫。企業企劃案等同建築大樓時必備的工程藍圖（Blueprint），其中對企業的營運，行銷，財務等都會有周詳的構思及規範。

SWOT（優勢，弱勢，機遇及危機）的涵意其實也是孫子兵法中，知己知彼，百戰百勝的戰略之一。菲華大班陳永栽，據說精通孫子兵法，是成功企業善用孫子兵法的高手。

我們也要藉這個機會感謝陳大班，他連續多年贊助由青年服務團主持，青年赴台觀摩團及學生華文研習團的全額飛機票。陳大班以實際行動，慷慨解囊，其大力支持中華文化的善行義舉，令人欽佩。

　　我也要藉此感謝我的另一半及四個孩子，近年來，我在業餘時努力推動服務華社的諸多方案，一路走來都有他們的影子相隨。今天他們也在場給我鼓勵，增強我演說的能量。

保留文化的特質

　　在結束今天演講前，我想再提醒諸位：我們中華兒女何其有幸，身上永遠淌流著一股舉世無雙——龍的血液。你我都是龍的傳人，我們身上平時所綻放的獨一無二、超閃亮的氣質，其實就是中華文化的優美氣質。我們必須加強保存此一特質，努力傳承此一氣質，好讓我們的世世代代子孫，以擁有此特質為榮。

　　而作為一個，具有中華民族優良文化特質的菲律濱好公民，必須無條件地投身建國行列。因為：我們生於斯，長於斯，老於斯；故建設於斯，繁榮於斯。

　　我們要心連心，手牽手，共同為加速繁榮此一美麗的國家，而努力不懈。有了民生富強的菲律濱，我們終將也會受惠於此。

　　倘若要達成此一宏偉的使命，我們也必須敞開胸膛，全身融入主流社會，隨時為主流社會扛起任何重任。但是，任何時候，無論發生任何事，我們絕不可以輕言放棄，保留中華文化的傳統氣質。

　　將中華文化的優良特質，巧妙運用於企業，或任何就業，生活等領域，就是「藍海策略」的最佳實踐方式。我們華人華裔的腦袋何其獨特，得天獨厚擁有中華文化的精髓基因，且根深蒂箇，只要我們永遠不要放棄華文，時刻擁抱華文，這個世界永遠

是屬於我們的！

　　切記：「施比受更有福」，但願大家起而行，共同為振興
菲律濱的經濟而共同奮鬥。我絕對相信，只要大家真真正正手牽
手，心連心，我們是可以達成這一共同的心願！誠如正在改變美
國的總統奧巴馬的名言：Yes, We Can！

二○○九年六月廿日寓所

語言文學類　PG0794　菲華文協叢書08

另一種感動

作　　者／莊杰森
責任編輯／林千惠
圖文排版／鄭佳雯
封面設計／蔡瑋中

發 行 人／宋政坤
法律顧問／毛國樑　律師
印製出版／秀威資訊科技股份有限公司
　　　　　114台北市內湖區瑞光路76巷65號1樓
　　　　　電話：+886-2-2796-3638　傳真：+886-2-2796-1377
　　　　　http://www.showwe.com.tw
劃撥帳號／19563868　戶名：秀威資訊科技股份有限公司
　　　　　讀者服務信箱：service@showwe.com.tw
展售門市／國家書店（松江門市）
　　　　　104台北市中山區松江路209號1樓
　　　　　電話：+886-2-2518-0207　傳真：+886-2-2518-0778
網路訂購／秀威網路書店：http://www.bodbooks.com.tw
　　　　　國家網路書店：http://www.govbooks.com.tw
圖書經銷／紅螞蟻圖書有限公司
　　　　　114台北市內湖區舊宗路二段121巷28、32號4樓
　　　　　電話：+886-2-2795-3656　傳真：+886-2-2795-4100

2012年10月BOD一版
定價：350元
版權所有　翻印必究
本書如有缺頁、破損或裝訂錯誤，請寄回更換

國家圖書館出版品預行編目

另一種感動 / 莊杰森著. -- 一版. -- 臺北市：秀威資訊科
技, 2012.10
　　　面；　公分. -- (菲華文協叢書)
BOD版
ISBN 978-986-221-981-2(平裝)

855   101012746

讀者回函卡

感謝您購買本書,為提升服務品質,請填妥以下資料,將讀者回函卡直接寄
回或傳真本公司,收到您的寶貴意見後,我們會收藏記錄及檢討,謝謝!
如您需要了解本公司最新出版書目、購書優惠或企劃活動,歡迎您上網查詢
或下載相關資料:http:// www.showwe.com.tw

您購買的書名:_____

出生日期:_____年_____月_____日

學歷:□高中 (含) 以下　　□大專　　□研究所 (含) 以上

職業:□製造業　□金融業　□資訊業　□軍警　□傳播業　□自由業
　　　□服務業　□公務員　□教職　　□學生　□家管　□其它_____

購書地點:□網路書店　□實體書店　□書展　□郵購　□贈閱　□其他

您從何得知本書的消息?

　□網路書店　□實體書店　□網路搜尋　□電子報　□書訊　□雜誌

　□傳播媒體　□親友推薦　□網站推薦　□部落格　□其他_____

您對本書的評價:(請填代號　1.非常滿意　2.滿意　3.尚可　4.再改進)

　封面設計____　版面編排____　內容____　文／譯筆____　價格____

讀完書後您覺得:

　□很有收穫　□有收穫　□收穫不多　□沒收穫

對我們的建議:_____

_____

_____

_____

11466
台北市內湖區瑞光路 76 巷 65 號 1 樓

秀威資訊科技股份有限公司　　　收

BOD 數位出版事業部

....

（請沿線對折寄回，謝謝！）

姓　　名：＿＿＿＿＿＿＿＿　年齡：＿＿＿＿　性別：□女　□男

郵遞區號：□□□□□

地　　址：＿＿＿＿＿＿＿＿＿＿＿＿＿＿＿＿＿＿＿＿＿

聯絡電話：(日) ＿＿＿＿＿＿＿＿＿＿　(夜) ＿＿＿＿＿＿＿＿＿

E-mail：＿＿＿＿＿＿＿＿＿＿＿＿＿＿＿＿＿＿＿＿＿